徳間文庫

医療捜査官 一柳清香

塩の契約

六道 慧

目次

第1章　整形男子　7
第2章　モンタージュ・ボイス　61
第3章　ドクター死神（デス）　107
第4章　フィギュアの少女　163
第5章　コプロライト　209
第6章　死者の声　264
第7章　愛と哀　311
あとがき　375

〈主な登場人物〉

＊浦島孝太郎（うらしまこうたろう）

本編の主人公、苦労性で貧乏性な二十七歳。犯罪心理学の知識を武器に、趣味のフィギュア作りを活かして、事件現場のジオラマを作製。３Ｄ捜査として役立てている。オタクで彼女いない歴二十七年。そのせいなのか、モヤモヤ、ムラムラとイケナイ妄想をしてしまい、上司や同僚にからかわれる。前任者の上條麗子に見出されて、新行動科学課に引き抜かれた。

＊一柳清香（ひとつやなぎさやか）

自称・日本一の医者、三十八歳。日本で唯一メディカル・イグザミナー——医療捜査官の資格を持っている。その素顔を知ればだれもが驚く美人検屍官は、我が道だけを突き進んで、事件を解決に導く。

「人間は嘘をつきますが、ＤＮＡは嘘をつきません」

という決め台詞が、今回、登場した。

＊細川雄司（ほそかわゆうじ）

優男（やさおとこ）の印象があるが、じつは空手の有段者。五十歳になって、課長に昇進した。

マメ男の本領発揮、甲斐がいしく清香の世話をして、相変わらず尽くしている。前シリーズでは目立たない存在だったが、今シリーズでは意外にも渋い雰囲気を持つ『おじさん』ぶりを発揮。どんな困難があろうとも、愛しい清香のためならば、不撓不屈の精神で乗り越える男。

＊本間優美

三十歳になったが、年齢の話はご法度。活躍を評価されて係長に昇進した。たとえ地下の穴蔵オフィスに追いやられようとも、変わることなく有能ぶりを発揮している。

＊浦島真奈美

孝太郎の妹で、驚異的な知能指数の持ち主。ミーハーであるため、昔、流行った法曹ドラマに心酔し、昨年の四月に有名大学の法学部へ入学した。密かに思いを寄せる先輩は何度も落第して、彼女と同学年になっている。頭の回転が速く、悪態をつく反面、兄の孝太郎に的確なアドバイスを与えたりもする。じつはブラコンで、すらりとした長身だが、胸は、ない。

第1章　整形男子

1

「助けてください」

　深夜、警視庁行動科学課にかかってきた電話は、聞き取れないほどの小さな声だった。

「監禁されているんです。隙をみて連絡しました」

　正確な年齢まではわからないが、若い女性のように思えた。宿直だった浦島孝太郎は、焦りながらも訊き返した。

「場所はどこですか、東京二十三区内ですか」

「わかりません。あぁ、この携帯、もう電池切れかも」

　急に声が遠くなる。

「お名前は？　名前を教えてください！」

　叫ぶようにして問いかけた。知らぬ間に立ち上がって、指が痛いほどきつく受話器を握り締めている。雑音まじりの言葉にならない声を、懸命に聞き取ろうとしたが、なにを言っているのか判断できない。

「あなたの名前は？　監禁場所はどこですか？」

　もう一度、訊いたが、

「……しん、おう……まる、盗まれた、んです」

　返って来たのは、意味不明の呟きだった。

「え？」

　孝太郎が訊き返そうとした刹那、電話は無情にも切れた。

「もしもし、今なんて言ったんですか、あなたのお名前は？」

　虚しい質問を何回か繰り返した後、受話器を手にしばし呆然としていたが、不意に正気づいた。

「そうだ、一柳検屍官と細川課長に知らせないと」

　急いで上司たちに連絡する。

　行動科学課の総員は四名。何日か置きに細川雄司が宿直を担ってくれるが、ほとんどは若い孝太郎が務めていた。調査係の他、いくつもの役目を兼務している本間優美と徹夜することも珍しくない。警視庁の地下に移転した部署は、倉庫だった場所を流行りのＤＩＹで一柳清香と細川がリフォームした部屋だ。安価な材料で重厚な造りの家具をしつらえたのは、さすがと言うしかなかった。

「あ、課長。お寝みのところを申し訳ありません。数分前に監禁されているという緊急通報と思しき電話がありまして」

課長への連絡が先になったのは、清香が多忙だとわかっていたからだ。

「通信指令センターから廻された緊急通報ですか」

訊き返す声は寝惚けていなかった。今宵は恋人であり、同僚である清香と一緒ではないのだろうか。大事なときなのに、妄想マンの孝太郎は変なことばかり気になる。

「いえ、行動科学課に直接、入った通報です。自分が受けました」

「そうですか」

細川は答えたものの、微妙な間が空いた。

「悪戯電話かもしれませんが、すぐに行きます。わたしと一柳ドクター、あと本間さんの携帯にその通話内容を送ってください。発信元の電話番号がわかるようであれば、調べるように」

「わかりました」

言われたとおり通報内容を送りつつ、もう一度、女性の訴えを聞いている。声が小さいのは周囲を慮っているからだろう。わかるのは女性であろうということぐらいで、最後の言葉については意味すら定かではなかった。

「待てよ。この声、どこかで聞いたことがあるような」

ふと思い、淡い記憶を探ってみたが、うまく結びつかなかった。

「しんおうまる」

声に出して呟いてみる。日本らしい響きは、歌舞伎や時代劇、さらには船の名前といったものを想起させた。父が造形師として物作りの仕事に就いているため、孝太郎は幼いときから手先が器用で、現在は趣味だったフィギュア作りを3D捜査として活かしている。事件現場をジオラマで再現し、解決の糸口を摑んだことも何度かあった。

「和物で他に考えられるのは……」

考えている途中で携帯が鳴る。

「一柳です。メールを確認しました」

清香だった。

「ご存じだと思いますが、わたしは、制服写真集の第2弾の撮影中ですので、部署へ行くのは朝になってしまうと思います。あらたな通報が入ったときや、なにかわかったときには連絡してください。こまめに確認していますから」

「了解です」

無意識のうちに直立不動の姿勢を取っていた。清香は『美しすぎる検屍官』として、いまやマスコミの寵児となっている。請われて出した制服姿の写真集は大評判となり、早くも第2弾の撮影に入っていた。

検屍官が自ら製作した本棚に、表紙を向けた第1弾の写真集が飾られている。警察官の制服を着て敬礼する清香は、年齢不詳の美しさに輝いていた。

また、会社更生法の申請をしていた母親の会社は、検屍官の美貌がそのまま宣伝効果となって、サヤカパックが大ブレーク。製造が追いつかない状況になっている。会社の立て直しは順調らしく、規模を縮小した美容サロンも活況を呈しているようだった。

「確かに、とても今年で三十九になるとは思えない」

豊かな胸と腰、引き締まったウエスト。流線形を描く女性らしいボディラインは、どこか野暮ったく見える警察官の制服さえも、オートクチュール製品のような印象を与えた。女性ファンも多く、警察官になりたいという声が増えたのは、警察庁や警視庁としては歓迎すべきことなのだが、警視総監だった清香の父親が失脚したこともあって、だれも公に発言しなかった。

「写真集の発売で女性警察官への応募が増えるのは、喜ばしいことなのにな。少年課や生活安全課、ストーカー対策班などは特に、被害者に女性や子供が多いから、強面の男性よりも女性の方が活躍の場が多いはずだ。まあ、地下に追いやられた行動科学課の自分が、あれこれ言うことじゃないが」

そう言いながら、目はずっと本棚の写真集に向いている。妄想のオンパレードになるのがわかっていたので、まだ開いていなかった。細川に連絡したのと悪戯電話かもしれないという言葉に加え、清香からも連絡が入ったことによって、緊張がゆるんでいる。とうとう本棚から写真集を取っていた。

(開いてはいけない、中を見ては駄目だ)

自制すればするほど手は勝手に動く。勇気を出して開いた一ページ目は、レスキュー隊員の制服姿だった。できるだけ警察をアピールするのが、清香の方から出した条件である。オレンジ色のレスキュー服が、これまた、憎いほど似合っていた。

(独身のレスキュー隊員は夜毎、悶々としているかもしれないな)

我が身に当てはめて考えている。それにしても、レスキュー隊員の制服というのは、これほど恰好のいいものだったろうか。表紙の警察官姿もそうだが、別に胸元を大きく開けているわけでもなければ、悩ましいポーズを取っているわけでもないのに、裡側から艶っぽさがあふれているように思えた。

「…………」

つい唾を呑み込んでいる。これ以上はいけない、次のページを開くんじゃないという叱責は哀しいかな、心に届かなかった。ゆっくり、しかし、飛ばさないように、確実に次のページを開けていた。

「おぉ」

思わず小さな声が出た。次は看護師か、それともキャビンアテンダントかと、考えながらだったのだが、意に反して現れたのは消防士姿だったからである。相変わらず媚びを売るようなポーズではなく、さりげなく今までとは違うポーズを取っているが、それだけでも充分すぎるほどに美しさが際立っていた。

むしろ素人っぽさが、多くのファンを獲得しているようにも思えた。

「わざわざサイズを測って、あらたに作った制服というのはこれかもしれないな。そうか。レスキュー隊にも女性用の制服はないはずだ。そうなると、ここに掲載されているのは、すべてあらたに作った制服か」

と、ひとりごちている。数は少ないが消防隊員のなかには女性隊員もいる。とはいえ、清香の豊かなボディを満足させる既製品はなかったのではないだろうか。むろん費用は出版社側が持ったようだが、売り上げ高を考えると、すでに充分すぎるほどの利益が出ているようにも感じていた。

「レスキュー隊員もそうだけど、消防隊員もいいな。幼い頃にこの写真集を見ていたら、ぼくも無謀な夢を見たかもしれない」

運動神経が決していいとは言えない孝太郎に、とうてい厳しい訓練を要する職業は無理だ。口の悪い妹は、よく警察学校に入れて卒業できたと揶揄まじりに告げているが、実際、そのとおりだと自覚していた。

「若いからこそ可能だったのかもしれない。安月給だけど安定しているし、警察が潰れる心配もなかったから」

などと、どうでもいいことを口にしているのは、ページを繰るのが恐いからだ。次こそはという期待と、いやいや終わりにしておけという自制の狭間で悩んでいる。

(次こそはキャビンアテンダントか、看護師か)

またもや唾を呑み、ページを繰ろうとしたそのとき、

「おはようございまーす、という時間帯ではありませんが、他の挨拶が浮かびませんので、とりあえずです」

優美が掠れた声とともに入って来た。

「うわわっ」

焦った孝太郎は、清香の写真集を落としそうになる。まずいと思い、とっさに抱え直して本棚に戻そうとしたが、生来の鈍さゆえ、上半身に下半身の動きが追いつかなかった。自分でコントロールできずに思いきり尻餅をつく。

「痛うっ」

尾てい骨を打った痛みで、すぐには立ち上がれなかった。写真集は無事、本棚に戻

っていたが、呻き声が洩れるのを我慢できない。

「大丈夫ですか」

優美が屈み込んで手を差し出した。

「あ、だ、大丈夫です。立ち上がれます」

机の脚を支えにして立ち上がる。

「ふぅーん」

名前の一文字どおりに優秀な先輩は、本棚に並ぶ写真集を見つめていた。

「浦島巡査長が、一柳先生の写真集を気にしているのはわかっていました。密かに買い求めたのかと思いましたが、さすがにそれはやめたのでしょうか。いずれにしても、お楽しみの妄想タイムを邪魔してしまったようですね」

図星の推測を口にする。

清香との通話を終えてから、わずか二分の妄想タイムだった。

「………」

もしかしたら、神田の本屋街の一軒に入って、売り場を行き来していたのを見ていたのではないだろうか。買いたかったのだが、家に持ち帰れば妹の悪態口撃に気合いが入るのは間違いない。どこかに隠す場所もない、さらには電子書籍での配信もないため、仕方なく諦めたのをいやでも思い出していた。

「ちょっと気になっただけです。いやらしい感じがしないので驚きました。検屍官はポーズを取るのが上手いなと」

尾てい骨の痛みをこらえつつ、自分の椅子に腰かける。優美はほぼスッピンで、少し腫れぼったい目をしていた。

「残念ながら、浦島巡査長が期待していたであろう制服姿は、今回、掲載されていません。警察や消防士特集みたいな感じなんですよ。鑑識係や監察医、地方の警察官などの制服姿が主なんです。マニアックな作りが逆に受けたんじゃないですか。それで第2弾の撮影となったわけです」

優美は電気ポットのスイッチを入れて、お湯を沸かしながら、コーヒーの準備をしている。仕草で要るかと訊かれたので頷き返した。

「お願いします」

「一冊、もらえばいいじゃないですか」

優美は言い、重厚な印象の棚を開け、写真集を一冊出した。

「見本をもらったらしくて、余っていると言っていました。地味な作りですが、浦島巡査長は好きじゃないかと思います」

差し出されたそれを、孝太郎は受け取るべきか悩む。

「いや、でも、やはり、上司の……」

「上司の制服姿を見ながら、ひとりエッチはできない？」

先んじて言われたように思ったが、優美は呆れたように天井を仰ぎ見る。

「ああ、いやだ。平気でこんな話をするのは、おばさんになった証ね。三十路を迎えて開き直ったような気がするわ。尾籠な話は慎まなければ」

活を入れるように自分の両頰を叩いた。

「さて、仕事に取りかかりましょうか。掛かって来た電話の発信元は、まだ確認していませんよね」

「はい、すみません。細川課長が悪戯電話かもしれないと仰ったので、つい気がゆるみました。電池切れだったらしくて、いきなり……」

部署の電話が鳴りひびいた。二人同時に緊張が走る。

「自分が出ます」

告げながら、ちゃっかり写真集を自分の机の引き出しに入れていた。優美はオーケーと仕草で応えた後、椅子を引き寄せて孝太郎の隣に座る。

「録音スイッチは、私が入れます。落ち着いた対応をお願いします」

囁き声に大きく頷き返して、受話器を取った。

「はい。警視庁行動科学課です。事件ですか、事故ですか」

優美がすかさず録音とスピーカーホンのスイッチを入れる。

2

「事件です」

錆びた声が流れた。

「なにかと話題の美しすぎる検屍官に、ご登場願いたいと思いましてね。写真集の撮影でお忙しいかもしれませんが、おいでください。場所は新橋駅近くの銀座八丁目の雑居ビル、被害者は若い男性です」

憶えのある猪俣順平の声に、身体から一気に力が抜ける。

「猪俣警視でしたか」

声からも力が抜けていたに違いない。

「おれじゃ悪いとでも言いたげだな。別の事件で捜査中か。夜明け前だったので携帯への連絡は遠慮したんだが、検屍官殿はすでに出張っているわけか」

猪突猛進の猪同様、ごつい強面の顔が孝太郎の脳裏に浮かんでいる。年は五十代なかば、不満で猪首の身体が硬くなっているのではないだろうか。

「猪俣警視、本間です。検屍官は現在、こちらに向かっております」

優美が横から口をはさんだ。

「すぐに連絡を入れて、現場に行ってもらいます。正確な場所と、判明している範囲の調査結果を教えてください」

　ごく自然に、孝太郎は席を譲っていた。ほとんど同時に細川が姿を見せる。すでに五十の坂を越えたはずだが、洒落た細縞のスーツを着こなした姿は驚くほど若かった。検屍官とは恋人関係のまま今も交際を続けている、のだろう。短い挨拶をすませて、孝太郎は猪俣からの臨場要請を知らせた。

「そちらを優先するべきでしょうね。運転しながら何度も聞いてみましたが、悪戯とは言い切れないと思いつつ、切迫した状況が感じられないとも思いました」

「声をひそめているからではないですか。監禁されているという訴えは、否定できないと思います。隙を見て犯人の携帯、もしかすると、彼女自身の携帯かもしれませんが、とにかくそれを使って連絡した。一一〇番通報でないのは、なぜだろうとは思いますが」

「いい推測です。ホームページには載せていますが、通常は一一〇番に掛けますね。あるいは犯人とは知り合いなので大事にしたくないのか。科捜研に民間の声紋研究所にいた若手が入ったと聞きましたので、出勤した時点で来てくれるようにという要請はしておきました」

「へえ、声紋研究所ですか」

「行きましょう」

細川は顎で扉を指した。

「ここは本間係長にまかせて、我々は銀座八丁目の現場に行きます。ドクターが来る前に、概要を摑んでおかなければ」

「はい」

孝太郎はコートを持ち、細川の後を追いかけた。部署は湿気の多い地下の奥まった暗い場所だが、駐車場に近いという、たったひとつの利点がある。孝太郎は足を速めて、上司を追い抜いた。

「エンジンを掛けておきます」

駐車場内を走り抜ける間、照明の下で白い息が見えた。冷えきった黒いRV車は、ドアノブまでもが凍りつきそうなほど冷たかった。それでも運転席側の車体には警視庁行動科学課、助手席側の車体には医療捜査官とメディカル・イグザミナーの文字が、照明を受けて誇らしげに輝いている。ME号と名付けられた特別車だ。

最初の新車は爆破されてしまったのだが、事件解決の褒美だろう。すぐに同じ車が届けられていた。孝太郎は運転席に乗り込み、エンジンを掛ける。少し遅れて、細川が助手席に腰を据えた。

「ドクターから連絡が入りました」

携帯を掲げて言った。

「撮影を切り上げて現場に来るそうです。出版社は第2弾の発売が遅れると文句を言ったようですが、ごちゃごちゃ言うなら降りると脅したそうです」

細川が操作したナビを見ながら、孝太郎はＭＥ号をスタートさせる。駐車場で一月の寒さを受け続けていた車内は、暖房を全開にしても冷たい風が出るばかり。すぐには暖まらない。上司が吐く息もまた、白かった。

「もう一度、連絡してくれるといいんですがね」

上司の呟きを受ける。

「最後に告げた『しんおうまる』というのは、なんでしょうか。歌舞伎や時代劇に登場するような感じですが」

「わたしは、刀の名称かと思いました。本間係長に銘刀の調査をしてもらっていますが、どうも該当する刀剣がないようです」

携帯を確かめていた。

「刀剣の名称だとすれば、刀剣女子ですかね。それが盗まれてしまったうえ、彼女自身も監禁されている」

銘刀に惚れた女子たちが、今も一大ブームを巻き起こしている。各地で開かれる銘刀展は大盛況だった。もとは人気アニメが発端なのだが、実写の映画も話題を呼び、刀剣の人気が衰えることはない。孝太郎は頼まれてアニメのフィギュアを作り、けっこういい小遣い稼ぎになっていた。

とはいえ、警察官の副業はご法度。知り合いへの販売に限っている。

「そうかもしれませんが、まあ、刀剣のことはドクターにおまかせしましょう。歴女ですからね。ご存じかもしれないので」

細川の説明で、淡い記憶の箱から清香が歴女という部分を引き出した。特に話したことはないが、刀剣女子のひとりなのではないだろうか。

「先日、ネットで見て気づいたのですが、浦島巡査長は、アニメのフィギュア作りを副業にしているのですか」

たった今、思い浮かべたことを問いかけられた。

「え」

信号で停止したので上司を見やる。

「禁止、ですよね」

先んじて答えと問いを返した。

「細かいことを言えばそうですが……ドクターはかまわないとの仰せです。上からなにか因縁をつけられたときには、現場のジオラマ作りの練習をしているのだと説明すると言っていました」

「因縁」

つい笑いが洩れた。警察庁や警視庁の幹部層を、与太者扱いするのが、いかにも清香らしいと思った。

「ですが、君から買い求めたフィギュアを、買い主がネットに掲載するのは、個人的には感心できません。幹部層に付け入る隙を与えないようにしたいんです。売るときにネットへの掲載はしないようにという条件をつけてはいかがですか。買い主が実行するかどうかはわかりませんが」

「仰せに従います。それにしても、課長。よく自分が作ったフィギュアだと、わかりましたね」

信号が変わったのでスタートさせる。ようやく少し車内が暖かくなってきた。

「わたしはプラモデル作りが趣味なんです」

細川は言った。ちょっと得意げな感じがあった。

「へえ、そうなんですか」

「巡査長のジオラマを見るまでは、それなりに自信を持っていましたが、最初のジオラマで見事に打ち砕かれまして」

苦笑いしていた。

「ショックでしたよ。正直なところ、レベルが違うと思いました。以来、不思議なのですが、巡査長のフィギュアがわかるようになったんです。おかしな言い方かもしれませんが、光って見える。他の品物とは、格が違う感じがします」

「いやぁ、そんなことは」

照れて笑ったが、すかさず言葉がとぶ。

「次を右です」

「はい」

新橋駅近くの銀座は、銀座四丁目付近の高級感あふれる雰囲気とは違い、小さな雑居ビルが林立している。細川の指示を受け、車を走らせているうちに、前方に停まる面パトやパトカーが見えてきた。

「猪俣警視です」

孝太郎は目で指しながら言った。連絡して来た猪俣が、片手をあげていた。隣に立つひょろりとした若い相棒は、野々宮遼介（ののみやりょうすけ）、三十一歳。彼に誘導されて、ME号を二人の面パトと思しき車の後ろに停めた。

車から出たとたん、

「主役は最後にご登場ですか」

猪俣から皮肉の洗礼を受けた。ぶ厚い唇をゆがめている。

「気にしないでください。一柳検屍官にお目にかかるのを楽しみにしているんです。ここだけの話ですが、猪股警視は第1弾の写真集を買って……アイタッ」

脛を上司に蹴られた野々宮は唇ではなく、顔をゆがめた。

「ここだけの話を当人がいる前でするやつがいるか。おまえは本当に、頭がいいのか悪いのか、わからんな」

蹴りつけたのは、話を逸らすためと孝太郎は読んだ。優美であれば「ふぅーん、買ったんですね」と、さりげなく突っ込みを入れる場面かもしれないが、恐いのでそんな真似はできない。

「ドクターはそろそろ来ると思います」

細川は言いながら、ふと表通りの方へ足を向けた。つられるように孝太郎と猪俣も追いかけている。ちょうど停まった一台のタクシーから、艶やかなオーラを放つ美貌の女性が降り立った。細川はすぐさま駆け寄り、運転手に料金を払っている。

「う」

と、孝太郎は呻いた。

写真集の衣裳のまま来た清香は、デパートガールらしい制服を身に着けている。ごく自然にそうしてしまうのだろう。細川が料金を支払う間、大きなバッグを片手にポーズを決めていた。

「白銀屋のエレベーターガール」

猪俣が叫ぶように言った。

「いやいや、懐かしいですな。日本橋の百貨店のエレベーターガールですよ。我々が若い頃は、憧れたもんです。ちなみにうちの女房は、銀座の百貨店の販売員でした」

破顔する警視を尻目に、細川がこちらに来る。

「着替えてください、ドクター。ME号に私服を用意してあります」

さっさとRV車に向かった。

「別に着替えなくても……」

猪俣の訴えは無視される。清香はモデルのような歩き方で、ME号に向かった。

3

（いつもながら派手な登場の仕方だ。待てよ、昔のエレベーターガールの制服姿だったということはだ。今回の第2弾こそが、垂涎(すいぜん)の的になるであろう諸々(もろもろ)の業種の写真集なのかもしれないな。それにしても、細川課長は、なぜ、検屍官の到着がわかったんだろう。やはり、愛の為(な)せる業(わざ)か。はたまた携帯に連絡が入ったからか）

などと思いつつ、孝太郎は着替えを終えた清香たちと一緒に、事件現場の雑居ビルに入った。

ワンフロアに二つの事務所という造りの建物には、貸金業者や喫茶店、小さなバー、賃貸業者などなど、まさに雑多な職種の店や会社が入っている。事件現場は最上階の九階にある貸金業者の店だった。エレベーターは五人乗ると、かなり窮屈な感じがする。細川は清香が他者にふれないよう、自分の身体で庇っていた。孝太郎は狭い中で手袋と靴カバーを着けている。

（いたれり尽くせりのジェントルマンぶり。あ、検屍官曰く『もはや、死語かもしれませんが』をジェントルマンの前に入れるべきだったな）

と思っているうちに九階に着いた。出入り口にはすでに制服警官が二人、立っている。遺体に接するのが苦手な孝太郎は及び腰で店舗に入る。若い男が四肢をだらりとさせて、ソファに仰向けに倒れていたが、激しい出血や打撲痕などは見当たらなかった。上着は脱ぎ、襟元がお洒落な作りのシャツの右袖がまくり上げられている。彼のものと思しき上着は机に置かれていた。

「通報者はこの店の店長です」

猪俣は、制服警官と一緒にいた六十前後の男を紹介した。

「ご通報、ありがとうございます。あなたのお陰で腐る前に発見されました。ご遺体の男性も感謝していると思いますよ」

清香は涼やかな声で告げる。手袋や靴カバーを着けながらだったが、口を開き気味にした店長は見惚れているようで、少しの間、言葉が出なかった。

「店長」

猪俣に促されて、はっとしたようにまばたきする。

「すみません。写真集よりずっとお美しいと思いまして」

「ありがとうございます。いつも言われるのですが、何度、聞いても嬉しいですわ。人間、特に女性は、賛辞を受ければ受けるほどに光り輝くもの。わたくしの美しさは、みなさまに与えられているのだと思います」

清香はいつもの台詞（せりふ）を言い、続けた。

「ご遺体を発見した経緯（いきさつ）をお聞かせください」

「はい。わたしは浅草に住んでいるんですが、家に戻った後、店に携帯を忘れたことに気づきましてね。面倒でしたが、なくすともっと面倒なことになると思い、もう一度、店に来た次第です。明かりが点（つ）いていたので消し忘れたのかと思いましたが、中はこの有様でした」

「補足します」

猪俣が継いだ。

「被害者とは知り合いではないようでして、金を借りに来たこともないとのことです。初めて見た顔だと言っております」

目顔で答えを促すと、店長が受けた。

「見憶（みおぼ）えはありませんが、名前が判明した時点で昔の記録を調べてみます。一度しか来ない客も多いですし、わたしはここにきてとみに記憶力が落ちていますので、忘れてしまっただけかもしれませんから」

「姓名や年齢は？」

清香は遺体の様子を確認しながら訊いた。

「ご遺体の所持品はありません。携帯や運転免許証といったものは、持ち去られた可能性が高いですな。この店はもちろんのこと、周辺の防犯カメラにつきましては、すでにデータの回収作業に入っています」

怠りない手配りを口にする。孝太郎同様、遺体が苦手な野々宮は、廊下に出たままだった。細川が手帳を片手に申し出る。

「あとは、わたしが店長への聞き取りを行います。巡査長はご遺体の写真撮影と、ドクターの補佐役をお願いします」

その言葉で慌て気味に鞄から小型のデジタルカメラを出した。

「申し訳ありません。言われる前に撮り始めるべきでした」

鑑識係も撮るが、行動科学課にデータを快く貸してもらえないのはわかっている。そのため現場のジオラマを作る際、このカメラの画像をもとにすることがほとんどだった。清香が指し示す箇所は、ズームアップして撮る。

（まだ若いな。ぼくと同じぐらいの年かもしれない。遺体にしては、やけに綺麗な肌

色をしているように見えるが)

遺体の損傷が比較的、少ないことから、いつになく冷静に推測していた。開けられたままの目は、清香の小さな手によって閉じられる。そのまま額にかかった前髪を静かに搔(か)きあげたとき、

「あら」

検屍官が声を上げた。念のためと思ったに違いない。虫眼鏡(むしめがね)を出すと髪の生え際に沿って、こめかみや耳のあたりを確かめていた。異変を感じ取ったのだろう。入り口近くで店長の話を聞いていた細川が、遺体のそばに来て膝を突いた。

「なにかありましたか」

囁き声で訊いた。店長への聞き取りは、そのまま猪俣と野々宮が引き継いでいる。同じ話の繰り返しになるかもしれないが、店長が思い出して違う内容が出る場合もあるからだ。

「こめかみから耳に沿った髪の生え際をよく見てください」

清香が差し出した虫眼鏡を、細川は受け取って遺体の生え際に近づける。孝太郎はズームアップを続けていたが、特に生え際に違和感は覚えなかった。カメラのレンズを向けたまま、細川の返事を待っている。

「断定はできませんが」

躊躇（ためら）いがちに告げた。

「傷痕らしきものが、かすかにあるのではないかと思います。これは、もしや」

「ええ。おそらく、フェースリフトの手術を行っているのではないかと」

即答した清香に、孝太郎は驚きの目を向ける。

「えっ、フェースリフト？」

意味がわからなくて問いかけの口調になった。

「美容整形です」

清香は答えた。

「あとで詳しく説明しますが、この方の場合は、額と頬のシワ取りを中心にして執（と）り行ったのでしょう。知人の美容外科医が、よくこの生え際の切り方をするので、もしかしたら、彼が行った可能性もあります」

早くも携帯で連絡していた。孝太郎は細川に示されて、さらに生え際のズームアップ写真を撮ったが、どこにも傷痕らしきものは見えなかった。

「本当なんでしょうか。こんなに若い男性が、美容整形手術をするなんて、自分は信じられませんが」

小声で確認する。猪俣と野々宮、さらに店長が話をやめて、やりとりに気持ちを向けている様子が見て取れた。

「最近は増えているようですね。メンズメイクなる言葉も生まれていると聞きました。ごく自然に男性も化粧をして、会社に出勤するらしいですよ。営業マンの場合、前夜の深酒がたたって顔色が悪かったときなどは、顧客に不愉快な思いをさせてしまうじゃないですか。それよりは自然なメイクをして健康だとアピールする」

細川はいったん言葉を切って、いっそう声をひそめた。

「かくいうわたしも飲み過ぎた翌朝などは、自然な色合いのファンデーションをつけています。自分の肌色よりも濃い色目の方がいいと、ドクターからアドバイスされましてね。使用しているのはむろん〈ＳＡＹＡＫＡ〉の化粧品ですが」

恋人の実家の会社をアピールするのも忘れない。孝太郎はまじまじと上司の顔を見つめていた。

「やはり、そうでしたか。課長があまりにもお若いので、整形しているんじゃないかという噂も出ています。フィギュアと一緒にしてはいけないのかもしれませんが、細川課長は皮膚感や肌色が吃驚するほど自然な色合いなんですよ。常に進化し続けていますね」

「連絡がつきました」

清香が携帯での通話を終わらせて言った。

「被害者の写真を送りましたので、該当する患者がいた場合は連絡してくれるそうです。手術が昔だったときは、調べる量が膨大になりますからね。少し時間をくれとのことでした。彼が担当した患者さんであればいいのですが」

それから、と、話を続ける。

「先程、話に出ていたメンズメイクですが、この方もやっています。ファンデーションを塗って、眉毛（まゆげ）などを描いていますね。口紅まではつけていないようですが、色つきのリップクリームを使用しているかもしれません」

電話をしながら、よく聞き取れるものだと、孝太郎は内心、感心しつつ呟いた。

「ずいぶん念入りですね。まるで死に化粧のような」

そう言いかけて、言葉を止めた。我ながら、あまりにも飛躍しすぎた推測に思えたからだが……。

「可能性としては否定できませんね」

清香は同意した。

「ただ、メイクというのは、やり始めると素顔で人前に出るのが、恥ずかしくなるんです。女性は近頃の紫外線の強さを警戒して、メイクをするのがあたりまえになっていますが、男性も同じではないでしょうか。そういうふうに話していた人を、わたしは知っていますから。名無（なな）しさんはいつもどおりに、メイクをしているだけかもしれません」

「銀座には、男性専用のメイク教室を行う美容院もあると聞きました。そこの顧客という可能性もありますね。店が開く時間帯に行ってみます」

細川の提案に、検屍官は頷き返した。

「お願いします。所轄の現場検証が終わったらすぐに、ラボへご遺体を運ぶよう手配してください。これといった傷痕がないので病死も否定できません。なじみのない消費者金融の店で亡くなられていた謎は残りますが、まずは司法解剖です」

立ち上がって店長を見やる。

「本当に顔見知りではないのですね」

確認の問いを投げた。

「知りません。名前があきらかになりましたら、顧客名簿を確認してみます。ですが、もし載っていたとしても思い出せるかどうか」

店長は自信なさそうに眉を寄せる。ソファの遺体を一瞥したものの、すぐに目を逸らしていた。ファンデーションのお陰で顔色は悪くないが、それはそれでまた、不自然な感じがする。違和感があった。

「今夜、司法解剖をいたします」

清香の言葉を、孝太郎は恐れとともに受けた。今宵は失神しないで済むだろうか。試練のときが始まる。

4

結局、失神したまま、孝太郎は翌朝を迎えた。

二日後の午前中。

所轄の会議室で『雑居ビル変死事件』の会議が行われた。行動科学課からは、清香と孝太郎の二人が解剖結果の説明役として参加している。細川は美容整形外科のもとへ行き、優美は留守番役と調査役で部署に残っていた。

「被害者はまだ、名無しのままですが、死因はオピオイドの過剰摂取と判明しました。最初に配布したプリントに、オピオイドの説明は載っていると思います」

清香は切り出して、プリントの一部を読み上げる。

オピオイドとは、麻薬性鎮痛剤の総称のことである。アヘン同様、ケシから抽出した成分やその化合物から作られる。モルヒネやフェンタニル、オキシコドンなどがあり、脊髄（せきずい）を通って大脳に届く痛みを遮断する麻薬だ。

痛みのない人が使うと脳内に快楽物質が出て依存症になるため、通常は医師の処方が必要とされている。

「ご遺体からは、これといった病変は見つかっていませんが、細かい検体検査や血液検査の結果はまだ出ておりませんので結果待ちの状態です。それだけに腕や太腿（ふともも）の注射痕が目立ちました」

　清香の説明に従い、孝太郎はプロジェクターを遺体全体から腕と太腿に切り替える。左腕や両太腿に、あきらかな注射痕が確認できた。青黒く変色していた。

「現場に、注射器や麻薬が入ったアンプルなどは残されていませんでした」

　所轄の捜査一課長――鷲見康明が座ったまま続ける。

「つまり、彼は第三者に麻薬を打たれて死んだと考えられます。変死事件は、殺人事件ですね」

　よくとおる声がひびきわたった。年は五十代なかば、特徴的な鷲鼻が、機動捜査隊の猪俣と同じく名は体を顕していた。身長は百八十センチを軽く超えているだろう。入って来たとき、孝太郎はその体軀と威圧感を放つ雰囲気に圧倒された。

「そうだと思います」

　清香の答えが不満だったのか、

「断定しない理由はなんですか」

　鷲見はすぐに訊き返した。

「他殺の疑いが濃厚ですが、現時点では自死の可能性も否定できません。名無しさんは第三者に殺害を依頼して、致死量の麻薬を打ってもらったのかもしれません。自死の場合、保険金を支給されないことがありますからね。他殺と見せかけるための策を講じた」

「なるほど」

鷲見は手帳にメモして、目を上げる。

「似顔絵を作製し、すでにマスコミやネットに流しています。検屍官は、別の方面に調査を依頼したと伺いましたが」

「はい」

合図を受け、孝太郎は画面を切り替えた。遺体のこめかみから耳にかけての生え際が映し出されたものの、傷痕はほとんど確認できない。

「えー、プリントによると」

老眼鏡を掛けて、鷲見は告げた。

「男性はフェースリフトの美容整形手術を受けていたとあります。男が整形をすること自体、驚きを禁じえませんが、どういった手術なんですか」

「シワを取る手術とお考えください。もっとも簡単なシワ取り対策は、コラーゲンを注射することですが、コラーゲンはタンパク質であるため、徐々に吸収されてしまいます。名無しさんが試した可能性はありますが、効果は六カ月程度ですので、それでは飽きたらず整形を実行したのでしょう」

整形男子やメンズメイクの話が巷(ちまた)で出るようになっているとはいえ、堅物揃いの警察内では珍しい事案であるに違いない。五十人前後、集まった会議室は静まり返っていた。

「司法解剖の折、確認しましたが、フェースリフトは文字通り、引っ張り上げる手術です。額や目元のシワを解消するために、手の平ほどの面積の頰の皮膚を剝いで、それを斜め上に引っ張り、よぶんな皮膚を切り取ってから縫い合わせます」

具体的な説明を聞き、警察官たちはざわめいた。鳥肌が立つような感じを覚えたのかもしれない。自分の顔にふれている者もいた。

「わたしの世代からすると、男が整形をするなんてと思いますが、ご遺体の男性は確かにとても若く見えます。整形の賜物ですか。仮に実年齢も若かった場合、整形をする意味があるんですかね」

質問役は課長が担っていた。

「美容外科医の話では、シワは深くなると、シワ取り手術をしてもその深い溝のような跡は残ってしまうそうです。そうなる前に、つまり、まだ肌に弾力があるときに手術をするのがコツなんだとのことでした」

「そして、今、検屍官のお知り合いという美容外科医の患者を調べてもらっているということですね」

「そうです。手術のやり方が似ていると思いましたが、美容整形のクリニックは星の数ほどありますので、あるいは他の医師による施術かもしれません。知り合いの医師でさえ、守秘義務を持ち出して渋りましたからね。時間がかかるだけで成果は得られない可能性もあります。できれば、似顔絵の情報から身許が確認できればと思います」

「あの、つまらない質問で恐縮なのですが」

女性警察官が遠慮がちに手を挙げた。年は四十前後、挙手の仕方まで様子を見るように、そっとという感じがした。

「どうぞ。遠慮しないでください。これだけ警察官がいる中にあって、女性はわたくしを含めてもたった四人。疑問を提示していただけるのは、ありがたいことです。立ち上がってください」

清香に促されて、これまた遠慮がちに立ち上がった。

「前々から疑問に思っていたのですが、整形外科と形成外科は、どう違うのでしょうか。わたしは幸いにもどちらのお世話にもなったことがないため、よくわからないんです」

「とてもいい質問が出ました」

艶然と微笑んだ。

「簡単に申し上げますと、整形外科は骨の病気、骨折や捻挫を治す科とお考えください。これに対して形成外科は、皮膚の病気、火傷や交通事故による傷痕を治す科とされています。ちなみに美容外科は形成外科の一分野であり、アメリカでは形成外科の資格を持っていないと美容外科の看板が出せません」

「アメリカではとわざわざ仰った理由は、日本では形成外科の資格なしでもオーケーだからですか」

鷲見が挙手して訊いた。女性警察官は立ち上がったとき同様、静かに着席していた。

「はい。日本は、規制がゆるいと思います。確かではないので言いませんでしたが、被害者はフェースリフトだけでなく、一重瞼を二重にする重瞼術も行っているかもしれません。二重がくっきりしすぎているように感じたのですが、亡くなっているため、判別できませんでした」

指示されて、孝太郎は遺体の顔のアップに切り替えた。

「鼻には整形用のインプラントなどは使用されていませんでしたので、生来のものです。美容外科の方面から身許がわからなかった場合は、ホストの線を当たってみるといいかもしれません。整形してメンズメイクをする人が増えたとはいえ、やはり、一般の会社に勤務している男性ではまだ少ないはずですから」

「検屍官の説明や解剖所見を参考にしますと、被害者の死因は医療用麻薬、オピオイドの過剰摂取であり、第三者に打たれたか、自分で打ったかはわからない。後者の場合は、インターネットなどで買い求めたことも考えられますね」

鷲見が質問する。

「ありうると思います」

「美容整形の手術をしているのは間違いないので、美容外科医を中心に当たりますが、同時にホストなどにも聞き込みをします。回収した防犯カメラのデータは精査中でして、貸金業者の店舗の営業が終わった後、九階に上がった人物は店長を入れても四人のみ。そのうちのひとりは、九階の会社の経営者でした。残る二人のうちのひとりは被害者男性です」

合図を受け、ひとりの部下がＵＳＢメモリを孝太郎のもとに持ってきた。急いでパソコンにセットし、プロジェクターに映し出した。

「まずは玄関付近、そして、エレベーターの中です」

鷲見が説明役を務める。協力し合う姿勢を前面に打ち出していた。どこかで待ち合わせていたのかもしれない。被害者は不審な人物と玄関に入って来た。

（被害者は若いな。やはり、自分と同い年ぐらいじゃないだろうか）

孝太郎はあらためて思っていた。くっきりした二重瞼で鼻筋が通り、司法解剖の折の計測によれば身長は百七十八センチ、体重は六十五キロ。ラフな上着とジーンズを着たイケメンだ。

対する不審者は黒い山高帽の男で、ひょろりとした長身瘦軀に黒いコートをまとっていた。帽子を目深に被っているうえ、サングラスにマスク姿という、いかにも怪しげな姿である。二人は手持ち無沙汰な様子でエレベーターの到着を待ち、一緒に乗り込んだ。

「この男が怪しいと思います」

鷲見に言われるまでもない。背の高い男にありがちな猫背らしく、コートの上からでもそういった体型が見て取れる。九階に着くと不審男性が先に降りて、消費者金融の店舗の鍵を開けた。

「合鍵を持っていたのでしょうか」

清香が当然の疑問を投げた。店舗の中にも防犯カメラがあるため、なにが起きたのかわかるかもしれない。孝太郎はいっそう神経を集中する。

「そうとしか思えません。店長に確認しましたが、帽子にサングラス、マスクですからね。よくわからないとのことでした。すぐに鍵を取り替えると言っていましたが」

消費者金融の店舗の扉を開けたとたん、映像は途切れた。

「店舗内の映像はありません。おそらくスイッチを切ったんでしょう。被害者と不審人物は、なにをしようとしていたのか。同性愛者だったのかもしれませんが、なにしろエレベーター内では、ひと言も話していませんので二人の関係についても謎です。

ちなみに、山高帽の男は、帰りは階段を降りて行ったらしく、エントランスホールから出て行く映像しか、残されていませんでした。階段に防犯カメラは設置されておりません」

「もう一度、玄関前に戻してもらえますか」

清香が申し出る。孝太郎は素早くプロジェクターを切り替えた。あらためて被害者と不審男性を見る。

「やはり、被害者はしっかりメイクをしていますね」

検屍官は言った。

「この後、同性愛の行為に及んだのか。あるいは、まったく別の目的、これは不審男性が被害者を殺害するという行為のため、もしくは被害者が自死するために、人がいない貸金業者の店舗を選んだのか」

首を傾げて、続ける。

「店長がもっと早く携帯を取りに行っていたら、二人に出くわしていたことも考えられますが……店舗内の映像がない、不審男性が合鍵を持っていた、さらに犯行が終わるのを待っていたかのように店長は店舗に戻っている。いささか出来過ぎているように思えなくもありません。現時点では共犯とまでは言えませんが、店長は協力者ではないでしょうか」

向けられた視線に、鷲見は立ち上がって答えた。

「昨日、店長を事情聴取しました。先程も言いましたが、合鍵に関してはわからないとのことです。防犯カメラは確かにスイッチを入れていったが、携帯を取りに戻ったときには切られていたとか。不審男性同様、きわめて怪しい供述ですが、真偽のほどはわかりません。ですが、検屍官のご推察通り、金を渡されて深更の店舗を提供した可能性はあると思います」

「あるいは、今までも、やっていたかもしれませんね」

清香の推測に仕草でも同意する。

「はい。考えられると思います。ご多分に洩れず、貸金業界も厳しい客取り合戦が続いていますからね。深更の店舗提供は、けっこういい稼ぎになったんじゃないでしょうか。店長は引き続き調べます」

「お願いします」

答えるのと同時に、扉がノックされる。入って来たのは、細川課長だった。数枚の書類を掲げていた。

「被害者の身許がわかりました」

「こちらへ」

清香が譲った壇上に、細川が移る。会議室には緊張感が高まった。

5

「被害男性の姓名は、有賀由宇、年齢は四十八」

細川の報告を聞いて、会議室はどよめいた。

「四十八!?」

「とても見えないな」

「三十前後かと思ったが」

先程のざわめきではなく、怒濤のようなどよめきだった。四十八と言えば、細川と二歳違いぐらいである。課長も若いが、どちらかと言えば年齢不詳という感じだった。有賀に関しては、だれが見ても三十前後にしか見えない。

「恐るべきは、整形とメンズメイクの力か」

鷲見が言い、続けてくださいと細川に仕草で示した。

「中央区の場外市場近くの喫茶店に店長として勤めていました。ホストばりのイケメン店長と、彼が作るランチが評判の店です。市場で働く人々のために早朝から営業して、朝食も提供していました。和食の日替わり定食だったらしくて、こちらも人気が高かったようです」

いったんは騒がしくなった会議室が、徐々に静けさを取り戻していった。プリントが配られたわけではないため、みな熱心にメモしている。

「高校卒業後、市場内の仲買業者に勤めましたが、十五年ほど前に喫茶店の店長として勤め始めました。もしかするとスポンサーがいたのかもしれません。オーナーにはまだ聞き取りをしておりませんので、おまかせします。住まいに関しましては」

細川は手元の書類を見て続けた。

「新橋のワンルームマンションです。名義は彼ではありませんから、オーナーが借りた部屋を使っていたのかもしれません。店の看板店長を大事にしていたのではないでしょうか。これは一柳ドクターから出たかもしれませんが、若い頃はヤンチャな一面もあったのか。手や足に何カ所もの骨折の痕があるようです」

「まだ説明しておりません」

清香が継いだ。

「骨折に関しては事故に遭ったのかもしれませんが、喧嘩などによる怪我だったことも視野に入れておいてください。話が出たついでに申し上げますが、上下合わせて三本の前歯を、インプラントで補っています」

合図を受け、孝太郎は用意しておいたエックス線の写真を出した。上に二本、下に一本のインプラントを使用している。

「インプラントは例外なく高価であるため、整形などのことも含めると、美容関係のことに相当、お金を注ぎ込んでいたと思われます。裏の仕事に手を出していた、もしくは半グレに加わっていた等々、考えられるのではないでしょうか。参考になればと思います」

「続けます」

今度は細川が継いだ。

「有賀由宇は、静岡県出身で、実家はお茶を作る農家のようです。身内と連絡を取っていたのかどうかといったことは、ご存じのように携帯がないため判明していません。そうそう、整形前の写真が手に入りましたのでご覧ください。美容外科医によりますと、整形したのは三十三歳のときらしいです。イケメン店長として勤め始めたときですね」

差し出された写真を、孝太郎はパソコンで読み込み、プロジェクターに映し出した。次の瞬間、何度目かのざわめきが起きた。

ぼってりした一重瞼が、有賀を別人に見せていた。暗く陰鬱（いんうつ）な男といった印象を受ける。細い目は鋭くて、少し恐い感じもした。

「驚きました」

鷲見が率直な感想を述べた。

「目が二重になっただけで、印象がこんなに変わるとは」

「メンズメイクをして、お洒落に気を使い、明るく話をするようになれば人は変わります。三十三歳のときに、なにかあったのか。ただ単に大金が入って自分自身を変えてみたくなったのか」

清香なりの意見を口にする。

「それにしてもですよ、ここまで変わるとは驚きです。すでに警察官は現在の写真を手に聞き込みをしていますが、整形前の写真も見せた方がいいですね。昔を知る人物が現れるかもしれないので」

鷲見の感想に、検屍官は同意した。

「はい。それから山高帽の不審人物ですが」

もう一度という仕草に従い、孝太郎は素早く玄関のエレベーター前に立つ二人の映像に切り替える。顔の骨格記憶術を持つ清香だが、帽子にサングラス、マスクという完全防備では、推定しようがないだろう。

「手にご注目ください」

手袋をしていない手に目を向けた。右手だと仕草で示されたので、孝太郎はズームアップする。清香はプロジェクターのそばに行って、猫の手の形をした孫の手で指し示した。気に入っているアイテムのひとつである。

「もしかしたら右手の親指にあるのは、メスを使うことによってできたタコかもしれません。外科医は手術の練習をするので、親指にタコのような膨らみができることがあるんです。分野はわかりませんが、現役の外科医、もしくは医師だった可能性もあるのではないかと」

「美容整形に医療用麻薬を用いた薬物依存。有賀由宇の後ろには、確かに医者の存在が強く感じられます。二人は交際していたのか、ただ単に薬を渡すために会ったのか。わたしは後者のような気がしますよ。金のもつれかなにかで諍いが起きた結果、医者は過剰投与するに至った」

　鷲見は意見を求めるような目を投げた。

「考えられると思います。捕まった場合も『自分は打っていない、被害者が勝手に使っただけだ』と、言いのがれられますからね。あるいは、この不審人物は薬物専門の医者くずれかもしれません。似た事案を調べる必要があると思います」

同意したうえで、あらたな提案を口にする。鷲見をはじめとする警察官は、頷いてメモしていた。

「他にはいかがですか。なにかありますか」

代表するように問いかけた。行動科学課は隠蔽体質なのではないかという、根も葉もない噂が浸透している。牽制するような気配を感じた。

「有賀由宇は、若い頃はヤンチャな暴れん坊だったのかもしれません。そのときに受けた古傷が痛むようになってしまい、鎮痛剤では我慢できなくなり、医療用麻薬に手を出したのかもしれませんね。血液検査の数値だけなので断定はできませんが、関節リウマチだった可能性があるんです」

「年を取ると発症する病気じゃないんですか」

意外そうに鷲見が訊いた。

「違います」

清香は笑って否定する。

「二十代や三十代、最近では十代の発症も数多く報告されるようになりました。環境や食べ物の変化、ストレスが起因しているという説もあります。九対一ぐらいの割合で女性に多い病気ですが、男性も発症します。女性よりも痛みに弱いんでしょう。もしくは、奥様や子供に動かなくていいと甘やかされるせいなのか。男性は車椅子生活や寝たきりになる人が、少なくありません」

「なるほど。何科を中心に当たればいいですかね」

鷲見は熱心さを失わない。

「医療用麻薬に頼っていた点を考慮すると、真面目（まじめ）に病院通いをしていたとは思えません。ですが、痛みがひどくなった最初の頃、内科や整形外科、膠原病（こうげんびょう）リウマチ科に行ったことは考えられるのではないでしょうか」

「調べてみます」

　鷲見の答えの後、

「他にご質問はありませんか。ないようであれば、一度目の捜査会議を終わらせていただきます。なお現時点では他殺だけでなく、自死の線も捨てきれないため、表向きは本庁との合同捜査ではありませんが、行動科学課の参加によって、ごく自然に本庁との合同捜査と同じ形態を取ることになります。科捜研や特殊詐欺班などの協力が得られますので、ご安心ください」

　清香はさりげなく行動科学課をアピールする。地下に追いやられたものの、存在感はしっかり示していた。

「以上です」

　申し渡したそれを、鷲見が継いだ。

「解散」

　同時に警察官たちは立ち上がって、会議室を飛び出して行く。比較的、友好的な雰囲気だったので孝太郎は安堵していた。

「いつものような冷たい感じがなくて、よかったです」

　正直な言葉が出た。会議室には三人だけになっていたが、苦労性と貧乏性の気質ゆえ、小声で話をしていた。

「写真集の恩恵かもしれませんね」

細川が答えた。

「ドクターのサインがほしいと、わたしのもとには十冊ぐらいの写真集が届いているんです。ちなみに、鷲見課長からのお願いもありました」

「警察の古い制服姿に、郷愁を誘われるのかもしれませんね。サイングらい、いくらでもしますわ」

参りましょうか。と、会議室を出て行く清香に孝太郎と細川は続いた。

6

「新たな通報は、入っていないのでしょうか」

孝太郎は、ME号の後部座席に座る。今回は細川が運転席で、清香は孝太郎の隣に座っていた。

「優美ちゃんからは、なにも連絡が来ませんでした。悪戯電話であれば、それはそれでよかったと思いますが……気になります」

検屍官の答えを聞きながら、ME号は静かに動き出した。『雑居ビル変死事件』は所轄の担当だが、深更の通報は行動科学課内の事案にすぎない。悪戯電話の疑いがあるとなれば、まだ公にはできなかった。

「『しんおうまる』とは、どんな意味なんでしょうか。細川課長は刀剣のような気がすると仰っていましたが」

孝太郎の質問に、清香が答えた。

「わたしも課長の意見に賛成です。父には刀剣蒐集の趣味があるので昨夜、訊いてみたんですが、『定かではないが』という前提のもと口にしたのは、信州の真田家にゆかりの刀ではないかとのことでした」

細川はルームミラー越しに見やりつつ、話を聞いているようだった。

「真田家って、あの真田幸村の家ですか？」

思わず声が大きくなる。真田幸村は、歴史に関して普通人程度の知識しかない孝太郎でも知っている武将のひとりだ。急いで携帯を検索する。

真田氏は、信濃国小県郡真田を本拠地とした豪族で、江戸時代の大名幸隆とその子・信綱・昌輝・昌幸は武田氏に仕えた。

真田幸村は、織豊期・江戸初期の武将であり、名は信繁。豊臣秀吉の近侍となって、小田原攻めに功をあげた。関ヶ原の戦いでは西軍に属し、父・昌幸とともに居城信濃上田にあって徳川秀忠の大軍を阻止。戦い後、父と高野山麓に幽居されたが、慶長十九年（一六一四）、豊臣秀頼の挙兵に応じて大坂に入城したものの、翌年、大坂夏の陣で戦死したとされる。

「ええ。真田家でもごく一部の者しか知らない秘蔵で、幻の刀と言われているそうですが、『しんおうまる』はこう書くそうです」

清香は携帯に真王丸という漢字を出して、続けた。

「別名『月斬（げっき）』。これは湖水に映った月を斬ると、しばらくの間、湖面が斬られたままの状態が続くことからついた異名であるとか。月斬は『月鬼』に通じるのかもしれないと個人的には思いました」

「月を斬り裂く鬼ですか。通報者の女性は、盗まれたと言っていましたが、真実ならば実在する刀ということになりますね」

孝太郎は胸が高鳴るのを感じていた。刀剣女子ほどではないが、人気の出たアニメのフィギュアを作る者として、また、男として刀には興味がある。是非、見てみたいと思った。

「あくまでも推測の域を出ない話です。わたしは刀剣女子のひとりですので、非常に興味がありますわ」

刀剣はともかくも通報者の安否が気になる。

「そういえば、科捜研に声紋鑑定をしてもらう件は、どうなったんでしょうか。声の犯罪捜査官というか、得意な人がいるという話でしたよね。まだ姿を見せていませんが」

思い出した事柄を問いかける。

「その件ですが、二、三日中には来るとのことでした。忙しいようでしてね。行動科学課には前から興味があったので、必ず行くという連絡が来ています」

細川が答えた。

「まあ、興味があるのは、なにかと話題の美人検屍官かもしれませんが」

苦笑いとともに言い添える。写真集の刊行によって協力を得やすくなった部分はあるが、苦々しく思っている警察官も少なくないだろう。さらにサインを求めたのがイケメン警察官であれば、清香は浮気心を刺激されるかもしれない。いずれにしても、細川が安らぎを覚える日は遠いようだった。

「歴史関係の話が出たついでに言いますが、わたしは、有賀由宇が亡くなった日が引っかかっているんです」

清香は『雑居ビル変死事件』に話を戻した。

「亡くなった日」

孝太郎は念のために確認する。

「一月十一日ですよね。なにか大きな事件が起きた日ですか」

検索しようとした手を止められた。

「塩の日です。戦国時代、塩の供給を断たれて困っていた武田信玄(しんげん)に、ライバルだった上杉謙信が塩を送ったという言い伝えにちなむ日なんですよ。たまたまだと思いますが、ちょっと引っかかりまして」

「変わることのない誓いは『塩の契約』と言うそうです。キリスト教では、優れた者や役に立つ者の他、不正や腐敗を見過ごすことができない人物を指して『地の塩』と呼ぶそうですが、『塩の契約』がそこからきているのかどうかはわかりません。『地の塩』の語源は、食べ物が腐るのを塩が防ぐことのようですが」

細川が継いだ。一月十一日は塩の日、キリスト教における地の塩、そして、語源が定かではない塩の契約。

「もしや、塩の日のことがあったため、検屍官は有賀由宇自死説を口にしたんですか。彼は塩の日を選んで自死したと考えているんですか」

孝太郎は、メモしながら訊いた。

「はい」

清香は答えて、続ける。

「有賀由宇が整形をしたのは、三十三のときでした。顔を変える必要があったんでしょうか。あるいは、ついでにフェースリフトを行って若返りたかったのか」

二重にしただけでも、かなりイメージが変わったのは、会議に参加した警察官の反応を見ればわかる。さらにシワ取りをして髪型や服装を今までとは違うものにすれば、別人の誕生となったのではないか。

「場外市場近くで喫茶店の店長を始めた時期に重なるかもしれません。看板店長になるため、もしくは過去を隠すために変身したことも考えられます。いずれにしても、聞き込みの結果待ちですね」

清香は自問自答のように呟いた。

「現場のジオラマですが、自分としては消費者金融の店舗内よりも、不審男性と一緒にいるエレベーター内の場面にしたいのですが、いかがでしょうか」

孝太郎は3D捜査の段取りを問いかけた。限られた時間内で効率よくジオラマを作るには、優先順位をつけなければならない。ふだんは事件現場を製作することが多いのだが、今回は不審男性が気になっていた。

「浦島巡査長におまかせしますわ。わたしも山高帽の不審男性が気になります。もとは医者だったのか、現在も医者なのか。あるいは医者になれないまま、偽医者として闇社会を深海魚のように泳いでいるのか」

「深海魚ですか。上手い表現ですね。確かに猫背のところや、ひと言も話さない不気味さが、深海魚のように思えなくもありません。被害者とはどんな関係だったのか。金で買い、ひとときの快楽を求めて店舗へ来たのか」

そう考えたときに浮かんだのは、貸金業者の店長だ。

「あらためて確認します。店長は知らぬ存ぜぬの一点張りですが、逢瀬（おうせ）や密談の場所として、深更の空き店舗を提供していた可能性もありますよね」

　孝太郎の問いを受けたのは、細川だった。

「ありうると思います。不審男性が合鍵を持っていたのは、いかにも不自然ですからね。そして、店長にとっては都合がいいことに店内の防犯カメラは停止していた」

「店長曰（いわ）く、よく故障するとのことでしたが」

　手帳を見た孝太郎に課長は頷き返した。

「はい。ですが、二人が部屋に入った後、どちらかが防犯カメラのスイッチを切るまでの映像ぐらいは残っているはずです。故障の可能性がゼロだとは言えませんが、あまりにもタイミングがよすぎるというか。あらかじめ店長が切って行ったと考えた方が自然なように思えます」

　当然の疑問を口にする。これまた、あらためて言ったように思えた。

「その辺りのことも、所轄があきらかにするでしょう。行動科学課は、刀剣女子かもしれない通報者の割り出しを急ぎます。盗まれたという『真王丸』の行方（ゆくえ）がわかれば、背後関係を突き止められるかもしれません」

　清香の言葉を、細川が受けた。

「古美術商や刀剣の蒐集家、鑑定士などを、本間係長に調べてもらっています。百鬼（ひゃっき）

夜行の怪人物が闊歩する世界ですからね。情報が出たとしても、どこまで信用できるかわかりませんが」

「今はまだ淡い陽炎のような『真王丸』ですが、実在する可能性が高まりました。刀なのか脇差なのか、懐剣なのかすらわかりませんけれどね。とにかく若い女性と思しき声の持ち主が、無事なのを祈るばかりです」

「本間です。一柳先生はＭＥ号ですか」

　不意に無線機から優美の声が流れた。

「はい。本庁に向かっているところです」

「そうですか。たった今、科捜研から音の専門家が来たところです。一柳先生のお帰りを待っています」

　心なしか、優美の声が弾んでいるように思えた。孝太郎は首筋の毛が逆立つのを覚えている。霊的なモノや危険が迫ったときなどに作動する危険探知機が、なにかを知らせているのだろうか。

「わたしは、ドクターたちを本庁に送った後、所轄に戻ります。情報が挙がっても渡してもらえない場合がありますからね。単独行動は慎むべきかもしれませんが、可能な限り足を運んだ方がいいのではないかと」

　細川の申し出を、清香は頷いて了承する。

本庁へ近づくにつれて強くなる悪寒(おかん)。
(当たらないでほしい)
孝太郎は心の中で密かに祈っていた。

第2章　モンタージュ・ボイス

1

行動科学課の地下オフィスに入った瞬間、

「あ」

孝太郎は小さな声をあげた。仮眠用にも使われるソファから立ち上がった男性もまた、驚きの表情を見せたように思えた。年は三十代なかば、長身瘦軀でかなりのイケメンなのが見て取れた。孝太郎はコンタクトを使用しているが、彼はメタルフレームの眼鏡をかけており、それが今風（いまふう）の顔立ちとよく合っていた。

（オタクだな）

と思ったが、おそらく相手もそう感じたのではないだろうか。

「科捜研の日高利久（ひだかとしひさ）です」

握手を求められたので応じた。

「浦島孝太郎です」

「3D捜査と呼ばれる事件現場のジオラマについては、噂で聞いています。空気感がダイレクトに伝わって来るそうですね。ぼくは写真でしか見たことがないのですが、今回は是非、実物を拝見できればと思っています」

「利久さんとお呼びしても、よろしいかしら」

清香が割って入る。いつもどおりと言うべきだろうか。かなり強引だった。緊張したのだろう、

「あ、はい、もちろんです。検屍官のお好きなようにお呼びください」

日高は直立不動の姿勢になっていたが、なぜか孝太郎と握手したままだった。

「日高さんは一柳先生の写真集をお持ちになったんです。サインがほしいとのことですので、あとでよろしくお願いします」

優美がにこやかに告げたが、作り笑いのような印象を受けた。頬もやや強張っているように見える。無線機から流れた声が、やけに弾んでいたのは……。

(もしや、日高利久に一目惚れか?)

大学では犯罪心理学を専攻していた。日高ほどではないが、声だけでも多少、精神状態を把握できる。あのとき同時に覚えた悪寒の原因を知ったような気がした。

(検屍官は自分の呼び方で親しさをアピール、そして、係長は緊張しながらも笑顔で

射止めようという考えか）

日高が検屍官と話している隙に、アクセスして年齢と役職を確認する。三十五歳という年齢もまた、どちらでも相手になりうるのではないだろうか。清香にしてみると四歳下、優美にしてみると五歳上。さらに悪寒が強くなっていた。

「失礼とは思いましたが、今朝、身上調査をさせていただきました。驚きましたわ。その若さで警部補なんですのね」

清香の賛辞を、優美がにこやかに受けた。

「事件解決の糸口を作る名人だそうです。音や声から犯人と被害者の状況を割り出すことから、ついた異名は『音解(おんかい)捜査官』。音(こえ)を解き明かすなんて、本当に素敵だと思います」

優美はすでに恋する乙女のごとき表情をしている。妄想癖がある孝太郎は、彼女の目にキラキラと星が浮かんでいるように見えた。

「はじめにお断りしておきますが」

日高は不意に言った。

「ぼくが関心を持っているのは、浦島巡査長だけなんです。彼と一緒に仕事をするのが、ささやかな夢でした。割と早くかなえられた嬉しさで今は興奮しています」

それを聞いた刹那、

「…………」

優美は天井を見あげて、くるりと背を向けた。一目惚れしてすぐに失恋という流れだろう。しかし、検屍官は平然としていた。

「そうですか。はじめにお断りしておきますが、わたくしは気にしません。バイセクシャル大歓迎ですわ。興味深い助っ人が現れたことに喜びを覚えます」

男喰い（マンイーター）の本領発揮か。もしかすると、細川は日高利久の性癖を知るがゆえに、ある意味安心して、所轄に向かったのかもしれない。事前調査をしていたことは充分、考えられた。

「あの」

孝太郎は遠慮がちに告げる。

「いつまで手を握り締めているんですか」

何度も振り払おうとしたのに、日高はきつく握り締めたままだった。たった今、気づいたような顔をして見やる。

「あ、すみません。あまりにも自然な触れ合いだったので、握手しているのを忘れていました」

自然な触れ合いの部分に多少、違和感を覚えたが、よけいなことは言わなかった。

「始めましょうか」

優美が訊いた。

「はい」

孝太郎の返事に、日高の答えが重なる。彼はとびきりの笑みを浮かべた。

「気が合いますね」

「は・じ・め、ましょうか」

二度目の優美の言葉には冷たさだけでなく、抑えきれない怒りが込められているように思えた。恋の訪れかと思いきや、脈がないとわかり、希望が失望に変わったのだろう。霊感体質の孝太郎は肩が一気に重くなったのを感じた。

「始めましょう」

対する日高は明るく言い、椅子を持って来て隣に座る。自分のパソコンを鞄から出して、起動させた。清香と優美はそれぞれのデスクの前に腰をおろしたが、検屍官は相変わらず興味津々の表情だった。

(手を握られないように気をつけないと)

孝太郎は気をぬかずに様子を見ている。

「まず通報された内容を再現します」

優美は告げて、パソコンを操作した。

〝助けてください〟

かぼそい女性の声が流れる。いやでも緊張感が高まった。

〝監禁されているんです。隙をみて連絡しました〟

〝場所はどこですか、東京二十三区内ですか〟

これは受けた孝太郎の声だ。

〝わかりません。あぁ、この携帯、もう電池切れかも〟

声が急に遠くなる。

〝お名前は？　名前を教えてください！〟

叫ぶように問いかけた。焦っている様子が、伝わってくる。何度も聞いたが、聞くたびに冷や汗が滲む思いだった。先に自分の姓名を名乗るべきだった、もっとなにかできなかっただろうか等々、悔やむばかりだ。

雑音まじりの言葉にならない声を懸命に聞き取ろうとしたが、なにを言っているのか判断できない。

〝あなたの名前は？　監禁場所はどこですか？〟

もう一度、訊いたが、

〝……しん、おう……まる、盗まれた、んです〟

返って来たのは、意味不明の呟きだった。

〝え？〟

訊き返そうとした刹那、電話は無情にも切れた。少しの間、部署内は静けさに包まれる。一人ひとりが頭の中で反芻(はんすう)しているような印象を受けた。

「音の世界には『ファントの法則』というものがあります」

日高が口火を切る。

「声の周波数の高さと、身長の高さは反比例するという法則です。必ずしもあてはまるわけではありませんが、身長が高いと声は低くなり、低いと声は高くなるとされています。行動科学課のスタッフもそうでしょうが、ぼくはご依頼をいただいたときから何度も通報を確認しました」

手元のプリントに視線を落として、続けた。

「現時点でわかったのは、声の主は女性、身長はおそらく百五十センチ前後。次も推定ですが、年齢は十代後半から二十代前半ではないかと思いました」

「声だけで具体的な年齢が、わかるのですか」

すかさず清香が問いかけた。

「はい。理由は、声帯も筋肉だからです。老化するにつれて、その振動にも特徴が表れるんですよ。今までのデータをもとに推定した結果、通報者は非常に若い女性ではないかと、ぼくは考えています」

「中学生、もしくは高校生ぐらいの可能性もある？」

清香が自問まじりの問いを投げた。

「はい。現在、モンタージュ・ボイスの製作に取りかかっています。どういう骨格なら、どんな声になるかという研究をもとにして、具体的なモンタージュ写真を作ってみようという試みです」

「モンタージュ・ボイスですか。話には聞いていましたが、実際にやっていただくのは初めてです。こうやって現実になると、やはり驚きを禁じえませんね。他にはいかがですか。なにか気づいたことは？」

質問役は清香が担っていた。

「監禁されているのが事実であればあたりまえなのですが、極度の緊張感で『太鼓の革が張り詰めたような声帯になっている』のを感じました。これは太鼓の革を引っ張って強く張ると、だんだん高い音になるのと同じ原理です。録音された声は、通常の彼女の声よりも高いのではないかと思います」

さらに、と、続けた。

「この女性は多少、エラが張っているかもしれません。極端な感じではないかもしれませんが、エラが張っていると声の周波数が高い方に伸びるんですよ。わずかにそういった傾向が感じられました」

「バック・ノイズに関しては、どうですか。気になる音は入っていませんでしたか」

「残念ながら、聞き取れませんでした。再度、試してみますが、彼女が使用している携帯自体の雑音が激しくて掻き消されてしまうんですよ。言い訳になりますが、録音時間が短すぎる点もマイナスです。情報量が少なすぎる」

「東京二十三区内の捜索願いを調べていますが、十代の捜索願いは恐ろしいほどの数です。せめて、何区なのか。あるいは郊外なのかだけでも、わかればいいのですが」

優美が意見を述べた。プチ家出や何カ月も自宅に戻らない十代は、いまや珍しくない世の中だ。捜索願いから割り出すのは至難の業だろう。

「浦島巡査長。日高警部補の話を参考にして、通報女性のフィギュアを作れますか」

清香の申し出に頷き返した。

「やってみます。自分のフィギュアで立体的な人物、日高警部補のモンタージュ・ボイスで平面的なモンタージュ写真。完成した時点ですぐに、公開捜査をするべきではないかと思いますが」

「公開捜査は、慎重にしなければなりません。お二人の人物像が正確だった場合、気づかれたと思った犯人が、通報者を始末する危険性が高まりますから」

もっともな意見だった。

「優美ちゃん。銀座の『雑居ビル変死事件』の映像を出してください。エレベーター内に二人でいるものです」

なにを思ったのか、清香は所轄の事件を挙げた。ほとんど同時に孝太郎と日高のパソコンに、エレベーター内の映像が出る。ひと言も喋らない映像を見せられても、困惑するだけではないだろうか。

「顔を隠していない男性が被害者です。もうひとりの山高帽の男性は、重要参考人として手配されていますが、どんな印象を持ちましたか」

「猫背気味ですね」

日高は即座に答えた。

「顔を隠しているので年齢は、はっきりしませんが、案外、若いのかもしれません。最近の調査では、若い人に猫背が多いらしいんですよ。スマホやパソコンの影響なのは言うまでもありませんが、打ち込むときにこんな感じで」

椅子の背もたれに寄りかかって背中を丸める。あまり行儀がいいとは言えない姿だったが、確かに電車の中などでも似たような姿勢の人が多い。気がつくと孝太郎自身も、猫背気味で携帯を打っていたりする。

「首が前に出るじゃないですか。そうすると、ふだん話すときも猫背気味になるんですね。その結果、発音に微妙な変化が表れることがわかりました」

立ち上がって日高は、ホワイトボードの前に行った。孝太郎は隣に立って、補佐役を務める。

2

「例えば、そう、年号の令和です」

日高はボードに漢字で令和と書いた後に、平仮名で「れぃわ」「れぇわ」と記した。

「猫背気味の若い世代は、『い』の発音が苦手らしいんですよ。それで年号が『れぇわ』になってしまう。これは背中が丸まり、首が前に出ることによる弊害ですが、若い世代はあたりまえに思っているようですので問題になりません」

優美が訊いた。どこか刺々しい表情と声になっているように思えた。

「『れぇわ』でも間違いではありませんよね」

「はい。イントネーションに違いは出ますが、間違いではありません。ですが、『い』の発音が苦手というのは驚きでした。しかも少なからず、スマホの影響がありますからね。小学生までもが持つようになっている時代です。日本人、いや、国は関係ないか」

語尾だけ私的な口調になって顔を上げた。

「そう遠くない未来に、もしかすると人間の骨格が大きく変化するかもしれません。まあ、ぼくの意見は山高帽の男性への参考にはなりませんね。声だけでもわかれば、ある程度、年齢を絞り込むことはできると思いますが……すみません。本当に役に立たない意見になりました」

日高は告げて、パソコンの前に戻る。孝太郎はボードの字を消して席に戻った。

「話を通報者に戻します。彼女が言っていた『しんおうまる』ですが、ぼくは刀剣にも興味がありまして、日本各地で開催される刀剣フェスティバルに足を運んでいたんです。静岡県の催しに行ったときの映像なんですが」

彼は自分のパソコンの画面を切り替えて検屍官の方に向けた。孝太郎は急いで上司の後ろに回り込む。画面には、美しい刃文を描く一振りの刀が映し出されていた。鞘などはなく、刃だけを強調した展示方法だが、巧みにライトを配しているに違いない。刃文が煌めくさまは、刀剣ファンならずとも心を奪われるのではないだろうか。歴史好きであれば言わずもがなだろう。

「『真王丸』ですか?」

清香は立ち上がっていた。

「そうだと思います。展示した場所には、真田家秘蔵の幻の刀と出ていました。死の間際、真田信繁、一般的には幸村と称されますが、信繁は近侍に託したようです。そのお陰でなんとか残ったようですね」

「鞘や鐔は飾られていなかったのですか」

ふたたび清香が訊いた。

「飾られていませんでした。会場にいた関係者に訊ねたところ、徳川家康が持っていた一振りらしいんですよ。発見されたとき鞘や鐔はすでになく、白木の鞘に収められていたそうです」

日高は答えながら、なぜか隣に来て、孝太郎の腕にふれた。さりげなく払いのけるのだが、しきりに身体の一部を接触させようとする。

(ぼくにはそういう性的指向はないぞ)

清香を盾にして、右側に立った。検屍官を間に挟む形になったため、もう隣には来られないはずだ。

水面下の戦いを知ってか知らずか、

「駿府、今の静岡県ですが、駿府に隠退していた家康が所蔵していたとなれば、ますます信憑性が高まりますね。家康が恐れていた真田信繁の刀を密かに祀り、魂鎮めに用いていたのかもしれません。この刀は今、どなたが持っているのですか」

清香が問いを投げた。大きな手がかりではないだろうか。『真王丸』と思しき刀の持ち主をあたれば、通報者の女性に繋がるかもしれない。

「待ってください。念のためにパンフレットを持ってきたんです」

日高は鞄から展示された刀剣会場のパンフレットを取り出した。いくつかの刀剣業者や古物商が合同で開催したらしく、何軒かの屋号が記されていた。

「『真王丸』の出展者は、古美術商の〈飛鳥井(あすかい)〉ですか」

検屍官が読み上げるのと同時に、優美が告げた。

「中央線の阿佐谷に店舗があります。固定電話に連絡をしましたが、休みなのか、だれも出ません。留守電にメッセージを入れておきました」

「まいりましょう」

早くもコートと大きなバッグを持っていた。

「お待ちください、先生。店主は沢木敦史(さわきあつし)、五十歳。プロジェクターに免許証の写真を出します」

優美は短時間のうちに、できるだけ正確な情報を伝えようとする。正面を向いた沢木の写真は、グレイヘアのなかなか魅力的な男だった。これは検屍官好みではないかと、孝太郎はつい清香を見やっている。

「あら、素敵なおじさま」

案の定の呟きが出た。

無線でやりとりを聞いていたのだろう、

「聞き捨てなりませんね」

突然、無線機から細川の声が流れた。

「わたしは今、亡くなった有賀由宇が店長をしていた場外市場の店舗に来ています。

すでにお知らせした通り、自宅マンションは新橋にあるのですが、頻繁に出入りをしていた男については取り調べを行っているので、本間係長に流しておきました」

素敵なおじさまについては言及することなく、淡々と現状報告をする。これが癖のある検屍官と交際を続けられる理由だろう。

「浦島巡査長。プロジェクターの補佐をお願いします」

優美に言われて、孝太郎はふたたび立ち上がった。パソコンとプロジェクターのそばに立ち、画面が切り替わるのを待っている。ほどなく映し出された。

「取り調べの映像ですか」

孝太郎は言った。細川の素早い動きに内心、驚いたが、これも本庁の課長なればこそではないだろうか。

「ライブ映像らしいです。細川課長の調査によりますと取り調べを受けているのは、八木克彦（やぎかつひこ）、二十一歳。場外市場の魚屋に勤めています。念のために補足しますが、近くには有賀由宇が店員をしていた喫茶店があります」

優美がすかさず告げる。八木はだれかに殴られたのか。右目と顎に痛々しい青痣（あおあざ）が残っていた。流行りの髪型に金髪と茶色が混じった色合いの髪、さらに耳にはピアスをつけている。

「有賀由宇の部屋に、よく行っていたようだな」

取調役の警察官が訊いた。

「はい。自分は市場の魚屋に勤めているんですが、有賀さんには可愛がってもらいました。よく飯を奢ってもらったりしたんですよ。一回り以上、年が違うからですかね。弟みたいに思ってくれていたのかもしれません。喫茶店の人手が足りないときは、手伝ったりもしました」

「本当の年を知らないようですね」

清香の言葉で、孝太郎はいやでも有賀の整形前と整形後を思い出している。二重の手術と若返りを目的にしたシワ対策のフェースリフトを行えば、せいぜい三十前後にしか見えない。有賀は自ら年齢を明かしたりはしなかったのではないか。

「時々食事をするだけの関係か？」

警察官は疑惑まじりの問いを投げた。

「あとは、そうだな。去年の夏は、一緒に海へ行きました。久しぶりに海水浴って言うんですかね。海で遊びましたよ。有賀さんはサーフィンが得意で、身体も鍛えぬいてカッコ良かったです。なんていうのか」

八木はまた、ちょっと間を空ける。そうだな、の後も少し空いたが、話すとまずい事柄を選り分けているような印象を受けた。

（やはり、相当、ヤバい事案に関わっていたのかもしれないな）

孝太郎は、微妙な間を空ける癖を手帳に記した。

「ほら、団体でパフォーマンスしながら歌う集団がいるじゃないですか。有賀さんは、あれの一員と言っても通るんじゃないかと思いました。踊りも上手いんですよ。イケメン店長は、モテモテでしたね」

「彼に女性を紹介してもらったんじゃないのか」

取り調べ役の疑問には、女性客を酔わせてレイプというような犯罪行為が見え隠れしているように思えた。市場は荒っぽい男が歓迎されるような職場である。さらに過去においては、犯罪に手を染めた人間の潜伏場所として利用された時もある。際どい質問だと感じたに違いない、

「そういう事実はありません」

八木はきっぱり否定した。

（頭は悪くないな。気遣いや目配りができる貴重なタイプかもしれない）

二十一の若さで目端が利くとなれば、普通の会社はもちろんのこと、裏社会ではもっと重宝される。半グレのリーダーに育てるべく、八木に金を注ぎ込んでいる反社会的勢力がすでにいるかもしれない。

眼前の男については、ゆっくり調べればいいと思ったのではないだろうか。

「有賀はどうだった？　あきらかにその筋と思われる連中と付き合っていなかった

か？」

　具体的な質問を口にした。

「さあ、どうですかね。自分が知る限りでは、そういった付き合いはなかったように思います。マスコミで取り上げられたとおりの、遣り手のイケメン店長ですよ。自分なんかにも対等に接してくれました。やさしかったです」

　八木はあたりさわりのない答えを返した、ように思えた。清廉潔白、裏などないという男が、雑居ビルで変死するだろうか。

「女性関係はどうだ？」

　今度は女がらみの問いになる。モテ男だった有賀は、もしかすると知らないうちに怨みを買っていたかもしれない。直接、手をくだしはしなかったものの、山高帽の不審人物に殺害依頼をしたことも考えられた。

「そういえば最近、彼女ができたと言っていたな」

　ふと思いついたように言った。

「どんな女性だ、名前は？　会ったことがあるのか？」

　取り調べ役は色めきたった。きつく握りしめた手に、気持ちが浮かび上がっていた。

「いや、会ったことはないですし、名前や年も知りません。彼女が好きな浦安の商業施設でデートをしたとか、噂のセレブホテルに泊まったとか、楽しそうに話してました。有賀さんから彼女の話が出たのは初めてだったんで、へえ、と思いました。こんな表情をするんだなって」

「こんな表情とは？」

間髪入れずに問いかける。

「よく言うところの、子供みたいな表情ですよ」

と、八木は笑った。

「警戒心を消した無邪気な笑顔でした。ああ、そうか。その女性のことが、よほど好きなんだなと思いました。ちょっと嫉けましたけどね」

そう付け加えた若い男は、逆に老成した表情をしているように感じられた。複雑な家庭に育った者にありがちな言動に思えた。

（早く大人にならなければいけなかった症候群か）

造語まじりでメモする。八木克彦が年を取ると、有賀由宇のような感じになるのではないだろうか。顔立ちなどは似ていないのだが、なんとなく、そんなイメージが湧いた。

なにか情報が入ったのかもしれない。耳打ちされた取り調べ役の警察官は、打ち切りを告げて立ち上がった。

すぐに画面が切り替わって、細川が映し出された。

「事件に関して店のスタッフはいかがですか。驚いていたのではありませんか」

清香が口火を切る。

「いや、スタッフは一様に口が堅いんです。恋人ができたらしい云々という話題は、周知の事実だったんでしょう。すんなり答えてくれましたが、有賀由宇の交友関係などに関しては、みな知らぬ存ぜぬでした。あまり友好的なお友達はいなかったのかもしれませんね。あるいは話してはいけない事案なのか」

背後に危険人物がいるのではないかと言外に匂わせた。

「喫茶店のオーナーには話を聞けたのですか」

「聞き込みをしたのは所轄の警察官ですが、わたしは横にいてメモを取りました。オーナーは副業をやっていたんじゃないかと答えていましたが、詳しいことは知らないと、こちらもスタッフとさして変わりのない返事でした」

手帳を片手に耳を傾ける細川の姿が自然に浮かんでくる。単独行動は原則、禁止だが、常に人手不足の行動科学課の場合は、四の五の言っていられない。所轄にしてみれば苦々しい思いだろうが、地下に追いやられたとはいえ、細川は本庁の課長だ。邪険にはできず、内心、フラストレーションがたまっているのかもしれなかった。

「副業ですか」

一部を繰り返した清香を、細川が受けた。

「もう少しあたってみます。有賀由宇が副業にも精を出していた場合、オーナーはおこぼれに与（あずか）っていたかもしれません。それを知っているため、スタッフ全員の口が堅い可能性もありますからね」

「反社会的勢力が後ろにちらついているように感じます」

「同感です。市場の関係者に聞き込みをしていたとき、ひとりだけですが、最近とみにヨコモノが横行していると教えてくれました。もちろん他言は無用という仕草付きでしたので、所轄にはまだ伝えていません」

細川はしたたかな一面を覗（のぞ）かせる。判断は清香にゆだねるということなのだろう。ちなみにヨコモノとは、密漁モノのことだ。市場には少なからず、そういった黒い噂がつきまとう。

「わたしの方からも一点、お知らせします」

清香が言った。

「美容整形を受けた患者さんが、健康被害を訴える場として、日本美容整形協会という美容外科クリニックの医師たちによる存在があります。あろうことか、この協会がですね、患者さんの同意を得ずに相談内容を、その患者さんを施術したクリニックに伝えていたことがわかりました」

「ひどいですね。守秘義務が履行されていません。個人情報保護法に抵触する恐れがあります」

孝太郎の意見に、清香は頷き、続けた。

「もしや、と、思いまして今朝、確認してみたところ」

「相談者の中に有賀由宇の名前がありましたか」

当意即妙、細川が訊き返した。

「はい。『協会に相談したら、それがクリニックの担当医師に伝わってしまい、医師に怒られた。個人情報は伝えないでほしい』という匿名の要望が、事務局に寄せられたそうです。事務局には知り合いがおりますので、内々に教えていただきました」

「なるほど。まさか日本美容整形協会が、殺人がらみの騒ぎを起こすとは思えませんが、有賀由宇は美容医療の闇を暴こうとしたのかもしれませんね。わかりやすく言えば、強請ろうとしたかもしれない」

細川はいかにもありそうな推測を述べた。孝太郎にも異存はない。有賀がなんらかの形で裏の稼ぎを行っていた場合、考えられることだった。

「そうなると、日本美容整形協会のお歴々も調べなければなりませんね」

清香の声と表情は、あきらかに弾んでいた。サディストの気質ゆえ、協会の不手際を糾弾（きゅうだん）することに喜びを覚えているのかもしれない。面倒がきらいな孝太郎には、考えられないことだったが……。

「年間、どれぐらいの相談が寄せられるんですか」

優美が訊いた。それなりに美容整形には興味があるのかもしれないが、日高は口をはさむことなく、メモを取ることに専念している。

「約百件と聞きました。三日に一件ぐらいの割合ですね。相談内容は、施術後の痛みといった健康上の問題や医師の態度、高額な料金に対する苦情などです」

医学の豊富な知識を駆使して事件の裏側に隠された闇を暴き、解決へと繋げるのが医療捜査官の役目だ。本庁に行動科学課を設けたのは、時代の流れを読んでいたからではないだろうか。医療がらみの事件が増えているのを、孝太郎は感じていた。

「話が戻りますが、ヨコモノの話が出たついでに、取り調べを受けた八木克彦の勤め先の魚屋を調べてみました」

細川は遠慮がちに言った。流れとしてはヨコモノの話が出た後に続けるべきだったろう。遠慮がちな雰囲気を、孝太郎はそうとらえた。

「八木が勤めている魚屋は、バサラ屋——これは安値（やすね）の魚を専門に買う魚屋のことですが、ますます密漁との関わりが疑われると思います」

安値の魚イコール、密漁した魚という疑いが出る。バサラは博徒用語でボウズや最悪を意味する隠語だ。孝太郎はヨコモノは聞いたことがあったものの、バサラに関しては初耳だった。市場は面白いと思う反面、恐い場所だという気持ちもある。

「細川課長の調査は完璧ですね。所轄よりも一歩か二歩、先をいっていると思います。単独捜査はご法度ですが、隠密行動には向いているんじゃないでしょうか」

清香の意見を聞き、画面の細川は頷き返した。

「否定はしません。好きに動けて、やりやすいのは事実です。ドクターはこの後、阿佐谷の古美術商〈飛鳥井〉へ行く予定ですね」

いちおうという感じで予定を確認した。

「はい。夕方になってしまいますが、思わぬ方から『真王丸』の手がかりを得られました。盗難届けは」

清香は目顔で優美に答えを求める。頭を振ったのを見て、続けた。

「出されていないようですので、持ち主が所持しているのではないでしょうか。幻の刀を是非、この目で見てみたいと思います。写メしますわ」

「お願いします」

細川との連絡を終わらせた後、清香はあらためて日高に目を向けた。

「利久さんは引き続き、モンタージュ・ボイスの作製をお願いします。浦島巡査長と連携して、できるだけ早く正確なモンタージュ写真とフィギュアを仕上げてもらいたいと思います」

「了解しました。浦島巡査長と密に連絡を取り合います」

日高の答えを聞いたとたん、首筋の毛が逆立った。妹がよく言う霊感的気質が警報を発していた。意味ありげな視線は、ひたすら無視する。

「もう一点、追加情報です」

優美が告げた。

「沢木敦史には、四十五歳の奥様と、二人の娘さんがいます。長女は二十歳、次女は十五歳。年齢的には日高警部補の推測どおりですね。どちらもモンタージュ・ボイスに該当するのではないでしょうか」

まだ断定はできないが、声からある程度の年齢まで絞り込めただけでも上出来だった。単に若い女性というよりも、具体的な年齢が出た方がフィギュアを作りやすくなる。もっとも通報者が沢木敦史の娘のどちらかであれば、モンタージュ写真やフィギュアは必要なくなるだろう。

「先生。日本美容整形協会の事務局に、話を伺いたいという連絡を入れておきますか。予約が必要だと思いますが」

優美の確認には、小首を傾げた。

「不意打ちもありではないでしょうか。事務局長には、パーティでお目にかかったことがあるんですよ。不在だったときは出直すことにして、直接、伺うのがいいと思います」

「わかりました」

「とにかく、阿佐谷にまいります」

ふたたび清香は、コートと大きなバッグを持って立ち上がる。

「通報が悪戯ならばよいのですが、そうではなかったとき、彼女を救えるのはわたしたちだけですから」

たとえ悪戯電話であろうとも、最善をつくすのが行動科学課のやり方だ。万が一を考えて常に動いている。

「もし、ふたたび通報があった場合は」

清香は扉の手前で立ち止まって、優美を肩越しに見やった。

「必ず助けますと伝えてください。諦めてはいけません。わたしたちが行くまで、希望を持ち続けるようにと」

「わかりました。伝えます」

「お願いします」

部署を出た清香に、孝太郎は続いた。

『雑居ビル変死事件』の情報収集は細川にまかせて、他のメンバーは悪戯かもしれない通報の捜査に集中する。沢木敦史の娘のどちらかが通報者なのか、通報者は無事なのか。

二人は地下駐車場へ行く。ＭＥ号には細川が乗って行ったため、面パトに乗り込んだ。

4

「なぜ、通報者は直接、行動科学課に連絡してきたのか」

検屍官は独り言のように呟いた。面パトの助手席に座って、ナビを操作している。午後四時を過ぎていたが、道路は比較的、空いていた。思っていたよりも早く着くかもしれない。

「もしや会ったことがあるのかと思い、考えてみたのですが、それらしい女性は閃きませんでした」

続いて出た言葉を受ける。

「検屍官のファンなのかもしれません。女性ファンが多いと、本間係長が言っていました。マスコミが大騒ぎして取り上げましたからね。活躍ぶりを見て、記憶に残っていたのか。あるいは『真王丸』が盗まれた時点で連絡しようと思っていたのか」

「後者の方が可能性が高いかもしれません。それで行動科学課の直通電話を記録しておいた。まずは古美術商の〈飛鳥井〉に幻の刀があるかどうかですね」

意味ありげな目が、ルームミラーに映っている。信号で停止したので、訊きたくはなかったが問いかけた。

「なにか仰りたいことが？」

「日高警部補です」

清香は答えた。待っていましたと言わんばかりの勢いがあった。

「浦島巡査長に心惹(ひ)かれたような様子でしたが、相手にしない方がいいと思います。思わせぶりな言動を取って翻弄し、部署を掻き回すだけ掻き回して立ち去るのが、彼に与えられた使命かもしれませんからね。わかっていると思いますが、念のために申し上げておきます」

「はい。ですが、フィギュア作りには、いいヒントをもらいました。少しエラが張っているかもしれないというのは、日高警部補ならではの推測だと思います。さすがは『音解捜査官』だと思いました。通報者の女性だけでも、今夜中に急いで仕上げたいと思います」

面パトは目的地に近づいていた。優美から新たな連絡が来ないのは、〈飛鳥井〉の店主と連絡がついていないからだろうか。

「エラがわずかに張っているだけで、声に微妙な変化が出るのでしょう。おおまかな身長や年齢もわかりました。小柄な女性像が、わたしの脳裏にも浮かびます」

清香は言いながら阿佐ヶ谷駅の周辺を見まわしている。孝太郎は好きな町であり、駅から延びた道沿いの小さな商店街が、暮らしやすさを表しているように感じられた。夕暮れを迎えたためだろう。子供連れの主婦が多いように見える。

「検屍官」

孝太郎は目顔で南口駅近くの店舗を指した。シャッターを開けていた店主らしき男性が、振り返っている。グレーのスーツ姿は、確かに『素敵なおじさま』という印象を受けた。

「今、おいでになったようですね」

清香は言い、大きなバッグを持って先に降りる。手短に自己紹介したうえで、店舗の前に設けられた一台分の駐車スペースに面パトを停めてもいいか、訊いたに違いない。検屍官が示した場所に、孝太郎は面パトを停めて、降りた。

さまざまな物が置かれた店内の一角に二人は腰を落ち着ける。

手短な挨拶の後、清香は通報者の話を切り出した。沢木敦史は無言で耳を傾けていたが、話し終えると目を上げた。

「『真王丸』は、わたしが所蔵しております。盗まれてはいません。さらに二人の娘も拉致監禁という状態ではありません。長女は大学、次女は高校に通っています。今日も行っていますよ。お疑いでしたら二人が帰って来た後で家のパソコンに繋ぎ、テレビ電話でご挨拶させます。それでも疑いが残るようであれば、自宅に来てください」

きっぱりと否定する。言い淀んだり、表情に変化はなかった。

（嘘をついているとしたら凄い役者だな）

しかし、盗まれてはいません、という言い方が引っかかった。盗まれたことはありません、と断定したら疑問は持たなかっただろう。

（過去において、盗まれたことがあるのかもしれない）

孝太郎はメモしながら、見るとはなしに店内を眺めていた。陶器や掛け軸、隅に置かれたあれは火鉢だろうか。壁には短刀や脇差、刀が掛けられている。さほど広くないが、客が見やすいように棚や段差を設けてうまく飾っていた。

「そうですか。では、後で二人の娘さんと、テレビ電話でお話しさせていただきたいと思います。今がわかる映像、テレビのニュース番組などですね。その前に立って話してもらえれば、より確かなのでお願いします」

清香は受けて、少し躊躇いがちに告げた。

「沢木さんは、とても魅力的なシニアだと思います。きっとおモテになるでしょう。

非礼を承知で伺いますが……」

「他の女性との間に子供はいません」

　沢木は素早く遮った。

「妻と結婚してからは、彼女ひとりです。浮気をしたことがないとまでは言いませんが、子供は長女と次女だけです。おそらく戸籍を調べたうえで、ここにおいでになったのだと思いますが、わたしとしては『無駄足になりましたね』と言うしかありませんん。魅力的という点で言えば」

　にこやかに続けた。

「一柳検屍官の方が、魅力的ですよ。恥ずかしながら妻に内緒で写真集を買い求めましたがね。実物の方が何十倍も美しいと思いました」

「ありがとうございます。いつも言われることですが、何度、言われても嬉しいですわ」

　清香はふだんどおりに堂々と答えた。

「骨董や絵画の世界の景気は、いかがですか。最近は中国市場が活況だと聞いておりますが、日本への影響などはどうですか」

　検屍官の質問に、沢木は答えた。

「仰せのとおり、中国市場の活況にともない、日本の骨董品市場も活況を呈しています。文化大革命の折、国外に流出した骨董品を、中国人バイヤーが買い集めているんですよ。日本は偽物が少ないうえ、値段が安いとなれば殺到して当然でしょう。オークション会場は、いつも賑わっています」

「そうですか」

清香は頷き、目を上げた。

「申し訳ありませんが、『真王丸』を拝見できませんか。刀剣女子のひとりとしましては、ぜひ、この目で確かめたいのです。こちらにあるんですよね」

なぜか、ここにあると決めてかかっていた。あるいは孝太郎の知らない情報を、優美から伝えられていたのかもしれない。

「わかりました」

沢木は気乗りしない様子だったが、警察官を相手に揉めるのは、得策ではないとわかっているのだろう。

「お待ちください。用意します」

言い置いて、店の奥に姿を消した。奥まった一角の小部屋に、金庫や鍵のかかる棚などがあるのではないだろうか。

「沢木さんの許可が得られたら、写真を撮っておきましょう」

清香に小声で告げられた。

「はい」

孝太郎は鞄からデジタルカメラを出して準備する。ほどなく、沢木が細長い白木の箱を抱えてきた。

「あまり人には見せないようにしているんですよ。どこによからぬ輩がいるかわかりませんからね。ご覧のとおり、わたししか、ここにはいません。警察に見廻りはお願いしてありますが、『今、賊が入って来ました。襲われています』と通報したところで、間に合いませんから」

沢木はなかば諦め顔だった。当然、保険を掛けているに違いない。清香が写真撮影を求めると快く応じた。

「どうぞ。いくらでも撮影してください」

答えて、白木の箱から一振りの刀を出した。鑑定するときに必要なのだろう、照明を点けて台に向ける。そこに白木の鞘から出した刀を置いた。下に敷いてある黒い布は、置かれた品物の美を最大限に引き出すらしい。

「なんて」

清香はそこで言葉を止めた。黒い布の上に置かれた刀は、まさに底光りしていた。輝きすぎず、抑えすぎず、『我ここにあり』とばかりに自己主張している。孝太郎もまた、無言で写真を撮った。

「美しいですね」

溜息まじりに検屍官は言った。

「なにをもって真贋を決めるのか。定義は言葉にできませんが、わたくしには本物に見えます。売ってほしいという要望は、ないのでしょうか」

「もちろん、あります。人気の高い真田家秘蔵の刀ですからね。噂を聞いて連絡をしてくる買い手は、引きも切らずという感じです」

「盗まれたことは？」

ストレートな問いが出た。孝太郎は一瞬、写真を撮る手を止めかけたが、素知らぬ顔で続けた。

「ありませんと言いたいですが」

沢木は笑った。

「昨年、静岡の展示会に出品した後、贋物にすり替えられていたことに気づきました。八方、手をつくして探したところ、今年になって買い取れという連絡が来まして」

笑顔が苦笑いになっていた。やはり、と、孝太郎は納得している。清香も同じ疑問をいだいたに違いなかった。

「取り戻したばかりです。探すのに協力してくれた相手は明かせませんので、あらかじめご了承ください。こういう商いにはつきものの闇の部分です。綺麗事では成り立ろうか。

先んじて言ったように思えた。少なくとも通報者の女性が言った『真王丸、盗まれたんです』という言葉は真実だったことになる。刀の持ち主は本当に沢木敦史なのだろうか。

(だが、持ち主が違っていれば、本間係長が言っていたはずだ)

孝太郎は優美の調査報告を反芻している。では、なぜ、通報者の女性は、真王丸が盗まれたことを知っていたのか。やはり、彼女は沢木の知り合いではないのか。ひとつの謎が、次の謎を運んでくる。

「わかりました。こうやって、本物と思しき真王丸を拝見できたのは、幸いでした。沢木さんは、この刀をどなたに譲られるおつもりなのですか」

清香はさらりと訊いた。妻や娘以外のだれかではないのか、という含みが、孝太郎には感じられた。

「上の娘が、大学を卒業した後、この店を継ぎたいと言っているんですよ。そうなれば、自然に彼女がすべてを引き継ぐことになるでしょうね。展示会に出展するときなどは、手伝ってくれるんです。まだまですが、見習いとしては、それなりに役目をはたしてくれますよ」

沢木は、親バカ丸出しの顔になって破顔した。こうやって話をする限りでは、慎ましやかな幸せを守る男に思える。が、裏にどんな顔を隠しているのか、現時点ではわからない。

「二人の娘さんと話せますか」

清香の申し出を快諾した。

「お待ちください。連絡しますので」

沢木は、棚が置かれた一角へ行き、パソコンのスイッチを入れる。清香は置かれたままの真王丸にいっそう顔を近づけた。

「本当に通報者の女性は、あなたと無関係なのかしら?」

ヒトに話しかけるように訊いた。

刀はなにも答えない。

だが、孝太郎には、通報者の女性の声が聴こえていた。

〝助けてください〟

5

その夜。

「ねえ、お兄ちゃん。通報者の女性より先に、美しすぎる検屍官のフィギュアが出来ちゃったのは、なぜ?」

妹の真奈美が質問を投げた。有名大学の法学部にストレートで合格するほど優秀なのだが、口の悪さは他の追随を許さない。十人並み以上の器量の持ち主なのに、魅力が半減すると孝太郎は思っていた。

「うるさいな。気がついたら出来上がっていたんだよ」

どうしても冷ややかな口調になる。台東区の自宅の作業部屋で、孝太郎は守秘義務を確認したうえで妹にフィギュア作りを手伝わせていた。時刻は夜中の二時をまわり、浅草寺近くの自宅周辺もさすがに静まり返っていた。

「ふぅん」

真奈美は鼻を鳴らして、続ける。

「しかも昭和二十年代の制服姿ですか。マニアックな写真集の中にあって、お兄ちゃんは一番これが気に入ったということですね。確かにどの写真も美しく撮れていると思いました。レトロな感じがまた、男心をそそるんでしょう。美しすぎる検屍官という謳い文句どおりです」

「ごちゃごちゃ言っていないで手を動かせ、手を。バイト料を支払っているんだからな。しっかり働けよ」

「バイト料と言っても、たった五百円じゃない。言っておきますけど、これでも大学生なんですからね。ワンコインでこき使われちゃ、たまらないわ。断固、バイト代の値上げを訴えます」

「却下」

即答し、真奈美の手元を見た。

「山高帽の男は、猫背気味なんだ。もう少し背中を自然な感じに丸めてくれないか。年寄りの背中にならないように注意すること。いいな」

「ワンコイン発注のくせに、高度なテクニックを要求するんだもの、かなわないわ。もしかしたら、年寄りかもしれないじゃない。それで背中が曲がり気味なのかもしれないでしょう」

「若くはないかもしれないが、年寄りという年齢まではいっていないと思う」

「言い切りましたね。その根拠は?」

真奈美の切り返しに、答えた。

「喉(のど)だよ」

孝太郎は作業台に置いたエレベーター内の一枚の写真を指した。被害者の有賀由宇も一緒に写っている。

「アップにしてよく見ると、喉にあまりシワがないんだ。顔のシワは隠せても喉のシワは隠せないからな。そのことから、山高帽の男の年は、いっても五十前後と判断した」

よし、と、大きく息をつく。作業用の盆に、可愛らしい女性が誕生していた。髪は頭の上部をふくらませたポニーテール、多少エラが張ってはいるものの、両頰のエクボが大きなチャームポイントになっている。ライトグレーの上着とチェックのスカートは、高校生から大学生を意識した服装だった。

「音解捜査官だっけ。あの人のモンタージュ写真には、エクボなんかないよね」

真奈美は作業台の端に置いた写真をあらためて見る。先程、届いたばかりの日高利久のモンタージュ写真には、目鼻立ちの整った女性が凛(りん)とした風情(ふぜい)で立っていた。微妙な修正はあるかもしれないがという前提のもとに送られてきた一枚である。

「おそらく骨格の関係なんだろうが、エラの張った女性にはエクボがあることが多いように、ぼくは感じているんだ。念のため、検屍官に確認したところ、確かにそうかもしれないと言われたんだよ。それで自然な感じに、エクボを入れてみたのさ」

本当は初恋の少女の話なのだが、言えば未来永劫、からかわれるのがわかっているのでやめた。少しだけエラが張って、可愛いエクボがある少女。通報を聞いているうちに、どこかで聞いた憶えのある声だと考え続けた結果、初恋の少女に行き着いたのだった。

「エクボ美人ですか。あのさ、この山高帽の男だけど」

真奈美の言葉が終わらないうちに、パソコンが着信を知らせた。噂の日高利久が、画面に現れる。

「こんばんは。日高です」

「うわ、イケメンだ」

真奈美の顔つきが変わった。

「こんばんは、浦島です。妹の真奈美ですが、はじめまして。日高さんですか」

孝太郎を押しのけて、勝手に告げる。

「はい。フィギュアの仕上がり具合は、どうですか。そろそろかなと思いまして」

日高の目が忙しく動いていた。孝太郎を探しているようだった。

「いい勘だと……」

「出来ました」

今度は孝太郎が、真奈美を押しのけた。

「今、映像を送ります。顔のアップに注目してください。山高帽の男は、あと少しで完成です」

フィギュアの頭部から顔、上半身、そして、下半身へとズームアップしながら送っていった。日高は時折、「おお!」と感嘆の声を上げていた。

「素晴らしい出来ですね。さすがは、3D捜査官。ほんのり桜色に染まった頬の色合いといい、目や鼻、口の感じといい、完璧です。両頬のそれは、エクボですか」

確認するように訊いた。

「はい。エラの張った女性には、エクボが出ることが多いように感じていましたので、検屍官に確認のうえ、入れました。可愛らしい印象になりましたよね」

「確かに。捜査に使うのが、もったいないような出来ですね。無事、彼女が発見されたときには、譲り受けられますか」

「オタク同士、話が盛り上がっちゃって」

　真奈美の揶揄は無視する。

「フィギュアの譲渡に関しましては、検屍官と細川課長の許可が必要です。オーケーが出れば、自分は異存ありません」

「ありがとうございます。両頰にエクボがあるとなると、声にも多少、変化が出るかもしれないな。短いですが声は録れていますので、あれをもとにして会話文を製作しているんです。後でもう一度、調整してみますよ。明日中には完成させられると思います」

「わかりました」

　孝太郎は答えて、質問する。

「うちのオフィスで作業をしているんですか」

　日高の後ろに映し出されているのは見慣れた光景だった。

「はい」

「わたしもおります」

横からひょっこりと清香が顔を覗かせた。

「優美ちゃんは自宅で調査を続行中、そして、細川課長は爆睡中です」

パソコンのカメラ部分を、ソファで眠る細川に向けた。齢五十を超えた課長は、二人きりにさせまいと泊まることを決めたのだろう。悪い夢でも見ているのか、眉間に深いシワを寄せ、唇を硬く引き結んでいた。

「寝ているときも苦悩していますね、おじさんは」

含み笑う妹の額を軽く突いて、孝太郎は告げる。

「被害者と山高帽の男は、現在、製作中です。こちらも明日には、オフィスに持って行けると思っています」

「あたしも手伝わされています。もちろん守秘義務は承知していますので、ご安心ください。あと」

なにか言いかけた真奈美を止める。

「それでは、検屍官。失礼します」

手短に切り上げた。

「なんだ、もっと話したかったのに」

「遊んでいるわけじゃないんだ。時間がないからな。無駄話をしている暇があったら、手を動かせ、手を」

「そればっかり。なんとかの一つ憶えというやつですかね」

「貸せ」

孝太郎は、山高帽の男を取り上げて、ざっと作っておいた被害者の有賀由宇のフィギュアを渡した。

「おまえの好きなイケメンだ。気合いが入ること間違いなし、髪型や顔の大雑把な造作だけやってくれればいいから」

「人使いが荒いなあ。五百円、追加、駄目でしょうか」

「考えておく」

作業台の上に移した山高帽の男を、写真と照らし合わせつつ、細かい修正を加えていった。真奈美は器用な方だと思うが、さすがにプロではない。特に猫背の部分は、慎重に作り上げる。

「へぇぇ」

真奈美が感嘆の声を洩らした。

「ちょっと手を加えただけなのに、山高帽の男が持つ雰囲気が出たね。お兄ちゃんはその人が放つ空気感まで作り上げるから凄いと思う。尊敬してます」

右手を差し出しながらの賛辞では、まともに受け止められるはずもない。

「その右手がなければ、追加料金を支払ったのにな」

「えぇっ」

真奈美はショックを受けたように、うなだれる。

「たかが五百円、されど五百円か」

「いいから早くやらないか」

「やりますよ。すでにこの世の人ではないイケメンの有賀由宇さん。迷わず成仏してください。化けて出るときは、お兄ちゃんの方にお願いします。あ、そうだ。さっきの続きだけどさ」

思い出したように言った。

「さっきの続き？」

「山高帽の男。『ドクター死神（デス）』という感じがするよね」

なんとなく、心にひびく異名だった。孝太郎はもう一度、仕上げ中のフィギュアを見つめる。長身にありがちな猫背、同性愛者なのか、あるいは殺害目的だったのか。有賀由宇になにか怨みをいだいていたのか。

「言われてみればだな。おまえにしては、うまい異名だよ」

「あたしがつけたわけじゃないよ。最近、巷（ちまた）で流布（るふ）している都市伝説のひとつみたいね。二、三日前に学校で聞いたんだけどさ。ドクター死神(デス)が通った後には、累々(るいるい)たる死体の山が築かれるって」

「なんだって？」

孝太郎は目を上げた。

「だからさ、そういう噂が流れているらしいよ。作りながら思ったんだよね。この男、噂のドクター死神(デス)みたいだなって。新しい都市伝説だから警察もまだ把握していないのかもね。法学部だから事件がらみの話に興味を持つ学生が多いのかもしれない。割と騒がれてるよ。ドクター・デスだから、頭文字がDとD。新進気鋭の３Dの男に対する２Dの男、なぁんちゃって」

おどけた部分に、パソコンの着信音が重なる。

「一柳です」

清香だった。

「自宅で調査続行中だった優美ちゃんからの報告なのですが、山高帽の男は『ドクター死神(デス)』という異名を持つ人物かもしれません。不審死を遂げた何件かの事案が起きる前に、付近の防犯カメラに映っているようなのです」

また、連絡が入ったのか、短いやりとりをかわした後、

「優美ちゃんからの補足連絡です。ドクター死神(デス)と思しき人物は、有賀由宇が店長を

していた喫茶店のある場外市場の防犯カメラにも映っていました。これから課長を叩き起こして、念のために本庁から送られて来た防犯カメラの映像を精査してもらいます」

告げたとたん、細川を起こす大きな声がひびいた。課長は一度、眠るとなかなか起きないため、まさに叩き起こすような勢いだった。

「おまえもたまには役に立つな」

「でしょう？」

差し出された妹の右掌に、孝太郎は渋々五百円玉を載せる。

大きな手がかりになるだろうか。

作業台の上で山高帽の男は、猫背の姿勢で佇んでいた。

第3章　ドクター死神（デス）

1

その日の午前中。

孝太郎は、清香と一緒に場外市場を訪れていた。ドクター死神（デス）らしき人物が買い物をする様子は、防犯カメラの映像に残っていた。有賀由宇が店長をしていた喫茶店には、まだ足を運んでいないものの、店の前を通ってはいる。

連続殺人犯の疑いも出て来たドクター死神は、狙った獲物を確認するために通ったのかもしれない。二人は有賀が店長をしていた喫茶店〈ドリーム〉へ聞き込みに行った。

大通りをはさんだ向かい側に位置しており、昔ながらの雰囲気を持つ場外市場とはまた、違う印象を受けた。

「あのフィギュア」

孝太郎は喫茶店の入り口で足と目をとめた。おそらくレジが置かれているのであろう場所に出窓が設けられている。そこには、ティラノサウルスのフィギュアが飾られていた。大きさは尻尾まで入れて四十センチほどだろうか。

「どうかしましたか」

清香も入り口で足を止めている。

「ティラノサウルスのフィギュアですが、父の作ったものによく似ているなと思いまして。小さい頃に見ただけなので、ちょっと自信はありませんが」

「ついでにお話を伺ってみましょう」

店の扉を開けた清香に、孝太郎は続いた。オーナーと思しき男性が、にこやかに出迎えてくれる。検屍官は簡単な自己紹介の後、

「有賀由宇さんは、こちらに何年ぐらい勤めていたのですか」

所轄から得られていない情報を口にした。

「彼が三十三歳のときでしたから、かれこれ十五年になります。場外市場の魚屋にいたのをスカウトしましてね。由宇のマンションで何度かご馳走になったときに料理の腕前を知っていましたので、店長をやらないかと持ちかけたんですよ」

オーナーは六十代後半ぐらいだろう。綺麗に調えられた白髪と口髭が、センスのいい内装と相まって上品な印象を与える。店は十五坪程度の広さだが、ふんだんに木を

使ったカウンターやテーブル席は、丁寧に手入れがなされているに違いない。彼が経営者であり、有賀は雇われ店長だった。

「整形したことも、ご存じでしたか？」

検屍官は小声になっていた。少し離れた場所にいる六十代の女性を気にしていた。何名かスタッフを雇っているはずだが、まだ来ていないのか、休みを取らせているのか。店内にいるのはかれらだけだった。

オーナーは小さく笑って、続けた。

「女房も由宇のことはよく知っていますので、お気遣いは無用です。わたしよりも詳しいぐらいなんですよ。相談相手になっていました」

「そうですか」

清香が会釈（えしゃく）すると、妻もこちらに来た。人の好（よ）い夫婦といった感じだが、見た目だけではわからない。孝太郎は手帳を広げて会釈する。妻に座るよう仕草で示されたため、検屍官に倣（なら）い、カウンター席の前に腰をおろした。

「由宇はいずれ自分で店を経営したいと言っていました。わたしたちには子供がいないものですから、ここを彼に継いでもらおうと話していたんです。そのことは、由宇にもきちんと伝えてありました」

妻が話し始めた。

「整形については必要ないんじゃないかと言いましたが、由宇はどうしてもやりたいと譲らなかったんですよ。それで知り合いの美容クリニックを紹介しました」

男が整形することに対して、抵抗感を持つ世代ではないだろうか。雇われ店長とはいえ、有賀は予想外の厚待遇を受けていたことになる。真面目に勤めていれば、この店が自分のものになるのだ。有賀にしてみれば気合いが入っただろう。

「何度も訊かれたと思いますが、交友関係についてはいかがですか。悪い仲間とのお付き合いはなかったでしょうか」

清香はにこやかに問いかける。美しすぎる検屍官訪問の噂が、早くも広まっているのだろうか。部分的にガラスが使われた扉越しに店内を覗き込んでは、立ち去る輩が後を絶たなかった。オーナー夫妻も気づいているだろうが、無視していた。

「なかった、と思います。いえ、そう信じたいです」

妻が言った。最後の部分は、素早く言い添えたように感じられた。

「ただ」

オーナーが暗い表情になって口を開いた。

「夜中は、よく出かけていました。私生活にまで口出しする権利はありませんからね。仕事さえ、きちんとしてくれればと思っていましたが、最近はひどく疲れたような顔をしていましたので、女房から夜遊びもほどほどにと、さりげなく注意してもらいましたが」

　四十八にもなる大人が、素直に従うわけもない。案じていた結果がこれだ。悔やんでも悔やみきれないのではないだろうか。

「最近で思い出しましたが」

　清香が告げる。

「有賀さんには彼女ができたらしいと聞きました。そのあたりの話はいかがですか。聞いていませんか」

「三カ月ほど前です」

　妻が答えた。思い出すように少し遠くを見やっていた。

「彼女ができたんだと嬉しそうに話していましたが、二週間ほど前からは暗い顔をするようになっていました。喧嘩でもしたのかと思いましたが、由宇は多少、躁鬱の気がありましたので、それかもしれないと」

「まずい事態が起きたときは、相談してくれると思っていましたから」

　オーナーが補足した。店を譲るとまで口にしていた夫妻は、有賀を信じたいと思い、彼からの働きかけを期待した。しかし……気持ちを察したに違いない。

「お二人を巻き込みたくなかったのかもしれません」

　清香は遠慮がちに口を開いた。

「恩義は感じていたと思います。だからこそ、ではないでしょうか。なにも告げることなく逝ってしまった」

　心にひびいたのかもしれない。夫妻は頷き合っている。少なくとも有賀由宇は不幸ではなかったと思うだけで、孝太郎自身、わずかではあるが気持ちに折り合いをつけられる。赤の他人でさえ、人ひとりが亡くなると気分が沈むのだ。ましてや、息子のように思っていた夫妻の気持ちはいかばかりか。

「由宇の遺体は、静岡のご両親が引き取られたのでしょうか」

　妻の質問に、清香は小さく頭を振る。

「ご遺体はまだ、わたくしの研究室の冷凍庫にあります。静岡のご両親は明日、引き取りにいらっしゃるとのことでした。ご遺体を運ぶための車の手配などがあるんですよ。それで明日になったのだと思います」

「会えませんか」

　オーナーが申し出た。

「今夜、ほんの少しの時間でいいんです。静岡まで行ければいいんですが、店がありますしね。時間が取れれば伺えますが……由宇がここまで守り立ててくれた店を、我々が元気な間は続けていきたいんです。それが彼の供養になると思っていますので」

「わかりました。手配しておきます」

清香は快諾して、二人を交互に見やる。

「有賀さんと静岡のご両親との関係はどうですか。うまくいっていたようですか」

細かい事柄を確認した。細川は頑張っているが、それでも入って来ない情報があるのはいなめない。

「ええ。よく里帰りしていましたよ。特にここ二、三年は、頻繁に帰っていたのではないかしら。お父様が入退院を繰り返していたらしく、週末ごとに行っていたような気がします。それまではお兄様が家業を継いでいたからでしょうね。割と距離を置いていたように感じていましたが」

妻は私的な口調をまじえて答えた。女性なればこそかもしれない。有賀の心情を慮（おもんぱか）りつつの推測にも思えた。

「実家はお茶農家ですよね」

孝太郎は、初めて確認の問いを投げる。お茶農家という仕事に興味をいだいていたからだ。

「ええ。よくお土産でいただきました。今、お二人が飲んでいるお茶も」

妻はカウンターの湯飲みを目で指した。

「由宇の実家のお茶です。今年はまだ、新茶ではありませんが、春にはいつも美味（おい）しい新茶を」

と、目をうるませる。話しているうちに、さまざまな想いが甦ってきたのだろう。

オーナーが慰めるように妻の肩を軽く叩いていた。

「お二人は、静岡のご実家と連絡を取り合っていたのですか」

清香の問いに、妻は大きく頷き返した。

「はい。新茶をいただいたときなどは、お礼の手紙を送っていました。なかなか電話まではできませんでしたが、有賀夫妻はわたしたちにはお世話になっているからと、濃やかな気配りをしてくれていたと思います。直接、話したのは数えるほどですが、悪くない関係を保てていたと」

「なにがあったんですかねえ」

オーナーは答えの出ない問いかけを口にした。自問のようにも感じられた。

孝太郎たちの視線に気づいたのだろう。

「すみません、つい」

申し訳なさそうに謝る。

「いえ、わたくしたちも行っている自問です。有賀さんに、いったい、なにが起きたのか。先程、躁鬱の気があったと仰いましたので、念のために伺いますが、自死の可能性はどうでしょう。ありえませんか」

清香は一歩、踏み込んだように思えた。

「自死ですか」

オーナーは思わずという感じで、妻と顔を見合わせる。互いにその気配を感じ取れなかったのではないだろうか。

「考えられませんね」

きっぱりと否定した。

「わたしも主人と同じ考えです。由宇には未来がありましたし、彼女ができたと喜んでいました。近々逢わせると言っていたのが、今も耳に残っています。結婚するつもりだったのではないでしょうか。伴侶を得て、この店を継ぐ。まさに順風満帆、どこにもマイナス要素はないように思います」

妻が同意する。頼りにしていた有賀を、突然、喪った哀しみに耐え、なんとか受け入れようとしているように見えた。イケメン店長を前面に出し、店はうまくいっていたのだろう。

「わかりました」

と、清香は立ち上がった。

「ありがとうございました。本日はこれで失礼させていただきます。ご遺体との対面につきましては、すぐに手配をしておきますので、お手数ですが今夜、本庁においでください。受付でわたくしの名前を出していただけば、案内できるようにしておきます」

「こちらこそ、お手数をおかけいたします」

　オーナーの辞儀に、隣の妻も倣った。

「あの、入り口の出窓に飾られているティラノサウルスのフィギュアなんですが」

　孝太郎は帰り際に切り出した。中に入って見たとき、ティラノサウルスの隣に石のようなものが並んでいるのに気づいた。

「恐竜がお好きなんですか」

「え、ああ、あれですか」

　オーナーは出窓に目を向ける。

「おそらく由宇が好きだったんでしょう。わたしたちは彼にまかせっきりでしたので、最近の状況はよくわからないんですよ」

「隣に並んでいる石は、なんでしょうか。まさかとは思いますが、恐竜のウンコ化石、コプロライトではありませんよね」

　孝太郎は強い興味を覚えていた。恐竜のウンコ化石のことを知ったのは最近だが、是非、手に入れたいと密かに思っていた。

「さあ、わたしにはわかりません」

それどころではない感じだったので、早く切り上げることにした。

「失礼しました。写真を撮らせていただいても、よろしいですか」

「どうぞ」

オーナーの許しを得て、孝太郎は携帯で撮影する。

「ありがとうございました」

深々と一礼して、清香とともに店を出た。

2

外に出たとたん、

「やっぱり、そうだ」

「美しすぎる検屍官だわ」

「写真をお願いします」

待ち構えていた人々が声を上げ、カメラや携帯で写真を撮り始めた。さして広くない歩道は、野次馬で埋めつくされている。強引に突き進むべきか、応援要請をして警察官の到着を待つべきか。孝太郎は一瞬、どう対応したらいいのか迷った。

身動きできずにいたとき、

「退(ど)け、どけ」

突如、野太い声がひびきわたった。仲買人といった風情の中年男が、かなり強引に野次馬を押しのけて通れるぐらいの道を作る。

「美しすぎる検屍官様、どうぞ、こちらへ。場外市場に何軒かの店を持つ魚屋ですが、不作法を承知のうえでご案内いたします。いいマグロが入ったんですよ。是非、ご馳走したいと思いましてね。話が終わるのをお待ちしていた次第です」

年は五十前後、身長は百七十センチぐらいだろうか。五分刈りの頭に捩り鉢巻きという姿は、威勢や気っ風のよさを形にしたような感じがした。荒っぽい男が多い市場で鍛えられた猛者にも見える。

きらいではないタイプなのだろうか、

「ご厚意に甘えさせていただきます」

清香は答えて、中年男のあとに続いた。大通りを渡りながら上手くポーズを取っている。

(すごいな。複数のカメラに対応している)

孝太郎は変なところに感心していた。何十人もの野次馬が、それぞれに構えたカメラや携帯を瞬時に見て取るや、清香は濃やかにポーズを決めている。しかも同じポーズを二度、取らないとあっては、記憶に刻み込み、フィギュア製作の参考にしたかった。

（憶え込むのは不可能だ）

己の未熟さを察すると同時に、フィギュア専用の手帳に素早く記していった。案内されたのは、孝太郎もテレビで見た憶えのある有名な鮮魚店で、初セリのときは必ずといっていいほど主の名前が出る。今年はどうだったか忘れたが、店の台には生きの良さそうな魚が所狭しと並べられていた。

（経営者の名字は飛田か）

素早く調べる。

「検屍官をお連れしたぞ。準備はできているな」

飛田の言葉に、これまた、生きの良さそうな男衆たちが答えた。

「はい」

「奥に調えておきました」

店長といった雰囲気の男が、先に立って案内する。店構えからは想像もできないが、奥まった場所には四畳半ほどの小上がりが設けられており、凝った意匠の襖を閉めると、そこはもう料亭の一室のよう。さすがに庭まではないものの、床の間をはじめとして、飾り棚や見るからに高価そうな座卓、さりげなく置かれた花瓶などが、表の商いとは別空間を作り出していた。

「素敵な座敷ですね」

清香の褒め言葉に、飛田は柄にもなく頰を赤らめた。

「お気に召していただければ幸いです。検屍官をお迎えするべく、その美貌に相応しい設えをいたしました。それに、ここならば人に聞かれる心配はありませんので」

襖を閉める前に確かめていたが、閉めた後に盗み聞きをされる懸念は消えない。

「少しだけ開けておいてもいいですか」

孝太郎の訴えに、飛田は小さく頷いた。

「なるほど。少し襖を開けておけば、外に立つ人影がわかる。盗み聞きを防ぐ策になりますな。いいですよ」

用心のために開けたのを見て、清香は切り出した。

「すでにご存じだと思いますが、喫茶店で雇われ店長を務めていた有賀由宇さんが、新橋駅近くの雑居ビルで亡くなられました。司法解剖を執り行ったのは、わたくしですが質問されても答えられない事柄がありますので、あらかじめご了承ください」

公のわたくしになっていた。

「わかっています。いや、驚きましたよ。わたしはもちろんですが、うちの若い衆も贔屓にしていた店でしてね。市場で働く人間だけに出す朝定食は、安くて絶品でした。一種類だけですが、ワンコインの値段だったにもかかわらず、メインの魚や肉に小鉢と漬物がつくという本格的な定食だったんです。残念ですよ、本当にね」

明るかった表情がくもる。あながち世辞とは言えない言葉に思えた。

「単刀直入に伺います。有賀さんは、バサラ屋やヨコモノといった市場内では裏、もしくは闇と言われる仕事に関わっていましたか」

確かにストレートな質問だったが、飛田は特に驚いたふうもなく答えた。

「関わっていたと思います。わたしが知る限り、バサラ屋と思しき店は三軒ありますが、そのうちの一軒と親しくしていたようです」

あらかじめ用意していたらしく、一枚の紙片を座卓に置いた。清香は受け取ってすぐに携帯で連絡をする。それを横目で見ながら、孝太郎も紙片の店名を携帯に入力した。

「有賀さんは、大金が必要だったのでしょうか」

淡々と聞き取りは進んでいく。

「そう、だったのかもしれません。あくまでも噂ですが、実家の父親が事故に遭い、手術や入院費用が必要だと聞きました。病気という話も聞きましたが、細かいことまではわかりません。ですが、それぐらいの金は蓄えていたんじゃないかと思いますがね。喫茶店のオーナーは充分な給料を支払っていたはずなので」

肩をすくめて苦笑いする。

行間に滲む隠れた真実に気づいたのだろう、

「有賀さんは、半グレ集団、あるいは反社会的勢力の組織から抜けようとしていたのでしょうか?」

ふたたび出たのは、率直な疑問だった。

「おそらく、そうではないかと思います。最近では朝から暗い表情をしていることがありまして、わたしも気にはなっていたんですよ。ただ、他店、しかも喫茶店の店長ですからね。彼は以前、仲買人をしていましたから、ある程度は親しかったですが、そこまで踏み込んでいいものかと」

飛田もまた、正直に答えたように感じられた。イケメン店長に隠された闇の顔が、徐々にあきらかになってくる。

(半グレ集団から抜けるのは、至難の業と聞いた。反社会的勢力のそれよりも厳しいと)

孝太郎は、背後に半グレ集団ありかと疑問符を入れて記した。陽の当たる場所に戻ろうとする仲間の足を引っ張り、従わないときには命を奪うことも辞さない。見せしめになるため、むしろ積極的に行うかもしれなかった。

「わたくしも最近の話として、有賀さんには恋人ができたと聞きました。そういう話はいかがでしょう。相談されたりしませんでしたか」

さらに話を進める。恋人ができて結婚を考え始めたとき、己の過去が重くのしかかってくるのはよくあることだ。闇の所業を消すための手段として大金を用意しようとしたが、揃えられなくて酷い刑が実行されてしまった。

「恋人の話は、うちの若い衆たちから聞きました。そうそう、今回、ニュースで彼の年齢を初めて知ったんですが、四十八とはねえ。わたしは今年でちょうど五十なんですが、たった二歳しか違わないとは思いませんでした。場外市場にいる年数を考えてみても、せいぜい三十なかばぐらいかと」

十代で勤め始めればありうる話だ。疑問を解消したかったに違いない。

「整形でも、していたんですか」

飛田は訊いた後、

「いや、失礼しました。捜査内容は話せませんよね。若い衆たちの間でも話題になっているものですから」

慌て気味に言い添える。整形男子はともかくも、メンズメイクなどは、ナマモノを扱う生鮮市場では許されないだろう。ふだんもおそらく薄化粧をしていたであろう有賀は、喫茶店の店長だからこそ、認められた部分がある。うまくメイクすれば、化粧していることさえわからない。

（事実、自分は細川課長のメイクに気づかなかった）

鈍いと言われればそれまでだが、やはり、まだまだ男がメイクをすることには孝太郎自身、抵抗があった。

「詳細はお話しできませんが、最近は男性も身だしなみに気をつけるようになってまいりました。わたくしはいい傾向だと思っております。不精髭でニキビだらけの顔を曝(さら)されるよりは、綺麗な肌をしている男性の方がいいですから」

清香は微笑して、言った。

「飛田社長の爽やかなお顔には、好感をいだいております。こちらの座敷と同じように、きりっとして素敵ですわ」

「いや、まあ、なんと申しますか、仕事をするうえの礼儀ですからね」

飛田は耳まで赤くなって答える。

「刺身や焼き物、なんでも作れます。昼には早いかもしれませんが、お好きな魚を調理しますよ。市場内の店からも取り寄せられるので、ご遠慮なさらずにどうぞ」

料亭まがいの注文を促したが、清香は小さく頭を振った。

「いえ、そろそろ失礼いたします。貴重なお話を伺えて……」

「あの」

飛田は言った。仕草で必死にまだ帰らないでほしいと告げていた。

「検屍官は、その、インターネットで身の上相談ならぬ、身の下相談をなさっていますよね」

なぜか小声になっている。

3

(身の下相談?)

内容はおおよそ想像できたが、そんなものをやっていたのは初耳だった。彼女いない歴二十七年の孝太郎にしてみれば、相談に乗ってほしいことがなきにしもあらず。いやでも真剣になっていた。

「はい。なにかご相談でも?」

清香はさらりと訊いた。これが最大の長所かもしれない。普通はなかなか言えない内容でも、好奇心や揶揄するような言動がないため、相談しやすいのだろう。

「じつは」

飛田は意を決したように口を開いた。

「わたしは、出るのが遅いんですよ。長もちすると女性は悦ぶと思われがちですが、それも程度によりけりでしてね。前戯にたっぷり時間をかけますから、女房はもう、挿れたら早く出してくれと言うわけです。ところが」

「………」

孝太郎は聞いているだけで、恥ずかしくなってきた。先刻の飛田同様、頬が赤くなっているのが自分でもわかった。しかし、清香は平然としている。

「逆行性射精、一般的に言うところの遅漏のご相談ですね」

真っ直ぐ目を見て確認した。飛田の赤面は、ますますひどくなっていた。

「ええ、まあ、そうです」

真面目な顔で認めた。

「原因として考えられるのは、神経因性膀胱——これは肛門の締まり具合が異常に緩い状態になったときに、発症するかもしれない病気です。遅漏の一因として考えられるようになってきました。便が洩れたりしやすくないですか」

美しい顔をして発せられるのは、鼓動が速くなるような言葉ばかり。孝太郎はドキドキしながら見守っていた。

「あります、ね。年のせいだと思っていましたが」

「あながち、そうとは言えない可能性があります。よろしければ、専門医をご紹介しましょうか。もちろん男性医師です」

その申し出を、飛田はすぐに受けた。

「お願いします」

腰を浮かせ気味にしている。人にはなかなか言えない身の下相談に、明るい兆しが見えたとあって安堵したのだろう。緊張気味だった表情が、ゆるんだように思えた。

（肛門はゆるんでほしくないだろうが）

自分なりに突っ込みを入れて、動揺を押し隠したつもりだったが、無意識のうちに笑みが浮かんだのかもしれない。隣に座っている清香が、不謹慎だと窘めるように軽く腕を突いた。

（隣にいるのに、なぜ、自分の表情に気づいたのか）

馬並みに三百五十度の視野を持っているわけではないだろうが、今更ながら恐い女だと再認識していた。対する飛田は上機嫌になっている。

「やはり、検屍官は想像通りの方でした。頼りになりますね。おい、刺身はまだか、料理を運べ。酒も……」

「アルコールは遠慮いたします。勤務中ですので」

素早く遮る。酒はだめだが、料理はオーケーよ、という言葉だと思ったのは確かだろう。

「畏まりました」

飛田は返事どおり、いっそう畏まって、舟盛りの刺身や小鉢を中心にした料理を受け取り、座卓に並べていく。清香に「どうぞ」と示されたので、孝太郎は遠慮しながらも箸をつけた。

狙っていたマグロを口に入れた瞬間、

「うまい！」

思わず声が出た。清香に腕を突かれるのではないかと思い、先んじて謝る。

「すみません、つい」

「いやいや、嬉しいですよ。うちの魚は本当にうまいですからね。ささ、どうぞ。前々から一柳検屍官とは、お近づきになりたいと思っていたんです。暇があるときは顔を出してくださいさい。市場が活気づきますから」

飛田は表情と声がはずんでいた。清香は刺身を口に運んだ後、素早く紹介状をしためている。今のうちに訊けることはと思ったのか、

「ついでに、もうひとつ見ていただきたいものが」

遠慮がちではあるものの、座卓に薬箱を置いた。

「友人から貰った精力剤なんですよ。効果抜群なんですが、アフリカ土産というのが気になりましてね。後で害が出たら困ると女房に言われたものですから」

女房がなにかと話に出るのは、夫婦円満の証かもしれない。清香はちらりと見ただけで、その正体を告げた。

「これはアフリカ産のヨヒンベです。現地では『精力の樹』とも呼ばれる木から抽出されるアルカロイドの一種ですが、どういった影響が出るのかは、解明されていません。おやめになった方がいいと思いますよ」

「アルカロイド、ですか」

　理解しかねているようだったが、説明しても無駄と思ったようだ。

「いずれにしても、危険な媚薬（びやく）です。わたくしはお勧めいたしません。脳溢血（のういっけつ）や脳梗塞、心筋梗塞などを誘発しかねない強い薬です。この紹介状に書いたクリニックの院長は、その手の話にも詳しいので、ご相談なさってみてはいかがでしょうか」

　美しい指で一通の紹介状を座卓の上にすべらせた。

「ありがたい」

　飛田は受け取って破顔する。

「至れり尽くせりですな、検屍官は。期待していた以上のお答えに満足しています。なにかありましたときには、遠慮なくおいでください。有賀由宇の件は新しい話が入った時点で連絡いたします」

「よろしくお願いします」

　清香は答えて、早くも立ち上がる。座卓には豪華な料理が残ったままだ。孝太郎はもったいないと見やっていたが、あまりにも正直すぎただろうか、

「土産を用意しておきました」

　飛田は言い、襖を開けた。

「検屍官様がお帰りだ。お見送りを」

勢揃いした従業員は、靴を揃えたり、土産物と思しき大きな風呂敷包みを運んで来る。傷むのを懸念して発泡スチロールにでも入れたのだろうか。荷物持ちは当然、孝太郎だが、ずしりとした重みに飛田を振り返っていた。

「行動科学課のスタッフは四名様と伺っております。全員分の料理を白木の四つの重箱に詰めました。生物は避けましたので傷む心配はないと思いますが、念のために発泡スチロールに保冷剤を入れておきました。酒の肴にしてください」

「ありがとうございます」

清香は微笑と会釈を返して、ハイヒールを履いた。孝太郎は下僕のような感じで後ろに従っている。店の外には相変わらず野次馬が詰めかけていた。

飛田や従業員が道を作るべく前に出たとき、

「え?」

孝太郎は首筋に悪寒を感じて振り向いた。鋏を持った野球帽の若い男が目に飛び込んで来る。清香の斜め後ろに立ち、振り上げた鋏をまさに振りおろす寸前だった。

「検屍官!?」

持っていた重箱の包みを思わず若い男に押しつける。ほとんど同時に若い男の後ろにいた二人の中年男が、彼の両腕を摑んでいた。

「警察です」

ひとりが警察バッジを掲げて、続ける。

「細川課長の指示を受け、一柳検屍官の護衛役を務めていました。写真集の発売に触発されて、よからぬことを考える輩が現れるかもしれないと」

「髪の毛がほしかったんだよ！」

若い男は叫ぶように言った。

「美しすぎる検屍官のファンなんだ。髪の毛を切ろうとしただけで……」

「詳細は、警察で伺いましょうか」

清香の言葉で、腕を摑んだ二人が若い男を連行する。検屍官の視線の先には、片手を挙げる細川が立っていた。

（おじさん課長、カッコイイ）

もうおじさんとは呼ばせない、だろうか。

課長は間違いなく点数を稼いでいた。

4

「何度、言わせるんだよ。髪の毛を切ろうとしただけだ。どうしても、ほしかったんだよ、綺麗な髪の毛だからさ。ネットで売れるんじゃないかと思ったんだ」
若い男――根岸英夫（ねぎしひでお）は言った。年は十九、野球帽の下はスポーツ刈りで、昔の高校球児といった印象を受ける。墨田区の実家に今も住んでいるようだが、大学には行かず、定職にも就かず、無為徒食の日々を過ごしている、のではないだろうか。半グレの一味に入り、特殊詐欺の受け子役をやっていそうな感じがした。前科はないものの、どこか荒んだ印象を受けた。

所轄に連行された根岸を、清香が取り調べ役となって尋問している。孝太郎は検屍官の後ろに控えていた。

「綺麗な髪の毛であるのは否定いたしませんが、あなたは鋏を振り上げて振り降ろす寸前だったではありませんか。わたくしの後ろに立つ浦島巡査長が、双つの目でしっかり目撃いたしました。言いのがれはできませんよ」

いつになく厳しい口調で詰め寄る。

「左手で持っていた鋏を持ち替えようとしたんだ。人がいっぱい、いたからさ。他の人を傷つけないように、無意識のうちに上へやったんだよ」

根岸は恨めしそうな目を孝太郎に向けた。おまえのせいでと言わんばかりだった。

「浦島巡査長を恨むのは筋違いですよ」

清香は視線を読み取って、告げる。

「防犯カメラの映像で確かめましたが、あなたが不審な行動を取ったのは、まぎれもない事実です。わたくしを刺そうとした鋏は、浦島巡査長がとっさに盾として使った重箱入りの発泡スチロールを見事につらぬいていました。髪の毛を切ろうとしたのに、おかしいとは思いませんか。なぜ、発泡スチロールに穴が開いたのでしょうね」

　追及にも怯(ひる)まない。

「後ろから押されたんだよ。それで肱(ひじ)が前に出た拍子に刺さっちまったんだ。本当だよ、信じてくれよ。おれは検屍官の髪の毛がほしかっただけなんだ」

　根岸は懸命に否定する。半グレ予備軍の言い訳としか思えなかった。

「そうだ、この間、死んだ有賀さん。おれ、可愛がってもらっていたんですよ。店が忙しいときは手伝うこともありました。まずはアルバイトとして半年間、やってみないかと言われた矢先に」

　と、顔をくもらせた。表面的には嘘をついていないように見えるが、どうだろう。発泡スチロールをつらぬいていた鋏が、なによりの証ではないのか。

（八木克彦に似ているな。八木より小物の印象を受けるが）

　有賀由宇の弟分が八木克彦、八木の弟分が根岸英夫。そんな感じがした。清香も同じことを思ったのだろう、

「八木克彦を知っていますか」

　八木の名を出した。

「もちろんです。おれの兄貴分ですよ」

根岸は力を込めて言った。孝太郎や検屍官の推測どおりだったらしい。

「有賀さんは、バサラ屋と付き合いがありましたか。ヨコモノを扱っていましたか」

清香は率直な問いを投げた。

「はい。バサラ屋でアルバイトしてたんです。そういった流れで有賀さんや八木さんと知り合いました。今、静かなブームになっている規格外のヨコモノがあるでしょう。あれを最初に売り始めたのは、目利きの有賀さんです。売れないと思われていたあまり名前を知られていない雑魚を、料理屋やレストランのシェフに売っていました」

かつて有賀は仲買人として魚屋に勤めていたこともある。そのときに養った目が、役に立ったに違いない。

「そうでしたか。有賀由宇は規格外の魚ブームの、知られざる仕掛け人だったのかもしれませんね。あなたは尊敬していた彼を失い、やむなく半グレの手下になって、かれらが邪魔と考えているであろう美しすぎる検屍官の刺客となった」

清香は推測をまじえて訊いた。有賀のお陰で得られていた金が入らなくなってしまい、ヤバい仕事に手を出さざるをえなくなったというのが、今回の騒ぎの真相ではないのか。

(いいところを突いているかもしれないな)

手帳に記して丸印をつけた。まずい流れになったのか、

「………」

根岸は黙り込む。

「黙秘権ですか。有賀由宇に助けてもらったはずなのに、彼の不審死を暴く手助けはしないのですね。きっと嘆いていますよ。『おい、なにやってるんだよ、英夫。このままじゃ、真相は闇の中だぜ。おれは死んでも死にきれないよ』と」

清香の挑発するような言葉には応じなかった。

「黙秘します」

目を上げて、きっぱりと告げる。

「では、最後にこれを見てください」

机に置いたのは、ドクター死神(デス)の写真だった。エレベーター内の一枚だが、山高帽が邪魔をしているうえ、サングラスとマスクで顔は、はっきりしない。

「知っている男ではありませんか。見憶えはありませんか」

「さあ、どうかな。顔がほとんど隠れていますよね。たとえ見たことがあっても、わかるかどうか」

首をひねって終わりとなる。ここまでと思ったに違いない。

「そうですか。わかりました」

清香は、机の上の書類を纏(まと)めて立ち上がった。孝太郎は床に置いておいた段ボール箱を持って、検屍官とともに廊下に出る。待っていた細川が、タブレットを素早く操作した。

「ドクター死神らしき男が、バサラ屋近くの防犯カメラに映っていました。根岸英夫がアルバイトをしていた店です」

画面に黒っぽい服を着た男が現れる。山高帽は被っていないが、眼鏡とマスクを着けていた。髪はかなり薄い感じで、長身痩軀、猫背という特徴はエレベーター内の様子と変わらなかった。

「同一人物の可能性が高いですね」

骨格記憶術に長けている清香だが、慎重になっているらしく、断定はしなかった。

三人は廊下の片隅に設けられた自動販売機のコーナーへ行き、ドクター死神と思しき人物の他の動画も確認する。

「本間係長の調査では、有賀由宇の件も含めて五件ほど見つかりました。どの事案も二十三区内ですが、同じ区のものはありません。いずれも不審死事件が起きた現場近くに設置された防犯カメラのデータです」

細川が言った。

「係長から自分の携帯にも送られています」

孝太郎は、自分の携帯を見た。細川の「五件ほど」という表現でもわかるが、五件のうちの一件は山高帽と眼鏡、マスクを着用。二件はサングラスか眼鏡、そして、マスク着用だった。唯一、清香が親指のタコらしきものを発見した手には手袋を着けているため、同一人物と言い切れる決め手がなかった。

「せめて顔の骨格だけでもわかれば」

　清香が悔しそうに呟いた。得意の骨格記憶術はもちろんのこと、最新の顔認証システムも役に立たない有様だ。

「女性の通報者は、どうしているのでしょうか。やはり、悪戯電話だったのかもしれませんが、行動科学課に掛けてきたのが気になります。無事ならばそれでいいのですが、今も囚われの身だった場合」

　美しい眸が、ふと遠くに向けられる。愁いに沈んだ横顔には、通報者を案じる気持ちが浮かび上がっていた。ドライでシビアな性格と思われがちだが、事件の犠牲者への深い労りはだれにも負けないだろう。

「悪戯だったんですよ」

　細川が慰めるように言った。

「今頃は彼氏とデート中かもしれません。同じ女性としてドクターの活躍に注目していたんでしょう。それで行動科学課の直通電話を知っていた。ドクターが出た場合には、話すつもりだったのかもしれません」

「でも、電話があったのは未明です」

「酒でも飲んで、気が大きくなっていたのか。おや、鷲見課長のお出ましですよ」

細川は廊下の先に目を向ける。『雑居ビル変死事件』を担当している鷲見課長が、二人の部下を引き連れていた。孝太郎たちに気づいて、こちらへ来る。

「確認ですが、事件の指揮権を持っているのは行動科学課ですよね」

開口一番、訊いた。背後を見やりながらの動きの先には、五十代なかばと思しき男が控えている。しかつめらしい顔立ちを黒縁眼鏡が、いっそう近寄りがたくしているような印象を受けた。部下らしき二人の中年男性を随えていた。

「細川課長」

清香は細川に一任する。促されて課長が立ち上がり、鷲見や新たな顔ぶれの三人を離れた場所へ連れて行った。

「だれですか」

孝太郎の問いに、清香が答えた。

「推測ですが、本庁の警視正あたりではないでしょうか。簡単に言えば行動科学課のお目付け役ですよ。指揮権を握りたいのかもしれませんね」

視線の先では細川が、その指揮権を維持するための努力をしていた。三人を相手に一歩も退かない様子が見て取れた。

「鋏事件の根岸英夫ですが」

　孝太郎は危険人物の名を挙げる。

「八木克彦と同じ半グレ組織に属していた可能性がありますね。僭越ながら二人を泳がせるのが、得策ではないかと思います」

「たぶん二人を泳がせるでしょう。有賀由宇と半グレ集団の繋がりが、はっきりするのではないかと……優美ちゃんですわ」

　検屍官の言葉で、孝太郎もメールの着信音に気づいた。優美はドクター死神らしき五件のうちの一件について、右手のアップを流してきた。画像処理を施して鮮明にしたのだろう。親指にタコと思われる膨らみがあった。

「たぶんエレベーター内の山高帽の男と、同じ指にあるタコですね。同一人物の確率がいっそう高まりました」

　清香の呟きを受ける。

「フィギュアを作製中、妹に男か女かわからないと言われたとき、喉仏で男と判断したと答えたんです。検屍官の骨格記憶術を用いて、喉仏の形から判別できないかと思いましたが、残念ながら他の四件は喉にマフラーを巻いていますね」

「ええ。ですが喉仏に注目したのは、とてもいい着眼点だと思います。痩せている割には、首が太いんですよ。体質的に太りやすくて、昔は肥満体型だったのかもしれません」

「ドクター」

細川が戻って来た。

「急遽（きゅうきょ）、捜査会議を執り行うことになりました。本庁の坂口恭介（さかぐちきょうすけ）警視正と彼の二人の部下が同席しますがね」

肩越しに離れた場所に立つ三人を見やっている。黒縁眼鏡の坂口は、いちおう会釈したものの、口もとに笑みは浮かんでいない。鷲見たちは会議の準備をしに行ったらしく、すでに姿は見えなくなっていた。

「確認ですが、浦島巡査長。ドクター死神（デス）のフィギュアは完成しているんですよね」

細川の目は、孝太郎の足下の段ボール箱に向いていた。今朝、オフィスでお披露目したのだが、課長は調査に忙しくて、まだ見ていなかった。

「はい。未明の女性通報者につきましても出来上がっています。映像は日高警部補に送っておきました。それを見て、さらに声の微調整をするとのことです」

「わかりました」

細川の返事が、移動の合図になる。

お目付け役同席の捜査会議は、どんな展開になることか。坂口警視正に写真集の威力は、通用しないと思った。

5

山高帽の男のフィギュアを見た瞬間、

「おぉ」

という驚きの声があちこちで上がった。行動科学課が調べた報告書のプリントをすでに配り終えている。『雑居ビル変死事件』の会議室には、六十人前後の警察官が集まっていた。細川課長は調査活動に行ったため、参加していない。凍えるような夜を迎えていたが、室内の熱気は高まっていた。

ジオラマは、簡易な九階建てのビルのエントランスホールから、エレベーターの扉を開けたままの形で実際に上がるようになっている。ピアノ線で吊り上げる作りだが、有賀由宇と山高帽の男の間に空いたわずかな距離が、そのまま二人の関係を示しているのではないだろうか。孝太郎は感じたままを形にしていた。

近くで見たかったのだろう、

「噂以上の出来ですな。まるで二人と一緒に、エレベーターの中にいるような気持ちになりますよ」

鷲見が前に出て来た。新たに加わった坂口を含む三人や、参加していた警察官も、ジオラマのまわりに集まって来る。坂口たちはすぐに離れて行ったが、鷲見の部下は感心した様子で凝視めていた。

「即かず離れずといった感じですね。防犯カメラの映像では気づきませんでしたが、どこかよそよそしい雰囲気というか。まあ、撮られているのを知っているためかもしれませんが、わざとらしいほどに他人のふりをしているようにも思えます」

と、鷲見はなかなか鋭い観察力を発揮する。清香は彼の隣に立って、有賀を白く細い指で指した。

「よくご覧ください。有賀由宇は下唇を嚙みしめているのです。口もとに、きゅっと力が入っていますでしょう?」

言われて気づいたのだろう、

「ああ、本当ですね」

鷲見は同意して、孝太郎を見た。

「彼はこんな表情をしていましたか」

「はい。エレベーターに乗ったときから、緊張していたのを感じました。アップで細部を確認すると、下唇を嚙みしめているのがわかったんです。癖なのかもしれませんが、見ようによっては、この後、起きる不愉快な出来事をこらえているように思えなくもありません。決意が揺らがないよう、我慢していたのかもしれないと思いまして」

「どんな決意ですか」

　今まで同様、質問役は鷲見が担っていた。部下たちは熱心にメモを取っている。会議室の後ろに移動した坂口ら三人は、冷ややかな表情を向けていたが、できるだけ気にしないようにしていた。

「そこまでは、わかりません。ただ、楽しいことをしに行くようには見えませんね。有賀は笑っていませんから」

「そこの、あなた。エレベーターを上下させて遊ばないように」

　清香が注意する。若い警察官が楽しそうにピアノ線を操って、エレベーターを上下させていたのだが、なにを隠そう検屍官自身も、見た後すぐにかなりの時間、遊んだという経緯（けいい）がある。孝太郎は微苦笑せずにいられなかった。

　それに気づいたのか、

「山高帽の男――ドクター死神（デス）につきましては、医者の立場から一点、補足させていただきます」

　清香が咳払いして言った。

「顎が前に出ているのは、おそらく猫背のためだと思いますが、ストレートネック、今ふうに申しますとスマホ首ですね。その懸念もあると思い、付け加えさせていただきます。スマホやパソコンの使用頻度が高いせいで出る症状なのですが、重篤な場合は頭痛や肩凝り、吐き気に悩まされたりもします」

「あ」

三十前後の女性警察官が手を挙げた。フィギュアに見入っていたひとりだった。

「わたしにも今仰った症状があります。気がつくと、椅子の背もたれに寄りかかって、でれっと、だらしない恰好で座っているんですよ。我慢できないほどの頭痛ではないですが、肩凝りはひどいです」

「緊張型頭痛と言います。患部への塗り薬や姿勢を改善することで、症状は緩和されると思いますよ。あとで処方箋を出しましょうか」

「お願いします」

「話を続けます」

清香はフィギュアのまわりに集まった警察官を見まわした。何人かが自分も処方箋がほしいですとばかりに小さく挙手している。頷き返して、続けた。

「山高帽の男が、頭痛や肩凝り、吐き気などの症状に悩まされていた場合は、整形外科や頭痛外来を設けている専門のクリニックに足を運んでいるかもしれません。聞き込みをお勧めします」

「了解しました」

鷲見は言い、仕草で部下たちを席に戻した。自身も座り直して、話を再開させる。

「まだお伝えしていなかったと思いますが、山高帽の男は『ドクター死神（デス）』という不気味な異名を持つ人物かもしれません。うちが情報を摑んだのは昨夜でしてね。お知らせするのが遅くなりました」

じつに正直な言葉を告げた。清香の方から話をしなかったのは、鷲見の考えを見るためではないだろうか。蚊帳（かや）の外に置かれがちな行動科学課に対して所轄がどんな態度を取るのか。孝太郎ならずとも気になる部分だった。

「ありがとうございます」

清香は極上の笑みを浮かべた。

「どの程度、調べは進んでいるのでしょうか。ドクター死神は他にも似たような事案に関わっているのですか」

とぼけて訊いた。すでに把握している云々は、言う必要がないと思ったに違いない。お互い隠し事はなしですよと念を押したかっただろうが、敢（あ）えて素知らぬ顔をしたように思えた。

(お目付け役を意識しているのか)

孝太郎はさりげなく後ろに立つ三人に目を走らせる。かれらも手帳にメモを取っていた。

「よく似た男が、二十三区内の防犯カメラで確認されているんですよ。うちの所轄内で起きたものではありませんが、いずれも不審死の事案です。自殺、事故、殺害されたのかといったことが、判明しないまま調査を続行中のようです。迷宮入りの可能性があるかもしれません」

鷲見の答えに、すぐ問いかける。

「やはり、山高帽を被っていた？」

清香はすでに映像を確認しているはずだが、あくまでも初めて聞いたという顔をしていた。なかなかの役者である。

「いや、帽子は被っていません。サングラスや眼鏡、マスクは使ってはいましたが、帽子姿はうちの事案が初めてです。本人は変装のつもりなのかもしれませんね。さすがに、そろそろまずいと思い始めているのではないでしょうか。事件が起きた間隔は、半年から一年の間です」

「被害者は男性ばかりですか」

「ええと、違いますね。うちが把握している事案は四件なんですが、ひとりだけ女性がいました」

鷲見は手元の書類から数枚、取り出して、清香に渡した。有賀由宇の件を含めれば五件になる。そういう点も、細川の話と一致していた。

「そうなると、だれかに依頼された殺人の専門家、もしくは亡くなった当人に依頼された自殺幇助、あるいは殺すことに快感を覚える快楽殺人者といったことが浮かびます。鷲見課長のお考えはいかがですか」

告げながら清香は携帯を確認している。だれかから連絡が入ったのかもしれないが、孝太郎の携帯はヴァイブレーションしなかった。

「現時点では、なんとも言えませんね。快楽殺人者による連続殺人事件と判明した場合は、大騒ぎになるでしょう。週刊誌の記者が動き始めているとも聞きました」

そう言いながら鷲見は、一瞬だけだが後ろを見る。そのために本庁から坂口たちが来たと教えているような感じがした。

（そうか。マスコミに近い検屍官が、リークしたとでも思っているのかもしれないな。あるいはリークさせないための見張り役なのか）

細川は本庁に押し戻したかったのかもしれないが、さすがにそこまでの力はない。坂口たちは役目を遂行しているように見えた。

「イケメンのカリスマ店長の変死事件は、週刊誌ネタとしてはぴったりなんでしょう。ここでわたしも補足しておきますが、有賀由宇は二社の生命保険に加入していました」

鷲見から初めての話が出た。優美もほどなく辿り着くだろうが、多額だったときには保険金殺人の疑いも浮上する。また、家族に残すための保険金だった場合は、自死の可能性が高まるように思えた。

「保険金の額と受取人を教えてください」

清香が訊いた。

「ひとりは、静岡の母親です。保険金額は五千万。もうひとりは、驚いたことに仲間だった八木克彦。金額はこちらも五千万です」

金額に関しては初耳だったのか、警察官のひとりが思わずという感じで口笛を吹いた。二社合わせて一億円になる。孝太郎は新聞記事でしか知らない三億円事件を思い出していたが、現在でも億単位になれば大金であることに変わりはなかった。

（おそらく有賀が弟のように思っていたであろう八木克彦に五千万か）

疑問を禁じえなかった。魚店に勤めたり、喫茶店の店長をしていた有賀と、魚店でアルバイトをしていたため、有賀と知り合った八木克彦。さらに八木の弟分・鋏事件の根岸英夫は、半グレ道まっしぐらのように見える。

「八木克彦には伝えたのですか」

清香の質問に、鷲見は頷いた。

「驚いていましたね。なぜ、そんな大金を遺（のこ）してくれたのか、わからないとも言っていました。本当に自分がもらってもいいんだろうか、などと彼らしくない、まあ、これはわたしの感想ですがね。謙虚な様子も見せていましたよ。特殊詐欺の受け子や半グレのパシリをしていた男がです」

苦笑いを浮かべている。小悪党が殊勝（しゅしょう）な態度を取ったのが、意外だったのだろう。

しかし、孝太郎には別の疑問が浮かんでいた。

（だれかに渡す役目、八木はそれこそ生命保険の受け子ではないのか）

同じ疑問をいだいたのかもしれない。

「八木克彦は保険金を受け取るだけの役目、まさに受け子なのかもしれません」

清香が言った。

「有賀由宇が半グレ集団から抜けようとしていた場合、浮かぶ可能性のひとつだと思います。そのときは自死の確率が高まりますが、わからないのは自死する必要があったのかということです。裏稼業で返せたのではないかと思いますので」

「確かに、有賀にはそういった才覚があったかもしれません。やはり、自死の可能性は低くなりますかね。事故が起きてしまい、万が一を考えて受取人にしておいた八木に思わぬ大金が転がりこむことになった」

鷲見が推測を口にする。それでも孝太郎には疑問が残った。

（なぜ、受取人に八木克彦を選んだのか）

それだけ親しかったのかもしれないが、血の繋がりがない相手に、五千万もの大金を遺すだろうか。

「他にはいかがですか。静岡のお母様は、八木克彦以上に驚かれたのではありませんか」

清香がもうひとりの受取人を口にする。

「はい。親子仲はよかったらしく、亡くなったことに関してはもちろんですが、保険金についても非常に驚いておりました。ですが生前、冗談まじりに『おれが死んだら金が入るからさ。それで親父の仕事を立て直しなよ』と言っていたらしいですが」

「お父様のお仕事、お茶農家の仕事は、うまくいっていなかったのでしょうか」

二人のやりとりが続いている。

「今はデフレで中国産や韓国産の安いお茶が、出回っていますからね。品質よりも価格面が重視されてしまい、押され気味だったようです。それでお茶を使ったお菓子や安全なお茶の消臭剤といったものを売り始めたらしいですが、とにかく金がかかる。流行りのなんとかファンドとやらで金を集めるかという案も出ていたと聞きました。自営業に対して銀行は貸し渋りますので、経営状態は厳しかったのかもしれません」

鷲見は答えた後、

「経営状態につきましては、現在、調査中です。あと、有賀は月に何度か、実家に行っていたらしく、祖父が遺してくれた家に泊まっていたようですね。友人を連れて来たりもしていたとか」

新たな話を付け加えた。

「その家は、ご実家の敷地内にあるのですか」

「いや、お茶畑の敷地内に建てられています。周囲にはなにもない静かな場所ですよ。秘密の話し合いや、大麻の生育などには適しているでしょうね」

「当然、家宅捜索をしていますよね」

「もちろんです。まだ、結果は聞いておりませんが、近々、報告書が届くと思います。それから、有賀が死んだ雑居ビルの貸金業の店長ですが、夜中から未明の時間帯だけ店を貸し出していたようです。合鍵付きで利用料は一回、五万。いい副収入になったとのことでした。店を使用させる際は、帰り際に防犯カメラのスイッチを切ったそうです」

鷲見の話が終わらないうちに、会議室の扉がノックされた。貸金業者の店長が副収入を得ていた件は、清香も疑問点を提示していた。孝太郎は素早く手帳に記して、会議室の扉を開けた。

6

入って来たのは、音解（おんかい）捜査官の日高利久だった。先程、清香の携帯に連絡が入ったのは、彼ではないのかと孝太郎は判断した。

「科学捜査研究所の日高警部補です。山高帽の男の声を知りたいと思い、モンタージュ・ボイスの製作をお願いしました」

清香の紹介を受け、日高は簡単に自己紹介をする。持って来た録音機を、ジオラマの隣に置いた。

「実物を見るのはこれが初めてですが、素晴らしい出来ですね。被害者と山高帽の間の気まずい空気と言いますか。緊張感までもが伝わって来ます。初対面かどうかまではわかりませんが、あまり親しくない関係だったように思います」

感想を述べて、清香に指示を仰ぐような目を向けた。

「始めてください」

「わかりました」

日高は会議室を見まわしてから、録音機のスイッチを入れた。

〝有賀由宇とは知人の紹介で会いました〟

山高帽の声は予想に反して高かった。身長が高ければ低くなり、低ければ高くなるという『ファントの法則』とは逆に感じられる。

「日高警部補」

清香が次にどんな問いを投げるか、察したに違いない。日高はいったん録音機のスイッチを切った。

「わかっています。以前、説明した『ファントの法則』には当てはまらない甲高い声ですが、浦島巡査長が作ったフィギュアの映像を見て、山高帽の声は長身痩躯の体型どおりではないと判断しました。浦島巡査長が注目した喉仏が、通常の男性よりもやや小さめであることを参考にした次第です。続けます」

ふたたびスイッチを入れる。

〝たまにメールをかわす程度の関係でして、あまり親しくはありません。今回の事件は驚愕とともに受け止めました。はじめにお断りしておきますが、わたしは関係ありませんよ。眠れないので睡眠薬を売ってほしいと言われたため、あのビルに行っただけです〟

日高なりに二人の関係を考えて製作したようだ。高めの声は、なんとなく胸をざわつかせる。事件を知っているからかもしれないが、聞く者を落ち着かなくさせるような声だと、孝太郎は思った。

（激昂したら、相当、ヒステリックな声になるな）

自分の考えを手帳に記した。

「何度か流してください」

清香に言われて、日高は山高帽の声を再生させた。その間、会議室は水を打ったように静まり返っている。みな耳に意識を集中している様子が伝わってきた。

「いかがでしょうか」

頃合いを見計らって、清香が口火を切る。

「フィギュアと声はあくまでも推測ですが、なにかの参考になればと思います。山高帽につきましては、今日あたりから動画と写真を公開するのではないかと」

「明朝です」

後ろに立っていた坂口警視正が、一歩前に出て補足した。

「公開捜査になります。フィギュアの映像と声を流すかについては、上の指示を待っている状況です」

すぐにさがる。その間、二人の部下は微動もしなかった。孝太郎は未来から来たロボットに主人公が襲われる映画を思い出していた。二人とも黒いサングラスをかけたら似合うのではないだろうか。

「とらわれてしまいますからね。実際の動画と写真だけでいいのではないでしょうか。山高帽にサングラスとマスク、さらにゆったりとした黒いコートでは、素顔の彼を知る人物は出ないかもしれません。ただ、この姿の目撃情報が出れば、山高帽の住居を特定する手がかりになる可能性はあります」

今度は清香が補足して、居並ぶ警察官を見まわした。

「以上です。質問がなければ、これで合同捜査会議を終わりたいと思います」

「ひとつだけ、よろしいですか」

　鷲見が挙手した。

「どうぞ」

「一柳検屍官の髪の毛を切ろうとした被疑者。あくまでも彼の言い分ですが、根岸英夫についてはどうですか。お知り合い、もしくは以前、扱った事件の被疑者や関係者ではありませんか」

「うちの調査係に確認してもらいましたが、根岸英夫という姓名を聞くのは初めてです。念のために申し上げますが、わたくしの交際相手及び、友人知人関係にも根岸という名字の男性はおりません」

　交際相手のあたりで小さな笑いが起きた。正直すぎる言葉だったかもしれないが、ジオラマやモンタージュ・ボイスに関しては、おおむね好印象を持ってくれた雰囲気を感じている。

(だが、そう見せかけて、じつはということもありうる)

　孝太郎は気持ちを引き締めた。

「以上です」

　二度目の言葉に、鷲見が立ち上がった。

「解散」

最初のときと同じように、警察官たちはいっせいに立ち上がって、会議室を飛び出して行く。行動科学課の二人と科捜研の男は、少し遅れて地下駐車場に足を向けた。

「本当に事件現場のジオラマをもらってもいいんですか」

階段をおりながら日高に質問された。

「細川課長が上に確認しております。ですが、利久さんは科捜研の男、身内ですから問題ないと思いますよ。今しばらくお待ちください」

清香が代弁者となる。孝太郎はすでに了承しているので異論はなかった。

地下駐車場の扉を開けた瞬間、

「ドクター」

細川の呼びかけが、遠くの方から響きわたった。地下駐車場なので声がひびくのだろう。日高が開けた扉の向こうに、ＭＥ号が停車している。かなり離れた場所だったが、細川は早くもワンボックスカーの扉を開けていた。課長の吐く息の白さが駐車場の寒さを表していた。

（なぜ、顔も見ていない時点で、課長は呼びかけられたのか）

孝太郎は背筋が冷たくなるのを覚えた。まさに駐車場の扉を開けたところだったではないか。出て来るのは清香以外の人物だったかもしれないのに、どうして細川はすぐに判別できたのか。

（愛のなせる業か。はたまた、課長は超能力者なのか。このカップルは謎が多い）

怪しげな推測まで浮かんでいる。孝太郎は細川に示されるまま、後部座席に座った清香の隣に腰をおろした。日高は助手席に座る。

（なるべく二人を近づけない策だな）

これはすぐに理解できた。少なくとも細川は、孝太郎をそれなりに信頼してくれているらしい。男喰いと噂される検屍官が、まったく相手にしないとなれば、それはそれで複雑な気持ちなのだが……今は良好な関係を喜ぶべきだと思い直した。

「有賀由宇が二社の生命保険に加入していた件は、本間係長から連絡がありました」

細川はＭＥ号をスタートさせて告げた。清香がライブ送信していたらしく、捜査会議の様子はすでに把握しているようだった。

「鷲見課長から伺いましたが、八木克彦が受取人という件は、いささか納得できません。浦島巡査長も同意見だと思いますが」

向けられた清香の視線に、孝太郎は答えた。

「はい。自分は検屍官と同じ考えです」

「有賀由宇と八木克彦の共通点は、半グレ仲間だったであろうということです。これは会議の席でも申し上げたのですが、有賀が抜けるつもりだったとすれば、大きな仕事をしたでしょう。どうして、それをしなかったのか。もしくは予定していた計画が、頓挫(とんざ)したのか」

清香が推測を口にする。

「特殊詐欺を仕掛けて大金を稼ぎ、堅気(かたぎ)の衆になるつもりだったのか。苦労して抜けたものの、元の半グレに戻る輩が多いようですが、多額の生命保険を掛けていたのは、不吉な予感でもあったのでしょうか」

と、夜の帳(とばり)がおりた町を見るとはなしに見つめていた。繁華街の明るいネオンとは裏腹に、暗い事件が次から次へと起きている。

「まずはドクター死神(デス)の身柄を確保するのが先決だと思います」

助手席の日高が言った。

「そのとおりですが、すでに海外へ逃亡したかもしれません。動画や写真の公開に反対する気持ちはありませんが、死神のような印象が悪い方に働くことも考えられます。カツラや服装で変装された場合、隣を歩かれても気づかないかもしれませんから」

清香は背後を気にかけていた。所轄の駐車場を出たときから孝太郎も察していたが、一台の面パトが後ろに張りついている。

「坂口警視正でしょう」

細川はルームミラーを、ちらりと見上げた。

「行動科学課は信用できないと、はっきり言われましたよ。ドクターの写真集が、お気に召さない様子でした。マスコミとの関係は断ち切るべきではないのか。浮かれてなにをやっているんだとのことでした」

「警察官や消防士への応募が増えると思います。優美ちゃんの調査では早くも問い合わせが、殺到していると聞きました。要するに、わたしがなにをしても気に入らないんですわ、本庁は」

清香もルームミラーを見る。

「日高警部補。おりても、かまいませんよ。うちと関わることによって、昇進に影響が出るかもしれません」

「ぼくは楽しくやらせてもらっています。それに中途半端に仕事を放り出すつもりはありません。浦島巡査長のジオラマを見て、いっそう興味が高まりました。山高帽のやや広がり気味の黒いコートの下には、注射器や麻薬性鎮痛剤などが隠れていると考えていいでしょうか」

山高帽の男はいつしか『男』を省略するようになっていた。エレベーター内の二人が荷物を持っていなかった点については、会議が始まる前に配ったプリントに記しておいたので警察官から質問は出なかったが、遅れて来た日高はそのプリントを見ていない。細かい点によく気づいたなと、孝太郎は内心、思っていた。

「はい。そのつもりで多少、ふくらませました。よく見ないとわからないんですが、実際の映像どおりなんです。コートの前身頃が、ふくらんでいるんですよ。被害者もですが、二人とも荷物らしいものは持っていませんでした。そうなると、コートに隠すしかないでしょう？」

孝太郎は答えて、問いかける。細かい点にこだわるのは、自分で訊き、確かめなければ落ち着かないという気質ゆえだろう。

（似ているな）

認めたくないが、認めるしかなかった。

「はい」

日高は答えて、付け足した。

「通報者の女性ですが、録音機に残された声をもとにして、長い会話文を製作してみました。雑音まじりのうえに声が小さくて聞き取りにくかったですからね。少しでも鮮明になればと思った次第です」

素早く携帯を操作する。

〝どうして、拉致監禁されたのか、まったくわかりません。早くここから出してください、早く助けてください。真王丸の持ち主は、わたしの父なんです。持ち主が判明すれば、名前や住所がわかります。そこから辿ってほしいと思い、とっさに口にしました。警視庁行動科学課は必ず助けてくれると信じています〟

流れたのは、録音機よりも落ち着いた声だった。声優になれそうな感じの澄んだ声で、いつまでも聞いていたい気持ちにさせる。内容は日高の創作だろうが、祈りを込めたような言葉になっていた。

「耳にやきつけました」

清香は告げた後、かかってきた電話を受けた。二言、三言、話して終わらせた。

「鷲見課長からでした。静岡県警の鑑識係が有賀由宇の実家と、茶畑の敷地内に建てられた祖父の家を調べた結果、不審点があったので行動科学課に行ってみてほしいという要請です」

その説明に無線機からの声が重なる。

「本間です。一柳先生は、ＭＥ号におられますか」

「声がふだんより高い。やや興奮状態で緊張していますね」

音解捜査官の冷静な判断に、清香は頷き返して、続けた。

「おります」

「たった今、以前の通報者と思われる女性から新たな連絡が入りました。このまま中継しながら話をします。とにかく急いで戻って来てください」

「わかりました」

検屍官はＭＥ号の屋根に赤色灯を載せる。通報者からの二度目の連絡に、優美だけでなく、孝太郎も緊張が高まっていた。
けたたましいサイレンを鳴らしながら、ＭＥ号は夜の町を突っ走る。

第4章　フィギュアの少女

1

「この間、通報した者です。わたしがいるのは納戸のような部屋で、閉じ込められてしまったみたいなんです。見張りが数人いたのですが、昨夜から一度も扉が開きません。携帯と懐中電灯、簡易トイレ、水や簡単な食料はありますが、外に出られないんです。助けてください」

女性は逼迫(ひっぱく)した状況を訴えた。声はやや高めだが、最初の通報よりも落ち着いているように感じられる。日高が製作した通常の会話に、かなり近い印象を受けた。

「まずお名前を教えてください。年齢や職業、住所もお願いします」

優美が当然の疑問を発した。かかってきた携帯の発信元を調べながらであるのは確かだろう。声が張り詰めていた。

「高校一年生ですが……名前と住所は言えません」

信じられない答えが返る。彼女自身、不自然なことだとわかっているに違いない。後半は声がやや小さくなっていた。

「なぜですか。もっとも必要かつ重要な情報ですよ」

「家族や大切な友人に危険が及ぶからです」

言い切った後、

「そう脅されて、拉致監禁されました」

早口で言い添えた。

「わかっていらっしゃるじゃないですか、脅しです。それに見張りの人たちは、もういないのではありませんか。携帯や食料といった品物を置いて、逃げた可能性が高いのではありませんか」

優美は与えられた情報を瞬時に分析し、的確な質問を投げる。いつになく強い口調になったのは、案じるがゆえだろう。さらに携帯の電池の残量を考えると無駄話はしていられなかった。

「たぶん、そうだと思いますが、まだ何人か残っているかもしれません。わたしの呼びかけに答えないだけかもしれませんから」

自信なさそうな様子だった。

「これだけは教えてください。あなたが住んでいるのは、二十三区内ですか。それとも郊外、もしくは他県でしょうか」

別の角度からの切り崩しを試みる。なんとかして、名前と住所を教えてもらわなければならなかった。

「二十三区内です」

「何区ですか」

「言えません」

「姓名は……」

「それも言えません」

頑なな様子から無理だと思ったのだろう、

「寒さはどうですか。ここにきて急に冷え込んできました。あなたがいる部屋に、暖房器具はあるのでしょうか」

命にかかわる問いに変えた。暖房器具がない状態が続けば、低体温症や凍死といった最悪の事態も考えられる。予断を許さない状況なのはあきらかだ。

「小さな電気ストーブと二枚の毛布を与えられています。少し寒いですが、二畳ぐらいしかない小さな部屋なので大丈夫です。毛布にくるまって、しのいでいます」

「そこはマンションですか、一戸建てですか」

「わかりません。塾から家に戻る途中で襲われたんです。夜の九時半頃だったと思います。車に押し込められた後、目隠しされました。この部屋へ来るときは大きなスーツケースだと思いますが、狭い箱のようなものの中に入れられました。外はまったく見えませんでした」

一度、言葉を止めて言った。

「恐かった」

その言葉に、すべての気持ちが表れていた。スーツケースごと海や川にでも投げ入れられれば、溺死や窒息死といった無惨な死に様が待っている。閉所恐怖症ならずとも、激しい恐怖を覚えるのは確かだった。

そして、今も恐怖の時は続いている。

「よく我慢しました。頑張っていますね」

優美の口から労りに満ちた言葉が出た。それまでは早口だったが、ゆっくりと語りかけるような口調になっていた。

「どれぐらいの時間、車に乗っていたでしょう。だいたいでかまいません。移動時間を教えてください」

次の問いに進む。励ましの言葉をかけたいところだが、とにかく時間がない。携帯の電池の残量はどれぐらいなのか。まだ残っているだろうかと、逸る気持ちを抑えながらになっていたのは確かだった。

「三十分ぐらい、だったかな？」

またもや自信なさそうになっていた。さらに「かな？」という部分に私的なニュアンスが感じられた。優美に親近感を覚え始めているのではないだろうか。

「大変な中で、きちんと状況を把握できているのは立派です。必ず助けますからね。絶対に諦めないでください」

賛辞を惜しまずに続けた。

「現場へ着いた後ですが、エレベーターや階段で上がったような感覚はありませんでしたか。それまでとは違う雰囲気になりませんでしたか」

歯切れよく訊ねる。疑問を投げられたからこそ、気づくことも少なくない。

「そういえば」

少女は思い出したように告げた。

「エレベーターに乗ったかもしれません。そんな感じがありました」

一気にマンションの可能性が高まる。一戸建てを除外できるだけで、どれほど捜査が楽になることか。

「見張り役の顔は見ましたか。何人ぐらい、いましたか」

「顔は見ていません。食事を運んで来るときや、簡易トイレの汚物を処理するときなどは、目出し帽でしたっけ。あれを被っていましたから」

「人数は？　男か女かは、わかりませんでしたか」

「人数はわかりませんが、あきらかに身長の違う二人組のときがありました。女性がひとり、いたかもしれません。食事を運んで来るうちのひとりは、同じ人だったと思います。身体つきがあきらかに女性っぽい感じでした」

「少なくとも二人はいたことになりますね。大声を出して人を呼んでください。壁や扉をドンドン叩いてください。大騒ぎすれば、マンションの他の住人から通報が入ると思います」

「それはできません。注目を集めたくないんです。大騒ぎしてマスコミが騒いだりすると、ニュースになるでしょう。家族や大切な友人に迷惑がかかりますから」

極秘裡に動き、すべて水面下で片付ける。名前をはじめとする身許は不明、わかっているのは二十三区内のどこかのマンションらしいということだけだ。

そんな甘い状況ではないでしょう。と、優美は言いたかったかもしれないが、それらの言葉はすべて呑み込んだ。

「わかりました」

気持ちを切り替えたのかもしれない。

「なにか音は聞こえませんか。匂いはどうですか」

居場所を摑むための問いを投げた。

「音」

少女は呟き、黙り込む。電池切れを案じたのだろう、

「ラジオ体操の音、人の話し声、スナックのカラオケやスピーカーで流れる呼びかけ。学校の下校時刻を知らせるような……」

思わず出た優美の助言を早口で遮る。

「それ、流れます」

少女の声が、わずかにはずんだ。

「子どもたちの下校時刻を地域住民に知らせる呼びかけと、五時半の夕焼け小焼け、だったかな。タイトルは違うかもしれませんが、カラスと一緒に帰りましょうという音楽でした」

「公園が近いのかもしれませんね。下校時刻を知らせる呼びかけは、子供たちの見守りをお願いするものでしょう。音楽は遊んでいる子供たちに帰宅時間だと知らせるものかもしれません」

優美は早口になっている。電池切れだけでなく、拉致犯人の存在を考慮しているのは当然だった。少女が閉じ込められた納戸らしき部屋の外に、今も犯人がいるかもしれないのである。

「先日、連絡をくださったとき、真王丸のことを口にしましたよね。真田家ゆかりの

刀ではないかと思い、持ち主を確認しました」

「すぐに動いてくださったんですね」

喜びには、複雑な気持ちが見え隠れしているように思えた。調査すれば彼女の身許が判明するかもしれない。そうなったとき、拉致犯人はどう動くだろう。家族や友人に危害が及ぶのではないか。

不安を隠せないようだったが、

「あたりまえじゃないですか」

優美は力強く請け合った。

「行動科学課は、どんな小さな事案にも真摯（しんし）に対応します。それが一柳先生のポリシーですから」

「憧れなんです、一柳検屍官は」

少女は言った。

「同じ女性としても尊敬しています。警察は男社会だと思いますが、活躍していらっしゃるでしょう。前々からよくホームページを見ていました。それで電話したんです」

清香への賛辞は嬉しかったが、話が脇道に逸れていた。

「話を戻します」

優美は素早く軌道修正する。

「真王丸は、阿佐谷の古美術商〈飛鳥井（あすかい）〉のオーナーが持ち主でした。あなたとの関係は」

「赤の他人です。中途半端な形で切れてしまったので言えませんでしたが、わたしが伝えたかったのは真王丸と対（つい）の脇差のことなんです。月斬（げっき）の名を持つ脇差が盗まれてしまいました」

「脇差ですか」

優美は何台かのパソコンを操りながら会話を続けている。

「ですが、一柳先生は月斬というのは真王丸の別名だと仰っていました。湖水に映る月を斬ると、しばらくの間、湖面が斬られたままの状態になることからついた異名であると」

「それは誤った情報です。繰り返しになりますが、刀の真王丸と脇差の月斬は、対なんです。知る人はほとんどいないかもしれませんが、家宝でした。盗まれた脇差を取り戻そうとして、父は必死に行方を探したんですが」

一般には知られていない家宝を秘蔵していた家。そうなると、真田家ゆかりの長野に生家、もしくは実家が今もあるのだろうか。今は二十三区内に住んでいるが、かつては長野に実家か本家があったのか。

「残念ながら、月斬という情報だけでは、あなたの身許はわかりません。脇差の存在自体、知られていないため、調べようがないんです。名前だけでも教えてもらえませんか」

優美は懇願するように訊いた。

「できません。教えたら家族や大切な友人に危害を……」

「言ったじゃないですか、脅しなんですよ」

鋭く遮る。優美にしては、きつい口調になっていた。

「携帯を残していったのは警察に知らせてもいいということだと思います。あなたの命までは、奪いたくないのでしょう。仲間うちで意見が分かれている可能性もありますね。気の毒に思っただれかが、最低限のライフラインを残していった」

推測して、続ける。

「相手は拉致監禁事件の犯人ですよ。まともな考えは通用しません。言ってください、名前と住所を。あなたを必ず助けます」

きっぱり言い切ったのは、決心させるためだろう。

何秒かの沈黙の後、

「わたしの名前は……」

そこで唐突に電話は切れた。

2

警視庁行動科学課のオフィスには、何度目かになる溜息が洩れた。

「あともう少しだったのに」

清香が呟いた。

優美からの連絡を受けて戻ったものの、緊迫のやりとりには間に合わず、録音した会話を朝まで何度も全員で聞いていた。臨時要員の日高利久も加わっているので、総勢五名が、夜通し確認作業を続けている。逆探知を試みたが、プリペイド式の携帯だったことから、持ち主には辿り着けなかった。

場外市場の飛田が持たせてくれた白木の重箱の料理が、思わぬ形で徹夜の仕事を助けてくれた。おにぎりやパンを買ってくれれば、立派な夕食と夜食になる。飛田は四人分と言ったが、五人で食べても余るほどだった。

「残っていた犯人が、来たのかもしれませんね。電池切れならいいのですが、犯人だった場合はどうなることか」

検屍官は声と表情が沈んでいた。

細川は刀・真王丸と対だという脇差・月斬の調査をしながらであり、優美は区役所が始まったため、二十三区内で流される帰宅時刻を知らせる音楽を確かめている。もちろん事前に絞り込んだのは言うまでもない。とはいえ『夕焼け小焼け』を使用しているのは、かなりの数にのぼっていた。

「一度目の通報者と、ほぼ同じ人物だと思います」

声の確認作業に従事していた日高が声をあげた。

「九十パーセントぐらいの割合で、おそらく同一人物ではないかと」

百パーセントではないのが気に入らなかったに違いない。

「なぜ、百パーセントではないのですか」

清香が不満の問いを投げた。

「言い訳に聞こえるかもしれませんが、二つの声が同一人物のものであると証明するのは、そう簡単なことではありません。声紋鑑定では、同一人物のものではないと証明する方が簡単なんです」

日高は立ち上がって、声紋グラフを検屍官に渡した。声の周波数や強さを計る周波数分析装置にかけた結果だと事前に聞いていた。孝太郎と清香は、三人の作業を手伝っている。

「案外、あてにならないものなんですね」

検屍官の厳しい言葉を、日高は即座に受けた。

「テープの声の反響状態も調べましたが、女性が言ったとおり、二畳程度の部屋ではないかと思われます。少なくとも嘘はついていないのではないでしょうか」

現状で可能な限りのことはやったという訴えだったのではないだろうか。不満そうではあったが、清香は小さく頷いた。

「ご苦労様でした。日高警部補は、いったん科捜研にお戻りください。時間が空いたときにまた、来ていただければと思います」

「ですが」

反論しようとした日高に、細川が言った。

「ドクターは、あなたの身体を案じているんです。家に帰って休んでください。そのうえでまだ、ここに来る気持ちが失せていなければ、手伝っていただけると助かります。うちは常に人手不足ですから」

以心伝心、まさにベストカップルならではのフォローだった。清香は否とも応とも言わずに素知らぬ顔をしていた。

「わかりました」

さすがに疲労を隠しきれない日高は、今度は素直に立ち上がる。資料を広げていた机を簡単に片づけて、鞄とコートを持ち、扉の前で一礼して出て行った。

「拉致監禁事案からは話が逸れるんですが」

孝太郎は言った。

ギュアは、たぶん父が製作したものだと思います。父に確認したところ、断定はできないが、十五年ほど前にインターネットで売ったフィギュアではないかと」

「隣に置かれていたコプロライトでしたか。あれもお父上が製作したものですか」

清香の問いに頭を振る。

「コプロライトは違います。あれは今、本間係長に……」

「恐竜のフィギュアと、コプロライトにつきましては、少しだけお時間をいただければと思います」

優美の申し出を、孝太郎は受けた。

「わかりました」

「真王丸の持ち主――沢木敦史氏と連絡がつきました」

今度は細川が告げた。

「月斬については『もしや対の脇差か』という噂は聞いたことがあるものの、その所在や持ち主はまったく不明とのことです。本当にあるのかと驚いていました。仲間の古美術商や骨董品店のオーナーたちに、いちおう確認してくれるとのことです。持ち主に行き着くのは、至難の業かもしれません」

「彼女のご両親、そして、ご両親と親しい人以外は、月斬の存在を知らないのかもしれませんね」

清香の言葉には、隠しきれない落胆が滲んでいるように思えた。幻の脇差とも言うべき月斬。最後の手だては……。

なにげなく向けた孝太郎の視線に、優美は疲れた表情を返した。

「区役所への確認を終えました。帰宅を促す音楽として夕焼け小焼けを使用しており、その曲が流れる公園があって、周囲にマンションが建つ場所です。都内には八カ所ほどありました」

ほとんど同時に、各自のパソコンや携帯に印入りの地図が流される。二十三区に点在していた。

「かつて使用していた場所は排除しましたが、マンションはどの場所にも立ち並んでいます。マンションは目印としては、役に立たないと思います。曲しか、手がかりはないと考えるべきでしょう」

不安に満ちた優美の言葉を、清香が継いだ。

「浦島巡査長の『フィギュアの少女』の写真を、所轄の制服警官に送るという案はどうですか。日高警部補の手助けがあったお陰で、より正確なフィギュアが完成したと思います。周辺に似た少女が住んでいないか、見たことはないか。地道に聞き込みをするしかないのではありませんか」

真っ直ぐ細川を見ていたが、少女の拉致監禁はまだ、事件かどうか定かではない。所轄を勝手に動かせば、上から圧力がかかるのは間違いないだろう。面倒で大変な役目なのに、課長は躊躇うことなく頷いた。

「連絡します」

なにか起きたときには、自分が責任を取ればいいと考えているのだろうか。清香の要望に応えることが生き甲斐というような印象を受けた。

「一柳先生。受付から連絡です」

優美が告げ、清香は受話器を取る。手短に終わらせるや、立ち上がって扉に歩いて行った。腰を浮かせかけた細川を仕草で止めた。

「意外な方のご訪問です。いったい、どんな御用でしょうか」

扉の近くに置いたＤＩＹ製の姿見を見ながら、乱れた髪やスーツを整える。どんなときも身だしなみを忘れない点を、無頓着な孝太郎は見習うべきだろう。

ほどなく扉がノックされた。

「はい」

清香は答えて扉を開ける。

「どうも、検屍官様。本庁にまで押しかけまして、まことに申し訳ありません」

しゃがれ声は忘れようもない、場外市場の鮮魚店の飛田だった。後ろにいた若い社員から大きな風呂敷包みを受け取り、社員と一緒に中へ入って来る。本庁への訪問を意識しているのか、二人ともスーツを着ていた。

　馬鹿丁寧なほどの挨拶をした後、

「来るからには手土産をと思いまして、市場内の広東料理店に仕出し弁当を作ってもらいました。飛田は美しすぎる検屍官様の御用商人でございます。どうか、末永くご贔屓いただきたいと思います」

　さらに、へりくだった挨拶をして風呂敷包みを渡した。

「せっかくお持ちいただきましたので、ありがたく頂戴いたしますが、賄賂と受け取られかねません。以後は遠慮させていただきます」

　清香もまた、丁重に断った。

「なにを仰いますやら、ただの差し入れですよ。今までに何度もこちらの幹部様たちにお届けしております。料理のリクエストがあることもしばしばございますので、ご心配は無用ではないかと」

「そうですか。持たせていただいたお料理は、とても美味しくいただきました」

　肩越しに見やった先には、ちらかった重箱がある。

「すみません、すぐに」

　孝太郎は片付けようとしたが、

「ああ、そのまま、そのまま」

飛田は答えて振り向いた。

「おい」

たったひと言で若い社員が動く。

「はい」

白木の重箱を片付け、床に落ちていたゴミや埃なども箒で綺麗に始末した。乱れていた室内を調えれば、飛田の訪問理由を訊く場になる。

3

「それで今日はどのような」

清香が訊いた。掃き清められたオフィスの床を、若い社員は綺麗に拭き始めている。DIY製の家具類は、乾いた雑巾に家具用のスプレーを使いながら磨いていた。少女のフィギュアが気になるらしく、ちらちら目を向けていた。

「じつは先日、お話しした媚薬のことなんですが」

飛田は言いにくそうに切り出した。後ろめたいことがあるのか、ソファにもなる長椅子に、身体を縮こませるようにして座っていた。

「アフリカ産のヨヒンベですね。お土産としてもらったと聞きました。あれがどうかしたのですか」

「土産でもらったのではありません。インターネットで買い求めたんです。決して嘘をつこうと思ったわけでは……」

「そのあたりの細かいことは追及しません。それで？」

遮って、促した。なにか重要な話が出る予感がしたのではないだろうか。孝太郎の胸にも期待のようなものが浮かんでいた。

「媚薬を持って来た男なんですが、テレビや新聞のニュースに出ていた男。ええと」

飛田が問いかけの目を投げると、棚を磨いていた若い社員が受けた。

「八木克彦です」

素早く自分の携帯を操作して画面を出した。飛田はそれを受け取って、画面を清香に向ける。

「この男なんですよ、持って来たのは」

同意を求めるように若い社員を見やる。

「そうだな？」

「間違いありません。他の社員も気づきまして、社長に知らせた次第です。嘘をついたことがばれるだのなんだのと言っていた社長を説き伏せて、美しすぎる検屍官様にお知らせにあがりました」

「説き伏せたはよけいだ」

飛田に言われて、「あ」と恐縮する。

「よけいなことを……すみませんでした」

二人の会話は、もはや耳に入っていなかった。

「買い求めたネットのサイト名はわかりますか」

清香の問いを受け、若い社員は飛田から携帯を奪い取って、操作する。気分を害したふうもなく、飛田は頼もしそうに見あげた。

「パソコン関係は詳しいんですよ。媚薬を買ったときも、こいつにやってもらいましてね。わたしひとりでは役に立たないと思いまして、連れて来たわけです」

「正しい判断ですわ」

清香は同意する。

「これです」

若い社員も飛田の話を無視していた。差し出した携帯を優美が受け取って、素早く検索する。今もそのネット上の店があるかどうか。八木克彦が取り調べられた時点で閉じた可能性は充分、考えられた。

「ありませんね」

優美の調査は短時間で終わった。

「この携帯を少しの間、貸していただけると助かるんですが」

調査係の申し出を、飛田は立ち上がって承諾する。

「もちろんお貸しいたします。お役に立てて、よかったです。身の下相談どおりの男だと思われてしまうのは心外ですから」

「わざわざお越しいただきまして、ありがとうございました」

清香は、扉を指していた。

「捜査が進展する可能性が、なきにしもあらずです。飛田社長のご協力には、心から感謝いたします」

用が済んだらさっさとお帰りあそばせ、という様子があきらかだった。優美は次の調べに着手し、細川は拉致監禁事案で所轄に連絡を入れている。孝太郎は課長の隣に立っていたが、忙しそうなのはだれの目にもあきらかだ。もとより飛田に異存はないだろう。

「では、失礼します」

深々と辞儀をして、若い社員を目顔で促した。せめて見送りだけでも自分がと思い、孝太郎は先に扉を開ける。若い社員はフィギュアを見たまま足を止めていた。

「おい、行くぞ」

飛田に言われたが動こうとしない。

「この人」

若い社員は、しきりに首を傾げていた。

「どこかで見たことがあるような」

「えっ」

孝太郎をはじめとする全員の驚きが重なった。最初に動いた清香に続き、細川、優美とこちらに来る。

「いつ、どこで見ましたか。名前はご存じですか。住んでいる場所はわかりますか。何区ですか」

検屍官が発した矢継ぎ早の問いかけに、飛田はぽかんと口を開けていた。若い社員は自分が放った言葉の反応に、ただただ驚愕しているのが見て取れた。

「いや、あの、それが思い出せないんです。店の客かもしれません。はじめは精巧なフィギュアだなと思って、感心していたんですよ。途中で『あれ?』となったんですが、店に来た客だったのかもしれないと」

「思い出せ」

飛田は首を摑み、迫った。

「思い出したら特別ボーナスを出してやる。さあ、吐け、じゃなくて、思い出して検屍官様にお話ししろ」

「く、苦しい、です、しゃ、社長、あぁっ」

　はねのけて清香に目をあてる。

「思い出しました。そうだ、そうだよ、思い出したよ。すみませんが、おれの携帯を返してください。あとでまた、渡しますから」

「どうぞ」

　優美が渡した携帯を、今度は数秒で操作した。

「これです。アイドルグループなんですが、フィギュアの彼女は、この中のひとりに似ているんですよ。おれのイチオシで、大ファンなんです」

　画面に出たのは、女性アイドルグループの集団だった。地名を名乗っているグループのひとつだが、アップにした顔は確かに『フィギュアの少女』に似ていた。双子と言っても通るかもしれない。

「似ていますね」

　清香は、孝太郎が製作したフィギュアの隣に携帯の画面画面を並べる。

「両頬にエクボが出ています」

　孝太郎は言った。携帯画面のアップになった頬には、エクボとわかる可愛らしい凹みがあるではないか。これはもう双子、もしくは姉妹としか思えなかった。

「それでは、我々はこれで失礼します」

暇(いとま)を告げた飛田と若い社員を慌て気味に見送る。

「ご苦労様でした」

と、顔をあげた瞬間、孝太郎は首筋の毛が逆立った。階段の方へ行った飛田たちと入れ替わるようにして、坂口恭介警視正がこちらに来たからである。相変わらず後ろには二人の部下を随(したが)えていた。

「検屍官。坂口警視正がおいでになりました」

振り向いて告げると、

「お通ししてください」

清香は落ち着いて告げた。その返事で激しい動揺が、わずかではあるものの、おさまる。孝太郎は三人を中に案内した。

「この事案はなんですか」

坂口は、いきなり書類を投げつけた。清香の顔にあたったそれは、机や床に飛び散る。さすがに腹が立ったのだろう、細川が前に出ようとしたが、

「細川課長」

清香が止めた。孝太郎と優美が拾い集めた書類に、ざっと目を通している。坂口は相変わらず、しかつめらしい顔で指さした。

「未明の通報とやらは、拉致監禁事案じゃないんですか。写真の女性から通報があっ

て、極秘裡に行動科学課が動いていた可能性が高い。まあ、報告がないのは珍しいことではないでしょうがね。勝手に所轄を使われるのは困ります」

「先程、わたしが連絡しました」

　細川が強い口調で訴えた。

「上の承諾は得たはずです。そのうえで各所轄に少女の写真――これは浦島巡査長が日高警部補のモンタージュ・ボイスを参考にして製作したフィギュアの写真ですが、その写真と今までの調査報告書を添えて要請しました。正式な申請書はまだですが、命を最優先に考えた結果です」

「我々への報告が先です」

　坂口は頑なに言い張る。

「なぜ、わたしを飛び越えて上に報告がいったのか。ありていに申し上げますと、顔を潰されたわけですよ。いやがらせとしか思えませんね」

「はい。いやがらせです」

　清香は平然と言い放った。一瞬、場が凍りつきそうになったが、明るい笑顔を見て、坂口の部下たちが苦笑を浮かべる。

（場の空気を変えた）

　いつもながらのウィットに富んだ答えに感心していた。もっともウィットの前に

「もはや、死語かもしれませんが」という清香の十八番を入れるべきだったかもしれないが……。

「今のは冗談ですが、行動科学課は常に被害者の命を最優先いたします。また、悪戯かもしれないと思いましたので、確認が取れてからご報告をと考えました。二度目の通報を受けてなお悪戯電話かもしれないという疑いは残りますが、フィギュアが完成したこともあったため、思いきって所轄への連絡を行った次第です」

「わたしの一存で行いました」

細川が早口で付け加えた。

「一柳ドクターに責任はありません」

顔を上げて告げる。しかし、坂口の渋面はますますひどくなるばかりだ。気まずい沈黙を打ち破るように、優美が手を挙げた。

「件のアイドルグループですが、夕方から中野で握手会を開くようです。四十八人のグループですので全員が参加するかどうかはわかりませんが、フィギュアの女性――内々では『フィギュアの少女』と呼んでいますが、彼女に似ている女性が来るかもしれません。名前は鹿内明里、年齢は十八歳です」

優秀な調査係であることを、あらためて知らしめた。言い争いをしている場合ではないでしょうというように、坂口たちに皮肉めいた眼差しを向けていた。

「行きましょう」

　清香が言った。

「これだけ似ているのですから、血の繋がりがあるかもしれません。坂口警視正」

　踵を返した坂口に呼びかける。

「ここに盗聴器の類は仕掛けられていないと思いますので、申し上げます。有賀由宇の弟分だった八木克彦。彼はインターネットの媚薬を販売するようなサイトの、運び役だったのではないかと思われます。廊下で擦れ違ったかもしれませんが、二人連れの男性はそれを知らせに来てくれたのです」

　初耳だったのだろう、

「八木が違法薬物を？」

　坂口は足を止めて振り返った。

「はい。ネットで注文した媚薬を持って来たのが、八木だったそうです。八木克彦と根岸英夫は泳がせているんですよね」

　訊き返したが、答えることなく三人は出て行った。情報はもらうだけで与えないという考え方なのが態度に表れていた。

「協力的ですこと」

　清香の皮肉に、孝太郎たちは笑った。思わぬところから得られた情報が、『フィギユアの少女』へと導いてくれるかもしれない。

「アイドルグループの鹿内明里には、妹がいます。鹿内光里(ひかり)、十六歳。もはや、死語かもしれませんが、お嬢様学校で有名な私立高に通っています」

さらに優美が重要な手がかりを得た。

拉致監禁されているのは、鹿内光里なのか。

(見つかってほしい)

祈るような気持ちで新たな調査を始める。

4

その夜。

中野の商店街は、いつも以上に賑わっていた。このアイドルグループは地下アイドルではなく、メジャーデビューをしている少女たちだ。今回の握手会に参加したのは五人だが、運良く鹿内明里も加わっていた。

「近くで見ると、そっくりさんぶりが際立(きわだ)ちますわね」

清香が言った。孝太郎は検屍官と一緒に、握手会の会場になっている商店街のレコード店に来ていた。CDやDVDだけでなくレコード盤も扱う店で、好事家(こうずか)の溜まり場にもなっているらしく、中高年の男性が買いに来たついでという感じで握手会を眺めている。むろん中には握手を求めるシニアもいた。

「はい。両頬のエクボが魅力的です」

孝太郎は素早くフィギュア用の手帳にスケッチしていた。明里の身長は百五十センチあるかないかで、今は長い髪を垂らしていたが、ポニーテールにして頭頂部をふくらませ気味にしたら、もっと雰囲気が近くなるのではないだろうか。

（はっきりした二重瞼とエクボ、そして、小柄ながらも豊かな胸が目を引くな。仮に姉妹だった場合、妹の光里さんも同じような体型だろうか）

意識して逸らさないと、つい胸だけに目が行きそうになる。己の欲望をごまかすために、日高の話を出した。

「日高警部補の助言が活きました。彼のアドバイスがなければ、ここまでそっくりにはならなかったと思います」

そう言いながら携帯にフィギュアの写真を出していた。何件か情報が寄せられたという連絡を優美から受けたが、すべて鹿内明里に関するものだった。

「なんらかの関係があるのは、間違いないように思います。優美ちゃんの補足調査では、鹿内姉妹の両親は二人とも医者だとか。明里さんも私立の有名な女子校を卒業したとのことでした。裕福な家なのでしょう」

清香の言葉に、孝太郎は同意する。

「真王丸の脇差と思われる『月斬』を家宝とするのに、相応しい家かもしれませんね。両親の趣味までは判明していませんが、代々伝わる家宝の中に、脇差の月斬があったのかもしれません」

「あのとき、『フィギュアの少女』は、なぜ、月斬の名を出したのか」

自問のような呟きに応じた。

「犯人たちに名前を名乗ってはいけないと言われていたようですから、彼女なりに考えたんじゃないでしょうか。真王丸の脇差ならば、持ち主がわかるだろうと思っていたのかもしれません。実際は真王丸自体、幻の刀と言われているわけで、その脇差は存在さえ知られていなかったわけですが」

「でも、『フィギュアの少女』は、存在さえ知られていない事実を知らなかった」

確認するような言葉に頷き返した。

「はい」

握手会は佳境を迎え、列は前に進んでいる。終わりのサービスとして数曲、歌うことは事務所への確認でわかっていた。もちろん優美が事前に連絡を入れて、検屍官と孝太郎が話を聞きたい旨、明里にも事務所の人間が伝えてあるはず。そのせいだろうか。明里は二人をチラチラ見ては、慌て気味に握手をするという動作を繰り返していた。

（かなり意識しているな。やはり、鹿内光里は妹なのかもしれない）

落ち着かない様子から、そう判断したが、警察官の聞き取り作業を楽しく思う人間は少ないだろう。単に不安を覚えているだけかもしれなかった。

同じような印象を受けたに違いない、

「歌が始まるようですわ。わたしたちは少し離れていましょうか」

「はい」

清香の申し出を受け、店から離れた。タイミングよく細川から連絡が入る。課長はオフィスで明日、行く予定の有賀由宇の祖父宅について、所轄から得られた調査報告書を纏めていた。

「有賀が実家近くの祖父宅で、大麻を栽培していた様子はないようです」

細川の話を、孝太郎と清香はそれぞれの携帯で受けていた。スピーカーホンにすると他者に聞かれかねないからだ。

「ただ、物置と車庫に、薬品臭さが漂っているらしいんですよ。中央区の所轄からも鑑識係が行ったようですが、覚せい剤でも置いてあったのか。あるいは媚薬を始めとする違法薬物や高く売買できる漢方薬などの在庫を置いていたのか」

語尾が曖昧に消えた。

「漢方薬は中国製の安いものが出まわっています。日本製の漢方薬は品質は確かですが、値段が高いですからね。中国製品に押され気味だと聞きました」

清香が小声で告げた。明里たちの歌が始まり、店の前は華やいだ雰囲気に包まれている。手拍子や掛け声も入って、ファンは盛り上がっていた。

「媚薬の届け役となった八木克彦は、取り調べが始まっています。すぐに認めたらしいですが、すでにネット上の店はありませんからね。たとえ本庁のサイバー捜査官が消された記録を再現できたとしても、経営者に行き着くのはむずかしいでしょう。名義貸しで下っ端の名前を使っている可能性が高いですから」

細川の報告は続いている。

「ご苦労様です。細川課長、今日は早く帰って少し休んでください。連日連夜、オフィスに詰めているじゃないですか。明日は三人で行くのがベストですので、今夜ぐらいはゆっくり寝てくださいな」

最後の部分は、私的な口調になっていた。おじさん課長への労りが、身に沁みたのかもしれない、

「では、お言葉に甘えて今日は帰ります。ドクター、お迎えがてらME号で、そちらへ参りましょうか」

細川の答えにも私的な含みが感じられた。落ち合ってどちらかの家に帰りたいのだろう。ひさしぶりに二人きりで……と、濃密な夜を妄想しかけたものの、急いで引っ

込めた。

（不謹慎すぎる）

　邪念を察知されないように笑みを浮かべたとたん、

「こんなときに妄想しないでください」

　清香に注意された。細川との連絡は妄想に入りかけた時点で終わっている。孝太郎は慌てて頭を振った。

「い、今は違います、妄想していません。さっき鹿内明里さんの豊かな胸を見たときには……」

　そこまで言って止めた。これでは自白したようなものではないか。

「確かに胸が豊かです。不自然なほどに、ね。身長はせいぜい百四十八センチ程度、もはや、死語かもしれませんが、遥か遠くになった昭和時代にはトランジスターグラマーというナイスボディの持ち主がいました。親から授かった素晴らしい肉体の可能性は否定はしませんが、いささか大きすぎるような気がしなくもありません」

　答えた検屍官の美しい目は、振り付けをしながら歌う明里に向いていた。

「目も整形かもしれません。ちょっと二重をはっきりさせすぎたように感じます。上手な美容外科医ならば、もっと自然な二重にできたと思います」

「目も」

孝太郎は最初の部分を繰り返した。つまり、胸も豊胸手術を執り行ったという意味だろうか。

(待てよ。そういえば、有賀由宇が美容整形関係のどこかに訴えていたと、話の流れで出なかったか)

メイク男子や整形イコール有賀由宇だ。急いで手帳を繰ると、日本美容整形協会という堅苦しい名前があった。

「気になりますね」

手帳を覗き込んだ清香は、携帯に呼びかけた。

「優美ちゃんは、まだ、いますか」

「代わります」

細川はよけいな答えを省き、すぐさま優美に代わった。

「本間です」

「有賀由宇ですが、日本美容整形協会に訴えていた件はどうなりましたか。彼が訴えていたのは、間違いないのでしょうか」

「ご報告しようと思っていたところです。先程、ようやく理事長と話ができましたが、有賀本人の事案だったのか、だれかに頼まれて有賀が代理人として訴えたのか。守秘義務を持ち出されて断られました。従って、有賀の訴状内容については確認できていません」

「司法解剖を行った医師としては、有賀本人に関しては整形で失敗したとは思えませんでした。整形してから十五年前後、経っていることを思えば、むしろ成功事例と言えるのではないでしょうか」

清香の目は、鹿内明里に向けられたままだった。

「え？」

孝太郎は検屍官と明里を交互に見やっている。有賀由宇はメイク男子で整形男子、整形が失敗したように思えない、だが、有賀は日本美容整形協会に訴状を提出していた。

そして、今、清香の視線の先にいるのは——。

「もしかしたら、鹿内明里が有賀の彼女ですか」

鳥肌が立つような思いを覚えつつ、疑問を問いかけに変えた。心臓の鼓動が速くなるのを止められない。『雑居ビル変死事件』と拉致監禁事案は、関わりがあるのだろうか。『フィギュアの少女』が言っていた家族や大切な友人の友人というのは、有賀由宇のことなのか。

「無関係とは言い切れませんが……有賀由宇が訴え出ていた件は、鹿内明里さんとはまったく関係ない人物の事案かもしれません。だいいち現時点では明里さんが整形したのかどうかもわかりませんから」

清香の答えと同時に、グループの歌が終わる。孝太郎は検屍官とお見送りの握手が終了するのを待っていた。

「近くで見れば、二重瞼の整形はわかりますか」

囁き声で訊いた。

「断定はできません。メイクをしていますからね。素顔を見ればわかるかもしれませんが、それでも言い切るのはむずかしいと思います」

では、胸はどうだろうか。

疑問は浮かんだが、口にするのは憚(はばか)られた。孝太郎の脳裏には、豊かな白い胸が浮かんでいる。が、珍しく妄想モードにならなかった。

5

握手会の終了後、ME号で来た細川と落ち合い、鹿内明里を自宅まで送って行き、両親をまじえて聞き取りをすることになった。

「この男性をご存じですか」

清香が有賀由宇の写真をテーブルに置いた。免許証の写真であるため、女性客を魅了した笑顔ではない。有賀が整形をしていた事実や日本美容整形協会への訴えから、検屍官は整形しているかもしれない明里と結びつけたのだろうが……。

「いいえ」

明里は即座に否定した。

「あ、でも、ネットのニュースで見ました。場外市場近くの喫茶店の店長さんですよね。イケメン店長と載っていたので好奇心まじりに確認しました」

素早く付け加える。

彼女の自宅は、西武新宿線の鷺ノ宮駅から徒歩十分程度の閑静な住宅街にある。広い敷地に建てられた注文建築と思しき家は、近隣でも目を引く大屋根のモダンな造りだった。吹き抜けになった玄関やＬＤＫ、そのＬＤＫに設けられた螺旋階段、居間から眺められる手入れの行き届いた和風庭園。和洋折衷が見事にコラボしていた。

（顔立ちだけじゃない、『フィギュアの少女』に声もそっくりだ）

孝太郎の感想と同じだったのだろう、

「妹の光里さんは、おいでにならないのですか」

清香は段差のあるキッチンに目を走らせた。庭に面した居間は、キッチンよりも低くなっており、ゆったりと寛げるスペースになっていた。最初に細川が挨拶をして、妹の光里からも話を聞きたい旨、申し入れていたが、二十分ほど経つのに現れていなかった。

「光里は体調をくずしてしまい、叔母のところにいるんです。この娘が」

母親は隣に座る明里を目で指した。

「週刊誌に取り上げられそうになりましてね。連日、記者が家のまわりをうろついていたものですから、光里は叔母の家に避難させたんですよ。まだ早いと思われるかもしれませんが、大学入試の勉強を始めていますので」

優美の調査では、母親の年は四十一。明里の姉と言っても通るほど若くて美人だが、孝太郎の目はあまり大きくない胸に向いていた。

(大きい方ではないが、着痩せする女性がいるという話を聞いたことがある)

彼女いない歴二十七年ゆえ、友人からの聞きかじりだ。おぼろげに甦るのは、母親の白い乳房であり、それを吸う妹・真奈美の姿である。小さな嫉妬をいだいたことが、苦い思い出として残っていた。

「色々理由はおありでしょうが、こちらへは重要な事案のことで伺いました。光里さんにも、お目にかかれませんか」

清香はもう一度、丁重に願い出た。検屍官と細川が二人掛けのソファに座って、孝太郎はかれらの後ろに立っている。向かいのソファには、鹿内夫妻に挟まれて明里が座していた。

(有賀由宇の彼女だった場合、年齢差は三十歳か)

手帳を確認している。

「明里は有賀某(なにがし)を知らないと言いました。それ以上、どんなことを訊きたいのでしょうか。いったい、なにを調べているんですか」

これまた若い父親が、不愉快さをあらわにして問い返した。有能な呼吸器内科医として内科医の妻と鷺ノ宮駅前にクリニックを開いている。開設したのは二年ほど前らしいが、優美の調べでは経営は順調、毎日、混(こ)み合っているとのことだった。

「五日ほど前になりますが、行動科学課の直通電話に、女性から通報が入ったのです。受けたのは、後ろにいる浦島巡査長でした」

清香の言葉を受け、孝太郎は小さく会釈する。鹿内夫妻と明里の目が、あらためて向けられた。

「かいつまんで説明しますと『自分は監禁されている。助けてほしい。真王丸、盗まれた』。一度目はそんな感じでした。悪戯電話かもしれないと思い、極秘裡に捜査していたのですが、ふたたび連絡が来たのです」

用意して来たプリントとフィギュアの写真、さらに会話を録音したテープを、清香は夫妻の前に置いた。長い内容なので読み、聞いてもらった方がいいと判断したからだ。

「テープを再生しましょうか」

清香の申し出に、父親は頭を振る。

「いえ、話を進めてください。時間も遅いので早く終わらせてほしいのです」

「わかりました。わたくしは知らなかったのですが、真王丸には月斬という対の脇差があるそうです。その女性――行動科学課では『フィギュアの少女』と仮に呼んでおりますが、それを見た人が鹿内明里さんに似ていると」

向けられた検屍官の視線を、明里は受け止められなかった。製作した写真にじっと見入っていた。

（近くで見ると、本当にそっくりだ）

我ながら自画自賛したくなるほどだった。エラが張るというほどではないが、普通よりはやや張っているかもしれない。隣の母親譲りらしく、顔立ちや両頬のエクボ、はっきりした二重瞼が同じだった。目を整形した可能性は低くなったかもしれない。

「他人の空似（そらに）ではないでしょうか」

母親が答えた。

「世の中には、自分に似た人間が三人はいると聞いたことがあります。明里と光里は姉妹だけあって、双子のようにそっくりですけどね。顔立ちはわたしから受け継いだのでしょう。母娘（おやこ）三人が揃えば、それだけで通説にあてはまるわけですから」

「是非、母娘三人が揃ったところを見てみたいのです。繰り返しになってしまい恐縮ですが、なぜ、光里さんには会えないのですか」

　いつものように清香が質問役を担っていた。孝太郎と検屍官だけだった場合、重要事案と受け止められなかったかもしれないが、課長の細川が同席している。簡単に追い返せるような雰囲気ではなかった。

（妹は拉致監禁されているため、会わせたくても、できないのではないか）

　孝太郎の推測は、上司たちの推測でもあるだろう。親子の対応はあまりにも不自然すぎる。

「神経質な娘なんですよ」

　今度は父親が答えた。

「小学生のときに、いじめに遭いましてね。以来、ちょっと対人恐怖症のような感じになってしまったんです。初対面の相手には、特に警戒心が強く働くらしくて、ガタガタ震え出すこともありました。いちおう話はしてみたんですが、警察官と聞いただけでもう、拒絶状態でしたね。これは無理だと判断して、叔母に預けたわけです」

　理路整然としすぎているように思えた。あらかじめ、夫婦で相談していたのではないだろうか。

「もし、どうしてもと仰るのであれば、折を見て引き合わせますよ。いつになるかは、わかりませんが」

父親は苦笑いを滲ませる。いつになるかは、の部分に、会わせる気持ちがないことを込めているように思えた。

「先程の男性ですが」

清香は不意に話を戻した。

「メイクや整形をしていたのです。術後に不備があったのか、日本美容整形協会に訴え出まして、そういった関係も調べているんです。少なくないんですよ、美容外科クリニックでは医療過誤(ミス)が」

一度、言葉を切ったのは、明里の反応を見るためだろうか。『フィギュアの少女』の写真を見つめていた目が、今は清香に向けられていた。

「自分のお腹(なか)の脂肪を使った豊胸術で亡くなられたという事案もありました。豊胸術は大掛かりになることが多いため、当然ですが危険が高まりますから」

「生理食塩水をバッグに入れて行う豊胸術はどうですか。やはり、医療過誤が多いんですか」

明里が口を開いた。真剣な目になっていた。

「どんな手術でも医療過誤は起こります。ゼロではありません。ですが、生理食塩水を入れたバッグの場合、洩れたとしても食塩水ですからね。身体への危険は比較的、少ないと思います」

「食塩水が洩れて胸がペチャンコに……」

「明里」

　父親が遮った。

「事前に調べておいでになったのでしょうが、マスコミがうろついたのは、この娘の整形騒ぎです。目や乳房を整形したという話が出ましてね。競争相手だらけの業界です。意図的に流布されたのかもしれませんが、そんな噂が広まるのは困ります。明里には未来がありますし、整形の事実はありませんので」

　強い口調で突っぱねる。非常に不愉快と表情で示していた。孝太郎には初耳のマスコミ騒ぎだったが、清香は優美から聞いていたのかもしれない。あるいはこの家に入る直前、清香が見たメールに記されていたのかもしれなかった。

　気分を害したのを察したのだろう、

「つまらないことを申しました。お許しください」

　清香は謝って、続けた。

「その写真ですが、明里さんにそっくりです。拉致監禁されている少女の声を音解捜査官がモンタージュ・ボイスし、彼のアドバイスを得て、後ろに立つ浦島巡査長がフィギュアを製作しました。あらためて伺いますが、たまたま明里さんに似ていたということでしょうか」

「モンタージュ・ボイス、ですか」

父親はさすがに驚いたようだった。警察を馬鹿にしているわけではないだろうが、声から写真を製作できることは、あまり広まっていないのかもしれない。また、優秀な音の捜査員なくして、今回のフィギュアの写真は完成しなかっただろう。

「はい。行動科学課でも初の試みでした。わたくしたちは、監禁されている少女を助けたいのです。最低限のライフラインは確保されているようですが、時間ごとに危険が高まるのは確かでしょう。通報者の少女は、わたくしのファンだと言っていました」

清香はゆっくり三人を見やる。

「光里さんは、どこにいるのですか」

思いきって問いかけたように感じられた。露骨に嘘だとは言っていないが、叔母の家にいる話は本当なのかと、それとなく疑問を提示していた。三人は視線を逸らして目を合わせないようにしている。

気詰まりな数分が過ぎた後、

「お帰りください」

父親が立ち上がった。

「光里については、お話ししたとおりです。叔母の家におりますので、わたしたちは安心しています。明里の騒ぎも落ち着いてきましたので、光里にはそろそろ家に戻って来いと言うつもりでおります」

「鹿内さん」

細川が声をあげた。ほとんど行動科学課の推測どおりではないのか。鹿内光里は拉致監禁されて、今も逃げられずにいるのではないか。脅されて真実を告げられないのではないのか。たまりかねたように口を開いた感じだったが、清香は仕草でそれを制した。

「今日はこれで失礼しましょう」

大きなバッグを持った検屍官に、孝太郎と細川は従った。三人は無言で見送っている。深々と辞儀をして外に出たとき、

「『フィギュアの少女』の写真や会話を載せたプリント、録音したテープなどを突き返しませんでした」

清香が言った。

「あれが答えのように思えますね」

継いだ細川は、ＭＥ号の扉を開ける。しんしんと冷え込む夜だったが、夜空には綺麗な星が輝いていた。

（星の明かり、星の光り）

二人の少女の名前が自然に浮かんでいる。
一刻も早く助けなければ――。
星に誓っていた。

第5章　コプロライト

1

鹿内明里と妹の光里。

行動科学課には、『フィギュアの少女』は鹿内明里に似ているという情報が、数多く寄せられた。鹿内家の姉妹のどちらかではないのか、母親と鹿内姉妹はエクボ美人、鷺ノ宮駅の近くで見た等々、鹿内夫妻が駅前でクリニックを開いていることもあり、ほとんどは鹿内家に関する情報だった。

では、有賀由宇と姉妹のどちらかは関係があるのか。

二つの点を繋ぐのは整形だが、線になりそうな日本美容整形協会に、有賀がどんな訴えを行ったかまでは判明していない。また、鹿内明里が本当に整形をしたのかも、あきらかになっていなかった。

『雑居ビル変死事件』と拉致監禁事案は、どこかで結びついているのだろうか。『フイギュアの少女』が言っていた大切な友人とは、有賀由宇のことなのか。

（四十八の有賀由宇と、十八の鹿内明里では三十歳の年齢差がある）

はじめに有賀と明里との関係を想像した瞬間、孝太郎は引っかかったが、二人の写真を並べたとき、年齢差の違和感は覚えなかった。有賀はせいぜい三十前後にしか見えないし、明里はアイドルの派手な衣裳を脱ぎ捨てて、大人びたメイクや服装をすれば、有賀に相応(ふさわ)しい年代の落ち着いた女性に変身できるだろう。

（仮に妹の光里と交際していたのなら、年齢差は三十二歳。いや、おそらくは口が達者だったであろう有賀のことだ。姉妹の両方と付き合っていたことも考えられる。なんて羨(うらや)ましい、いやいや、そうじゃない。非道(ひど)いことをする男なのか）

姉妹の両方との交際あたりで妄想がパンクしかけたため、急いでやめた。

はたして、二人を繋ぐものは……。


翌日の午前中。

孝太郎は、清香や細川と一緒に、静岡県の有賀の実家を訪れていた。広大な段々畑には、冬のやわらかな陽射しが降り注いでいる。風は冷たいものの、都会の喧噪(けんそう)からいっとき離れて、清々(すがすが)しい空気を味わっていた。

「いいところですわね。生き返る思いがします」

清香は茶畑を見おろしていた。

「はい」

その右隣に孝太郎、左隣に細川が立ち、茶畑を眺めている。春になれば新茶として用いられる若芽の淡い緑と、二番茶以降に用いられる濃い緑の茶葉が、美しいコントラストを描くだろう。しかし、今は同じ色合いの緑が整然とした美しさを演出していた。

茶畑に到着してすぐにふるまわれたお茶は、甘さをともなう奥行きの深い味わいだった。もてなしてくれた有賀夫妻は、やや不安な面持（おもも）ちで離れた場所に控えている。

（夫妻はすでに事情聴取を受けている。取り調べをした警察官から息子の裏の顔を伝えられているはずだ。どこまで知らされているのか）

孝太郎は、ここに来る途中で流れた優美からの調査報告書に素早く目を通していた。昨夜は比較的、早い時間帯に解散となったが、一番若手の孝太郎はそのままオフィスの夜勤に就いていた。寝惚け眼（まなこ）をエナジードリンクでしゃきっとさせ、有賀家の家宅捜索に臨（のぞ）んでいた。

「一柳検屍官」

坂口恭介警視正の不粋な呼びかけが、ひとときの平和を打ち砕いた。警視正は二人の部下と一緒に、有賀の祖父の家を指し示している。中央区の所轄から鷲見課長と数人の部下も来ていたが、お目付け役と思しき警視正組の三人があたりまえのように同道していた。

　鷲見はやりにくそうな表情をしているように見えた。坂口よりは清香の方が、協力し合えると考えているのではないだろうか。時折、坂口に向けられる目は、あまり温かい感じがしなかった。

（それにしても、大きな家だな）

　孝太郎は眼前のことに気持ちを切り替える。

　有賀の祖父の家は二階建ての目立たない造りだが、かなり広いように思えた。段々畑を見おろす形で建てられており、最低限のリフォームは行っているに違いない。今は使っていないと聞いていたが、荒れた雰囲気はないように感じられた。

　十畳ほどありそうな物置と、四、五台は楽に車を停められるであろう建坪と同じ広さを持つ半地下の車庫が、行動科学課の主な調査場所である。到着したばかりだからなのか、車庫にはシャッターが降りたままだった。

「素晴らしい風景を楽しむ心のゆとりがないとは」

　清香は小声で呟き、大きなバッグから手袋や靴カバーを出して、着ける。孝太郎と細川もそれに倣い、まずは物置に足を踏み入れた。天井や壁、床もすべてコンクリートで覆われており、物置というよりは蔵のような感じがした。

「薬の匂いが」

　検屍官は薄暗い内部に目を走らせる。細川が電気を点けると、片隅に積み上げられた段ボール箱が照らし出された。すでに中身を調べたらしく、強壮剤や麻薬性鎮痛剤、ステロイド、漢方薬などと書かれたシールが貼られていた。

「検屍官の報告書にあったアフリカ産のヨヒンべもありましたよ」

　鷲見が段ボール箱のひとつを指した。

「八木克彦の供述では、強壮剤として売っていたそうです。ネット上のサイトを運営していたのは有賀由宇だろうと問い質したのですが、自分は下っ端だから知らないとのことでした。我々は有賀が運営していた可能性が高いと思っています」

　互いに協力し合いましょうという当初の姿勢をつらぬいていた。坂口は興味がなさそうな様子で、部下たちと物置の外に立っている。有賀がサイト上で違法薬物を売っていた事案は、どうでもいいと思っているような印象を受けた。

（本命の物は半地下の車庫にあり、か？）

　孝太郎は坂口の部下たちが時折、シャッターが降りたままの車庫に目を向けることに気づいていた。本庁と中央区、さらに静岡県警の鑑識係たちは、今も二階家の捜索作業を続けている。本庁の鑑識係の課長と紹介された初老の男性だけは、手持ち無沙汰な様子で坂口の後ろに立っていた。

「有賀由宇は儲けるために、多方面に手を広げていたのでしょう。喫茶店の雇われ店長は表の顔、裏では半グレのリーダーだったに違いありません。組織を抜けようとしていたために大金が必要だったのか。あるいは他のことで大金が必要だったのか。思わぬ点と点が繋がるかもしれませんが」

清香はそこで言葉を切る。『雑居ビル変死事件』と拉致監禁事案という二つの点を口にしたのだが、鷲見にわかるはずがない。

「なんですか、検屍官。中途半端なところで、やめないでくださいよ。気になって眠れなくなりそうだ」

気さくな口調で促した。清香の性格がわかってくるにつれて、堅苦しい言動よりはと思ったのかもしれない。

「現在、調査中なのです。二十三区内の所轄のご協力を得て、ある少女を捜しているのですが、悪戯電話の可能性もあるため、公開捜査はしておりません。もしかしたら、その少女と有賀の間に、なにかしら関わりがあったかもしれないのですが、これまた、定かではないので明言できない次第です」

かなり正直に告げられた内容を、鷲見は手帳にメモしながら、少しの間、反芻しているようだった。

「なるほど」

ややあって、口を開いた。

「静岡駅やこの家、さらに有賀夫妻が住む静岡市葵区の最寄り駅付近の防犯カメラも確認し始めています。もしかしたら、重要人物が映っているかもしれません。そう、ドクター死神(デス)のような」

新しい情報が入ったんじゃありませんか。

鷲見はそんな目をしていた。ある程度は信頼しているのだろうが、隠しているのではないかという疑いも消えないのだろう。探るような目つきになっていた。

「ドクター死神につきましては、現在も調査中です。日高警部補が製作したドクター死神の声も公開捜査に加えましたので、情報が寄せられるかもしれません。なにかわかったときには、すぐにお知らせします」

「お願いします。うちもすぐにお知らせしますので。有賀が雇われ店長をしていた場外市場近くの喫茶店〈ドリーム〉ですが、ええと、六十代後半のオーナー夫妻」

鷲見は手元の書類に目を落として言った。

「近藤保(こんどうたもつ)と頼子(よりこ)夫妻ですが、経営は有賀にまかせっぱなしだったようですね。事情聴取や周辺の聞き込みでわかったんですが、オーナー夫妻が店に出るようになったのは最近らしいです。それだけ信頼していたんでしょう」

新たな情報を口にする。うちもお知らせしますので、という言葉を実行しているように思えた。

「一連の騒ぎ、ドクター死神との関わりや、今回の違法薬物事案についてもですが、

近藤夫妻はまったく知らなかったとのことでした」

「オーナー夫妻が違法薬物の事案に関わっていた可能性は、ないというお考えです

か」

清香の切り返しに、鷲見は怪訝な目を向けた。

「そう考えていますが……身辺調査は今も行っています。逆に伺いますよ。検屍官は

近藤夫妻が、違法薬物事案に関わっていたかもしれないと考えておられるのですか」

「念のための確認です。確か近藤夫妻は、喫茶店の近くのマンションに住んでいたん

ですよね」

検屍官は細川が隣で広げたプリントに目を投げていた。行動科学課は有賀の事件だ

けでなく、拉致監禁事案も同時並行で調べている。所轄から渡されたプリントに目を

通すのが、今になっていた。

「そうです。かなり前に買い求めた古い分譲マンションで、これも有賀由宇に譲る予

定だったと言っていました。ふだんは山梨に買い求めた温泉付きの別荘で野菜を育て

ながら、悠々自適の隠居暮らしですよ。その優雅な生活はもうできないと、ガックリ

肩を落としていました」

鷲見の言葉で孝太郎の脳裏には、我が子を喪ったかのように落胆した夫妻の顔が浮かんでいた。かれらにとっては、まさに青天の霹靂ではないだろうか。後継者と目していた有賀がいなくなってしまい、隠居暮らしを捨てて店に立たなければならなくなった。

「そうですか。店には恐竜のフィギュアが……」

「まだですかね」

坂口が不機嫌さをあらわにして清香の言葉を遮った。二本目の煙草に火を点けかけた手を止めて、貧乏揺すりをしている。苛立ちを隠そうとはしなかった。

「短気だな」

鷲見の言葉に、清香はふっと唇の端を上げる。同意した微苦笑のようにも見えたが、そのまま物置の外に出た。

「次は車庫ですね」

「なぜ、シャッターをおろしたままなんですかね」

孝太郎は訊きながら清香や細川とともに物置から出た。

「わたしも気になっています」

「開けさせましょう」

動こうとした細川を、坂口が手で止めた。

「ここの指揮権を持っているのは、わたしだ。おとなしく従ってもらいたいですな。シャッターを開けたときの感想を、是非、検屍官に伺いたいんですよ」

どうしても主導権を握りたいようだった。鷲見はひと言ありそうな顔をしていたが、逆らうのは得策ではないと思ったのだろう。肩をすくめて従う素振りをみせた。

「車庫のシャッターを開けろ」

坂口の指示で本庁の鑑識係の課長自らシャッターを開ける。錆びついていたのか、軋(きし)むような音をたてながら、ゆっくり開いていった。

2

車庫内の空気を吸った瞬間、

「う」

孝太郎は声を詰まらせた。広々とした車庫も物置同様、天井や壁、床がすべてコンクリートで覆われている。壁の棚にはなにも置かれていなかったが、床に置かれた三つのドラム缶が不吉な胸騒ぎをもたらした。

「強い酸の臭(にお)いがします」

くぐもった清香の声が聞こえた。検屍官は早くもマスクを着け、その上からハンドタオルで口もとを押さえている。孝太郎も細川から渡されたマスクを急いで着けたが、覆えない両目が涙目になっていた。

「目が痛いです」

思わず出た訴えに、坂口は冷ややかな視線を返した。

「なさけないことを言うんじゃない。それぐらいは我慢しろ」

早口で告げ、後ろに立つ鑑識係の課長を顎で指した。

「ここからは課長に説明してもらいます」

初老の課長が清香の隣に来る。坂口たちはもちろんだが、彼もマスクをしていた。

「我々が来たときは、異臭がもっと強かったんです。気分の悪さを訴える者が続出しましたので、万が一にそなえて用意してきた防護服を着けました」

課長は、車庫内をあらためて見まわした。

「床のゴミや埃を回収し終えるまでは、大型扇風機は使えませんからね。シャッターを開け放して、奥の壁に設置された換気扇をまわすにとどめました」

話している間に、坂口の部下たちが大型扇風機を車庫内に運び入れる。ここは農機具を置いたり、手入れをしたりするときにも使われていたのかもしれない。車庫の奥には流し台が設けられており、その上に換気扇がつけられていた。車や農機具の手入れをしやすいようになっていたが、三つのドラム缶は洗車にはあまり関係がないように思えた。

「床に落ちていたゴミや埃は、隈無く回収しました。ドラム缶内部の残留物も然りです。防護服のお陰でどうにか作業できましたが、硫酸や塩酸といった強力な酸が使われていたのは、おそらく間違いないのではないかと思います」

鑑識係の課長は言葉を切って、躊躇いがちに続けた。

「あのドラム缶内からは……いくつかの義歯が発見されました」

「義歯」

清香の呟きには、昏いひびきがあった。居合わせた全員が、しばし黙り込む。車庫内に満ちた強力な酸の臭い、床に置かれた三つのドラム缶、ドラム缶の中から発見された複数の義歯。

それらの事実から導き出される結論はひとつしかなかった。

「ここは遺体処理場だった可能性が高いですね」

清香が代表するように告げた。

「使われたのは、たぶん硫酸でしょう。遺体を処分するためにドラム缶へ入れて、硫酸漬けにしたのではないでしょうか。硫酸の場合、アクリル樹脂製の義歯は、溶けるまでに時間がかかります。義歯が溶ける前に遺体の肉や骨が溶けたので、目的を達した犯人たちは、それらを排水溝に流した」

肩越しに車庫前の排水溝を見やる。強い酸のせいだろうか。排水溝の蓋が錆びついて変色していた。

「やはり、そういう結論が出ましたか」

坂口は満足そうに唇をゆがめた。

「掃除はあまり好きではなかったようで、床には髪の毛や皮膚片らしきものが落ちていたようです。排水溝からも残留物らしきものが採取されております。現在、精査中ですが、検屍官にも加わっていただきたいですな。わけのわからないものがあるようなので」

「承知しました。もう外に出ても、よろしいですか。なさけないことを言うなと叱られてしまいそうですが、わたくしも目が痛くて」

清香の訴えを、鷹揚に受ける。

「どうぞ」

外に出た孝太郎たちを待っていたように、坂口の部下たちが大型扇風機をつけた。背中に風を受けながら、茶畑を見おろす場所に戻った。少しでも爽やかな風を受けたいからであり、清香は大きなバッグから精製水を出して目を洗っている。孝太郎と細川もそれを借りて洗った。

「現在、判明している調査状況を教えてください。遺留物から何人ぐらいの人間が、処理されたと考えられますか」

清香が初老の鑑識係に訊いた。私情をはさまないように、敢えて淡々と質問したように思えた。

「わかっているだけでも、三人です」

初老の鑑識係は答えた。

「義歯は歯を削ってブリッジにしていたらしく、すべてではありませんが、いくつかは幸いにも歯髄が残っていました」

「DNA型を採取できましたか」

清香は早口になっている。孝太郎はいっそう耳をそばだてた。

「はい。DNA型が採取できたことから、それぞれ違う人間の義歯だとわかりましたが、性別などはまだ判明していません。坂口警視正も言っていましたが、それ以外にもはっきりしない遺留物があるんです。なぜ、こんな酷い真似をしたのか」

痛ましそうに背後を見た後、ふたたび清香に視線を戻した。

「あくまでも、わたくしの推測ですが、組織を抜けようとした者や、裏の仕事を警察に訴えようとした仲間を始末したことも考えられます。見せしめになりますからね」

検屍官は答えて、続ける。

「違法薬物の販売だけでも立派な犯罪行為ですが、殺人がらみとなれば、これはもう言語道断。ひそかに警察へ知らせようとした裏切り者、あくまでもかれらにとってですが、裏切り者を殺害したのかもしれません」

「ここで仲間を処分していたわけですか」

　初老の鑑識係は、嫌悪感を隠しきれないようだった。長年、鑑識作業に携わってきた者であっても、あまりにも残虐性が強く、受け入れることができないのかもしれない。哀しみを含んだ横顔だった。

「そもそも硫酸で遺体を溶かすという、その発想自体が信じられません。検屍官はこれまでにも、こういった事案を担当したことがありますか」

「わたくしも初めてです。欧米で出版された本や、渡米中の相棒・上條麗子（かみじょうれいこ）警視による刊行物を含めた新たな情報をもとに、推測しております」

　元相棒と言わなかった点に、孝太郎はちくりと胸が痛むのを覚えたが、当然のことだと自分を慰めた。清香と上條麗子は三十年以上の付き合いがあるのだから、あたりまえではないか。

「素朴な疑問があります。人間の身体というのは、硫酸で跡形もなく消え去るものなのですか」

　孝太郎は訊いた。バラバラにした遺体をミキサーにかけて、トイレや流し台で流したなどという凄惨な事件もあったが、この事件は負けず劣らずの残虐性を秘めている。こみあがる吐き気を懸命にこらえていた。

「肉や骨は、ほぼ溶けるようですが、脂肪は残ると本には記されていました。連続殺人犯が女性を硫酸で溶かした結果、十三キロ程度の脂肪だけが残っていたそうです。バラバラにするよりも楽なのかもしれません。ドラム缶の残留物を排水溝に流して、あとは脂肪を捨てるだけですから」

清香は錆びついた排水溝に目を向けている。初老の課長は判明しているだけでも三人と言ったが、いったい、何人がここで処分されたのか。かれらはどこで殺されたのか。

「たった十三キロですか」

孝太郎は我知らず重い溜息が出た。

「やりきれません」

「ええ」

清香は近づいて来る有賀の母親に気づき、話しかけようとした初老の鑑識係を仕草で止めた。坂口たちは離れた場所で、有賀の父親から話を聞いていた。父親は七十代なかばだが、見事な白髪が目立っていた。

「新しいお茶をどうぞ」

母親が差し出した盆から、まずは検屍官が湯飲みを取った。

「いただきます。さきほども美味しいお茶をご馳走様でした」

続いて細川と鑑識係の課長、孝太郎の順に湯飲みを取る。お茶菓子は地元の和菓子だったが、物言いたげな母親の様子を感じていた。

3

「あの」

意を決したように母親が口を開いた。

「息子はなにをしたんでしょうか。あの子、物置と車庫には鍵をつけていたんですよ。大事なものがあるからと言っていましたが、わたしたちは母屋(おもや)で休憩したり、昼食を摂(と)ったりするだけで、物置や車庫の中は見たことがありませんでした」

祖父の家を捜索中の警察官や鑑識係を不安そうに見やっていた。困惑しきっている様子だった。初老の鑑識係は会釈して、部下が捜索中の母屋に足を向けた。

「まだ、判明していないんです」

清香は答えて、問いかけの目を投げる。

「息子さんですが、好きな女性ができたというような話はしていませんでしたか。そんな内容のことを、周囲に言っていたらしいのです。ご両親に引き合わせたい、近々連れて来るといったような話は出ていませんでしたか」

気になるのは、謎の恋人のことだった。孝太郎は明里と光里姉妹を思い出さずにいられないが、彼女たちと交際していた話は出ていない。

「ええ、言っていました。今、仰ったように近々連れて来るという話だったんです。由宇は男のくせに化粧をしたり、整形したりして、必死に若作りしていましたが、四十八ですからねえ」

しみじみした口調になっていた。

「ようやくこれで落ち着いてくれるかと思い、喜んでいたんですよ。特に主人は由宇の孫が見られるかもしれないと楽しみにしていたようで。由宇を可愛がっていましたから」

坂口たちと話している夫を肩越しに振り返る。

「ここは、由宇の兄が継いでくれたんです。孫もいますが、なかなか結婚しない由宇が心配だったんでしょう。お茶を使った製品のアイデアを、色々と出してくれたので期待したのかもしれません。わたしもそうですが、もしかしたら、静岡に戻って来てくれるかもしれないと思ったりして……淡い夢をいだきました」

有賀に荒んだ雰囲気はなかったのだろうか。仲間と一緒にいたのを、見たことはなかったのか。

「ご主人は具合が悪かったと聞きました。入退院を繰り返していたとか」

清香が訊いた。孝太郎は手帳を確かめる。入退院を繰り返していたという話は、場外市場近くの喫茶店〈ドリーム〉のオーナーの妻が言っていた。

「いいえ。十年ほど前に軽い脳梗塞をやりましたが、それからは気をつけるようになりまして、今は幸いにも夫婦ともども通院は免れています」

「そうですか」

清香の返事を聞きながら、孝太郎はオーナーの妻の話どおりではない旨を記した。大金が必要な事実を知られたくないがために、有賀が嘘をついたのかもしれなかった。

「なんとか元気にやってきましたが、主人はこの数日間で吃驚するほど衰えました」

母親は離れた場所にいる夫を見やって、検屍官に視線を戻した。

「由宇が死んだとわかったときは傍目にもわかるほど気落ちして……翌朝、髪が真っ白になっていたんですよ」

もう一度、夫に目を投げる。

「それまでは真っ白じゃなかったんですか」

孝太郎は思わず訊いていた。ひと晩で髪が変化した話で思い出すのは、フランス王妃のマリー・アントワネットだ。フランスから逃げようとしたが失敗し、処刑の前日には、豊かな金髪が真っ白になっていたという故事が残っている。

「ええ、七十五なのに黒い髪でした。わたしは染めているんですが、主人はなにもしなくても黒かったんです。お茶のお陰だと宣伝していましたが、わたしも飲んでいますからね。あてになりませんが、それまでは本当に黒かったんです」

東京へ行ったきりの次男坊。有賀が祖父の家を使い始めたのは、良い兆しだと思っていたのではないだろうか。

「まさか、あの子が、だれかを殺したなんてこと」

母親は唇を震わせた。それ以上は恐ろしくて口にできなかったのだろう。まさか我が子が殺人など、しかも祖父の家で残虐非道な行いを……真っ青になっていた。

「すみません。今朝、あちらにいる刑事さんから」

と、離れた場所に立つ坂口警視正を目で示した。

「車庫で起きた話を伝えられたんです。わたしも主人も信じられなくて」

「はっきりしたことは、なにもわかっていないんですよ」

清香は、目をうるませた母親に、ポケットティッシュを差し出した。孝太郎は胸が痛むのを感じている。一晩で白髪になった父親と、声を詰まらせ、涙を浮かべる母親の姿が、自分の両親と重なっていた。

「残念ながら、坂口警視正の説明は偽りではありません。あの車庫では酷い事件が起きました。それは事実ですが、息子さんが関わっていたかどうかは判明していません。場所を提供しただけかもしれませんから」

清香が口にしたのは、あまり可能性のない嘘に近い事柄だった。しかし、言わずにいられなかったことは容易に想像できた。

「は、はい」

母親は涙を拭い、まばたきしながら顔を上げた。

「失礼いたしました。お訊きになりたいことがあれば続けてください」

生来の気丈さを取り戻したように見えた。坂口から車庫の惨劇を聞かされた後、夫と必死に気持ちを保ってきたのではないだろうか。我が子がやったとは思いたくない。だがしかし、車庫で起きた事実は、事実として受け止めなければならない、と。

「ありがとうございます。息子さんが店長をしていた喫茶店のオーナー夫妻について、少しお話を聞かせてください。近藤保さんと頼子さんご夫妻とは、親しくお付き合いしていらしたのですか」

近藤夫妻からは、すでに聞き取りを終えている。有賀夫妻とは頻繁に会ったりはしていないが、手紙のやりとりをする仲だったと言っていた。

「親しいというほどではないかもしれませんが、たまに手紙のやりとりはしていました。由宇がお世話になっておりますので、毎年、新茶を送っていたんです。いつも奥様が丁寧なお礼の手紙をくださいました」

裏付けとなる答えを返した。由宇がお世話になっておりますので、と、現在進行形の言い方をした点に、ふたたび胸が痛む。過去形になるのは、息子の死を受け入れられたときだろう。

「恐竜についてはいかがでしょう。息子さんは、興味を持っていましたか」

いきなり検屍官は恐竜の話を出した。店に飾られていたティラノサウルスのフィギュアは、偶然にも孝太郎の父が作ったものだったが、近藤保は自分ではなく、有賀が好きだったんでしょうと答えた。

(飾られていたのは、恐竜のフィギュアだけではなかった)

孝太郎は今朝、優美から流れたメールを確認する。フィギュアの隣に置かれていた石のようなものは、非常に珍しい代物だった。

「恐竜、ですか」

母親は当惑気味に首を傾げる。

「さあ、どうだったでしょう。子どもの頃、魚は好きでした。漁師になりたいと言っていたんですよ。それで鮮魚店に勤めたんだろうと思いましたが……恐竜は普通程度の興味しかなかったように思います。出かけたときに、なんとなく買い求めたんじゃないでしょうか。もしくは、値打ちが出ると思ったとか?」

最後の疑問符には、そうでなければいいがという願いが込められているように感じられた。親としては我が子が金、金、金の人生を送っていたとは思いたくないだろう。

「それはあるかもしれませんね」

清香は相槌（あいづち）をうつ。

「その恐竜のフィギュアは、うちの課長の調べでは、かなり高い値段がつくようです。隣に置かれていたコプロライトもまた、色々な意味で値打ちがあると聞きました」

その説明に母親は、ふたたび首を傾げた。

「は？」

「コプロライトです。恐竜のウンコの化石ですよ。それが恐竜のフィギュアの隣に並んでいたんです。レプリカかもしれませんが、なんとなく気になりまして」

孝太郎が代わりに答えた。美しすぎる検屍官の口から、ウンコなる言葉が出るのは避けたかった。

「ああ、そうですか。わたしにはよくわかりませんが、どこかで買い求めたお土産じゃないですかね」

母親の答えを、清香が継いだ。

「息子さんはブランド品や値打ちが出る品を、見分ける目を持っていたのではないでしょうか。審美眼や鑑識眼といった目の持ち主だったのかもしれません」

「そんなもの」

と、母親はなにか言いかけて、やめた。ブランド品や値打ち品を見分ける目など要らないと続けたかったのかもしれない。確かに有賀は目利きだったのかもしれないが、それゆえ重宝がられてしまい、半グレグループのボスが抜けることを許さず、命を落としたとも考えられた。

「最後に、これを見ていただけますか」

清香はエレベーター内の写真を見せる。有賀とドクター死神（デス）のツーショットだが、ぼやけて、はっきりしなかった。

わからなかったに違いない。

「由宇ですか」

疑問を含んだ声で訊き返した。

「さきほど、あちらの刑事さんにも見せられたんですが、『たぶん由宇だと思います』としか言えませんでした。薄暗くて、はっきりしないので」

また、夫と坂口たちを目で指した。

「それでは、こちらの写真はいかがですか」

横から細川が、孝太郎が製作したフィギュアの写真を出した。

「ああ、これはわかります。由宇です、うちの息子です」

母親の目が輝いた。

「亡くなる直前の写真ですよね」

「そうです」

清香の答えに納得できなかったのか、

「最初のうすぼんやりした幽霊のような写真と同じものに見えますが、どうして、こんなにはっきりしているんですか。どんなことをやったんですか」

踏み込んだ問いを投げた。死ぬ直前の息子の写真と聞いて、気持ちが昂ぶったのかもしれない。頬が少し赤くなっていた。

「正確に申しますと、幽霊のような写真と同じものではありません。あれは本物の写真ですが、これは浦島巡査長が、写真をもとにして製作したフィギュアの写真なのです」

「フィギュアの写真ですか。さきほどから何度も話に出ていますが」

母親は理解できないという表情をしていた。

「フィギュアというのは、簡単に言えば人形です」

孝太郎は言った。

「自分はエレベーター内の防犯カメラの映像を見て、息子さんの人形を作りました。声を分析する音の専門家の助言を受けたお陰で、より詳細な、ご本人に近い人形になったのではないかと思います」

日高利久の手助けもしっかり告げて、続ける。

「ご覧いただいたのは、それを写真にした一枚です。息子さんと一緒にいた男をもう一度、よく見てください」

母親の目と気持ちを写真に戻させた。

「おそらく息子さんと最後にいた人物だと思います。男の顔に見憶えはありませんか」

「さあ、どうでしょう。帽子にサングラス、おまけにマスクまで着けているじゃありませんか。素顔がわからないことには、お答えしようがありません」

「では、次はこの声をお聞きください。お知り合いの中に、似た声の持ち主がいないかどうか」

細川が携帯に録音しておいた声を再生させる。男にしては少し高い声が流れた。ドクター死神（デス）と思しき声だが、孝太郎は聞くたびに落ち着かない気持ちになる。エレベーター内の緊迫した空気を思い出してしまうからだ。

母親は真剣な表情で聞き入っていたが、

「憶えがありません」

小さく頭を振った。変死事件を解決したいのは、警察だけではない。悔しそうな様子が見て取れた。

「自死の可能性は、いかがですか。事前にそういう徴候、自殺をほのめかしたり、深刻な相談があったりしましたか」

孝太郎は訊いた。雑居ビルの一室で変死した有賀由宇。彼が念入りにメイクをしていた点と、二社に掛けられていた多額の生命保険が引っかかっていた。

「いえ、特におかしな様子はなかったと思います。ただ、亡くなる前の夜、電話をかけてきまして、『おれが死んだら保険金が入るから役に立ててよ』と笑いながら言っていました。冗談めかした口調だったので、わたしも『そうさせてもらうわ』なんて軽く答えたんですが」

声と表情が、いっそう暗く沈んだ。軽く答えたことを後悔しているのかもしれない。自死だった場合、遺族は「なぜ?」という疑問を死ぬまで抱き続けるだろう。なぜ、気づいてやれなかったのか。どうして、死んだのか。もっと話を聞いてやれば、止められたのではないだろうか……。

暇を告げるときだと思ったに違いない。

「ありがとうございました。わたくしたちはこれで引き揚げますが、なにかありましたときには、渡しておいた名刺の番号に遠慮なく連絡してください」

清香が切り上げた。

「わかりました。あの、今の写真ですが、いただけませんか。由宇の人形も可能であるならば、お願いします。もちろん捜査が終わってからで、かまいませんが」

「それは」

孝太郎は、清香と細川に視線で答えをゆだねた。すでに音解捜査官の日高に譲る旨、約束している。

「写真は今すぐ差し上げられます」

清香の返事を聞き、細川が母親に何枚かの写真を渡した。

「ありがとうございます」

「マスコミなどには絶対に渡さないでください。これだけはお願いします」

念を押した検屍官に無言で頷き返している。両目は孝太郎が製作したエレベーター内の写真に向けられたままだった。

「人形につきましては、わたくしたちの一存では決められません。上と相談したうえということで、ご理解ください。必ず連絡いたしますので」

「わかりました。色々とありがとうございます。お願いします」

母親が一礼したとき、三人の携帯が同時にヴァイブレーションした。ドクター死神(デス)の情報が入ったという、優美からのメールだった。

『雑居ビル変死事件』が動くかもしれない。

孝太郎たちは急いで東京に戻る。

4

「ドクター死神かもしれないという通報が、同じ区から複数、寄せられたんです。江戸川区の集合住宅なんですが、ひょろりとした猫背気味の長身や五十前後という年齢、さらに声が似ているといった情報がありました」

優美の冷静な声が、ME号内にひびいている。

「この男性は二十年ほど前に離婚しておりまして、二人いた子どもは妻が引き取っています。現在は、所有している集合住宅の二階の一室に住んでいます。部屋を借りている店子(たなこ)からの連絡も二件、ありました。今は無職のようですが、かつては医師として総合病院に勤めていたらしく、これは可能性が高いかもしれないと思いましたので連絡しました」

その報告は、すぐさま坂口警視正や所轄にも流された。制服警官が急行し、身柄を確保する予定だったが、不在だったことから孝太郎と細川も現場に赴いた。清香は本庁の鑑識係に行ったため、同道していない。すでに日付が変わり、いちだんと冷え込んでいた。

孝太郎はME号の助手席、細川は運転席で、長くなりそうな夜を迎えていた。

「ドクター死神かもしれない男の名は、鈴木治郎(すずきじろう)、五十五歳。昔は都内の総合病院の外科医として勤務していた。本間係長の連絡にもありましたが、住んでいる集合住宅の大家は彼です」

細川が略歴を読み上げた。平凡な名前の裏には、周囲の人間が知らない顔が隠れているのだろうか。暗闇にうすぼんやりと浮かぶ集合住宅は、まるで鈴木治郎自身のように思えた。孝太郎はあらためてアパートを見た。

「コーポと呼ばれるタイプですよね。本間係長が不動産会社から手に入れた間取り図によると駅から徒歩十分、築十七年で一階と二階に三世帯ずつの造りです。ベランダに面して六畳の洋間と四畳半の和室、フローリングの台所が四畳程度。風呂とトイレ付きで家賃は十二万五千円ですか」

二階の一室に、鈴木本人も住んでいる。比較的、家賃を安くしているためか、残りの五世帯は満室状態だった。外壁などのリフォームも定期的に行っているのだろう。築年数よりもずっと新しく見える。

「なにもしなくても毎月、六十二万五千円が懐に入る物件です。まあ、固定資産税やリフォームといった維持費用がかかりますがね。いずれにしても、羨ましい話だ」

細川が継いだ。かなり正直な言葉に思えた。セレブ暮らしが身についている清香と結婚するには、それ相応の覚悟が必要だろう。当然、共働きだが、決して高いとは言えない給料だけで、検屍官を満足させられるかどうか。

「大丈夫ですよ。検屍官は、自分で稼ぎ出しますから」

孝太郎の慰めに、課長は苦笑を返した。

「そうかもしれませんが、それはそれで複雑な気持ちがあるわけですよ、男としては」

「あまり普通の考えにとらわれない方が、いいように思います。とりあえず現状はうまくいっているわけじゃないですか。あれこれ考えないで、検屍官がやりやすい態勢を作ってあげるのが重要なように感じます」

言った後、

「あ、すみません。彼女いない歴二十七年の男に言われたくないですよね」

早口で付け加えた。上司が苦笑いしたまま見つめていたからだ。

「犯罪心理学を専攻した捜査官のご意見ですからね。参考にさせていただきます」

生真面目（きまじめ）に答えられてしまい、慌てて話を変えた。

「コプロライトですが、有賀由宇が買い求めたのだとしたら、どこで買ったんでしょうか。だいたいが、本物がそんなに簡単に手に入るんですかね。世界各地で発見されているようですが、インターネットで買ったんでしょうか」

「それも本間係長が調べています。念のための裏付け調査ですが、見事な恐竜のフィギュアの隣に、ウンコ化石を並べておきたかったのかもしれません。恐竜関係の催しが最近、増えているじゃないですか。話題作りになると思ったのかもしれませんね」

「でも、飲食店ですからね。うちの親父が作ったフィギュアはともかくも、ウンコ化石はどうかなと思いますが」

　妄想力が強い孝太郎は、つい恐竜が大きなウンコをする姿を思い浮かべてしまう。その下にいて、もろにウンコを頭から受けたら、などと考えて食欲が失せそうだった。

「石好きの知人、古生物学者なんですが、彼から聞いた話では、月糞と呼ばれる化石があるそうですよ。月の糞と書いて月糞。美濃国の日吉村・月吉村に伝わっていた化石で『夜空に浮かぶ月の落とした糞』という解釈だとか」

　問わず語りに細川が告げた。

「それで月糞ですか」

「はい。クソというのは憚られるということで、現地では上品に『月のおさがり』と呼んでいるそうです」

「月があるからには、『日のおさがり』もあるわけですか」

　孝太郎は訊いた。事前に出た日吉村と月吉村の村名が引っかかっていた。

「さすがは、３Ｄ捜査官。聞きのがしませんね」

　持ち上げて、続けた。

「君の推測どおり『日のおさがり』もあるそうです。新世代の代表的な巻貝ビカリアの内部に、瑪瑙（めのう）やオパール、石英（せきえい）、方解石（ほうかいせき）などが充塡（じゅうてん）したもののようですが、非常に美しい巻貝でしてね。長い年月をかけて貝の部分が剝がれ落ちると、綺麗な螺旋を描く半透明の宝石が残される」

「やはり、化石なんですか」

訊き返すと、わずかに首を傾げた。

「巻貝のビカリアが化石になったものではないため、貝殻の内部の型をとった印象化石と呼ばれるようです。白色系を『月のおさがり』、赤色系を『日のおさがり』と区別しているみたいですよ。ほら、これです」

細川は携帯の画面に、綺麗な螺旋を描く印象化石を出した。

「本当にウンコみたいな形ですね。いや、ソフトクリームの形状にも似ているか。食べるときに思い出しそうだ」

「おや、日高警部補ですよ」

細川の呟きで、孝太郎も気づいた。窓を叩いた日高利久のために、後部座席の鍵を開けてやる。

「うー、寒いですね。今夜は雪でも降りそうなほど冷え込んでいます」

寒風とともに入って来た日高が、後部座席に腰をおろした。

「本間係長のメールを見まして、遅ればせながら駆けつけました。通報が多かった鈴木某とやらは、まだ戻って来ないんですか」

馴れなれしく後ろから孝太郎の髪にふれる。本当に同性愛者なのだろうか。あるいは清香が言ったように、行動科学課を攪乱するための策なのか。

疑問はあったが、やめてくださいと仕草で示して、答えた。

「鈴木治郎は、まだ戻って来ていません」

「調査報告書を読み返してみたのですが、浦島巡査長は、有賀由宇の事件現場でメイクをしていた有賀を見たとき、『ずいぶん念入りですね。まるで死に化粧のような』と言っていますよね」

日高は、孝太郎が引っかかっているうちの一点を口にした。

「はい」

「二社に掛けられていた生命保険は、それぞれ五千万円。一社の方は受取人が母親、もう一社は血の繋がりのない半グレ予備軍、いや、すでに半グレか。八木克彦が受取人でした。母親はともかくも、なぜ、八木を受取人にしたのかが理解できません」

「行動科学課は、八木克彦は有賀由宇の保険金の、まさに受け子なのではないかと推測しました。半グレのボスの命令を受け、とりあえず八木が受け取るのではないかと考えています」

孝太郎はわざわざ後ろを見るのがいやなので、ルームミラーを見ながら話している。

細川が答えないので仕方なくという部分もあった。

「可能性としては高いですね」

日高は同意して、さらに言った。

「一柳検屍官は、有賀由宇が死んだ日を気にしています。一月十一日は塩の日。これは戦国時代、塩の供給を断たれて困っていた武田信玄に、敵将の上杉謙信が塩を送ったという言い伝えにちなむ日だとか」

二つの目は、ルームミラー越しに細川へ向けられていた。

「そうです」

渋々という感じで課長は答える。

「キリスト教では、優れた者や役に立つ者の他、不正や腐敗を見過ごすことができない人物を指して『地の塩』と呼ぶそうですが、話したのは細川課長ですか」

確認するような問いかけに頷き返した。

「はい。正しき人については『地の塩』と呼ばれますが、これは塩は食べ物が腐るのを防ぐことから出た故事ではないかと言われているようです。この流れからなのか、変わることのない誓いは『塩の契約』と呼ばれているとか」

「なるほど。いかにも行動科学課らしいと言いますか。所轄の警察官はあまり考えつかない推測ですね。そうなると、だ」

日高は思わせぶりに間を空ける。自分に注目を集めるがゆえだと、孝太郎は判断した。要するに目立ちたがり屋なのである。

「自死したと考えた場合、有賀由宇は自らの命で贖ったことになるのでしょうか。半グレのボスに金を遺して、悪党集団から抜けた。ですが、死んでしまったら、なにもなりませんよね。生きてこそではないかと、ぼくは思ったんですが」

二度目の思わせぶりな間は、答えを求めるものだった。孝太郎と細川をルームミラー越しに交互に見やっていた。

（だから、そこに恋人が登場するんじゃないか）

孝太郎は心の中で答えた。日高は見落としているようだが、わかりきった推測であることと、まだ断定できないことから、行動科学課では敢えて調査書に加えていない。だが、拉致監禁されていると思しき女性は、有賀の恋人か、もしくは姉が恋人という可能性がある。孝太郎はその後に二人の姉妹と交際していた可能性を付け加えていた。

〝彼女を助けたければ、脱退金をよこせ。金を用意できないなら、おまえの命で贖え。さあ、どうする、有賀由宇。金を揃えるか、命で贖うか〟

思い悩んだ結果、有賀は後者を実行したのではないだろうか。人質に取られてしまった『フィギュアの少女』を助けるために自分の命を差し出した……。

「二人とも、どうして、なにも答えないんですか。ぼくが大事な事案を見落としているんですかね。それとも本庁になにか隠しているんですか」

日高が問いかけを投げた。これだけ協力しているのに、報告しない事案があるのか。やはり、行動科学課は信じられないと言われているように感じて、孝太郎は強い不快感を覚えた。

「現状では、断定できない推測だからです」

答えた細川にゆだねた。

「同時並行的にもうひとつ、気になる事案が起きているんですが、坂口警視正には勝手に所轄を使われるのは困りますと言われました。ゆえに中央区の所轄へは伝えておりません。日高警部補が見ている報告書は、おそらく所轄のものなのでしょう。ゆえにその事案を省いている。君にも手伝ってもらった事案なんですがね」

大きなヒントを受け、しばし考え込んだ。

「ぼくが手伝った事案ですか」

不意に「あぁ」と小さな声を上げる。

「もしや、拉致監禁事案ですか。少女からの通報を受けたあれですか」

「はい」

細川が答えた。

「有賀由宇は自死の可能性を捨てきれませんが、断定できるだけの証拠が揃っていません。繰り返しになりますが、坂口警視正には、勝手に所轄を使ったのは許しがたいと叱責されましたので、我々の意見は公にはしていません」

「教えてください。家で報告書を読み直していたとき、有賀由宇は自死したのかもしれないと思いつつ、なぜ自死を選んだのか、理由がわかりませんでした。自問自答しているときに、本間係長のメールを受けたんです。ドクター死神（デス）らしき男が浮かんだと知って、いてもたってても……」

「重要参考人が帰って来たようです」

無線機から鷲見の声がひびいた。所轄の課長は、行動科学課に彼なりの敬意を払っていた。ゆるんでいた気持ちが、一気に引き締まる。

三人はすぐにME号から降りた。

5

とたんに身を切るような冷たい風が吹きつけて来る。孝太郎は風に追われるようにして足を速めた。目的の集合住宅周辺には、目立たないように覆面パトカーが停まっていた。少し離れた場所の、鈴木治郎のものではない駐車場には、制服警官の自転車やバイクも並んでいる。

階段を上がろうとした男を、数人の私服警官が取り囲んでいた。階段を上がりきった二階の通路には、すでに何人かの警察官が待機している。異変に気づいたアパートの住人たちが顔を突き出していた。

　鈴木らしき男は、階段に片足をかけた姿で私服警官にはさまれている。ベージュのトレンチコート姿で、頭には毛糸の帽子を被っていた。堅いイメージのトレンチコートと帽子が、少しちぐはぐな印象を受けた。

「鈴木治郎さんですね」

　鷲見は所轄名も告げ、警察バッジを見せながら訊いた。

「はい」

　短い返事だけでは、日高が作製したモンタージュ・ボイスに似ているかどうかわからないが、サングラスやマスクで隠されていない顔は、孝太郎が製作したフィギュアにかなり似ていた。

　落ち窪(くぼ)んだ目、こけた頬、鼻筋は通っている方で、全体的に痩せすぎの印象を受けるが、それなりに整った顔立ちをしていた。自画自賛になってしまうものの、極端に違う顔立ちではなかった点に安堵してもいた。

(次は声だ)

　孝太郎は耳に全神経を集めた。

「銀座八丁目で起きた変死事件について、鈴木さんに伺いたいことがあるんですよ。

署までご同行願えますか。任意同行になりますが、応じていただけないときは……」

「わかりました、行きますよ。なにもやましいことはありませんから」

鈴木の答えを聞き、はっとした。

(似ている。そっくりだ)

後ろに立つ日高は、さぞかし得意そうな顔をしているに違いない。どうだ、というように何度も肩を叩かれたが、癪にさわるので完全に無視した。

「では、任意同行します」

腕を掴もうとした鷲見越しに、鈴木治郎は孝太郎たちを見た。

「もしかしたら、行動科学課の方々じゃないんですか。以前、一柳検屍官がマスコミに追いかけられたとき、テレビのニュースで映し出されていましたよ。今日は美しすぎる検屍官は来ていないんですか」

素早く視線を走らせている。通路の照明の下、あまり大きくない喉仏や、右手の親指にあるタコらしき膨らみなどを素早く確認した。

(顔立ちや声だけでなく、他の特徴もあてはまる。ドクター死神の可能性が高い)

なにも答えないことに焦れたのか、

「一柳検屍官の写真集を買い求めたんですよ。美人なのでなにを着ても映えますが、警視庁の古い女性警察官の制服姿が最高によかったですね。サインをいただけませんか。ああ、そうだ。どうせなら、わたしはかれらのＭＥ号で所轄に行きたいんですが」

　鈴木は言い、指揮官を探すように視線をめぐらせた。細川と鷲見はごく自然に、後ろを見つめている。いつもは前に出ている坂口警視正が、このときは二人の部下を随えたまま後ろに控えていた。

「あなたが指揮官ですか」

　鈴木の問いに、坂口は無言で頷いた。

「ＭＥ号で所轄へ行きたいんです。いかがですか」

「わたしも一緒に乗る。それでよければ」

「ありがたい。一度、乗ってみたかったんです。どこに停めてあるんですか」

　忙しく目を走らせている。落ち着きない動きや、かすかに頬がひくついている点に、強い緊張感が浮かび上がっているように思えた。

（相当、動揺しているように見える。懸命に気持ちを奮い立たせているのか）

　孝太郎は冷静に観察していた。

　その横で細川は、指示を仰ぐように坂口を見やった後、

「どうぞ、こちらへ」

　ＭＥ号への案内役を引き受けた。鷲見が蚊帳の外に置かれてはたまらないとばかり

に、急ぎ足でついて来る。

「いいですね。ワクワクしますよ」

鈴木は高いテンション状態が続いていた。ME号を見たときには、呻くような声を上げ、内部を見ながら後部座席に乗り込んだ。

「席を動かして倒せば、ここが臨時の手術室になるわけですか。すでに調べているでしょうが、わたしは外科医だったんですよ。ME号の話を聞いたとき、非常に興味が湧きましてね。是非、拝見したいものだと思っていました」

後部座席の真ん中に鈴木、右隣に坂口警視正、左隣に鷲見が座る。孝太郎は助手席で、運転席には細川が落ち着いた。さすがに自分は遠慮するべきだと判断したに違いない、日高は覆面パトカーに乗り込んだ。

「さあ、では、行きますか」

鈴木の声でME号がスタートする。相変わらず落ち着きなく、車内に目を走らせていた。

「車の壁に医療器具が収められているわけですよね。いや、見た限りではまったくわかりませんね。ＡＥＤもあるらしいじゃないですか。地震や事故を始めとする災害や、地下鉄サリン事件のような人災が起きたとき、現場で手術ができるのは素晴らしいことです。どれほど多くの命が救われることか」

軽い興奮状態だろうが、その割にはまともなことを口にした。対する四人の警察官は、むっつりと黙り込んでいる。話を訊くのも聞くのも取調室と、みな考えているのかもしれなかった。

「一柳検屍官にお目にかかれなくて残念ですよ。寒いのでME号で待っていると思っていたんですがね。細川課長は女性を大切にする方に見えますから」

ひとり、鈴木だけが喋っていた。日高が製作した声よりもやや高いのは、孝太郎が推測したように緊張しているからではないだろうか。清香やME号への好奇心や、元外科医としての興味もあるため、興奮を抑えきれないのかもしれない。

(忙しなく、指が動いている)

孝太郎はルームミラーで確認していた。膝の上で軽く組んだ鈴木の指は、彼の不安を示すかのように動いていた。現在、わかっている限りの情報と現状を見た結果、ますますドクター死神(デス)だろうという確信が強まっている。

「外科医をなさっていたときは」

思いきって質問を発した。

「どういった手術をしていたんですか」

外科医だった過去はわかっているが、詳細については不明だった。とはいえ、ここは取調室ではない。孝太郎はあたりさわりのない問いかけをしたつもりだったが、

「やっていたのは、主に関節の手術ですね」

鈴木の答えに、どきりとした。清香の司法解剖結果では、確か有賀由宇は関節リウマチを発症していた可能性があったはず。そうなると、病気の治療のために会っていたことも考えられた。いっそう有賀との関係が強くなったように感じられた。

「うちの父親は、指の第一関節が曲がってきているんですよ。あれは年のせいですか」

なにげない会話を続けた。

「変形性関節症かもしれませんね。そうであれば、年のせいだと思います。女性は出産や閉経などで骨密度が落ちて、骨がスカスカになりやすいんですが、男だってそうですよ。煙草や酒を嗜(たしな)む輩が多いでしょう。わたしもそうなんですが、五十を超えたとたん、がくっと体力が落ちました」

話しているうちに少し落ち着いてきたのかもしれない。忙しなかった指の動きが止まっていた。

「失礼ですが、新しく加わった浦島孝太郎巡査長ですか」

確かめるように鈴木が訊いた。

「はい」

孝太郎は警戒心が働くのを止められない。坂口がルームミラー越しに睨(にら)みつけていたからだが、こういったやりとりで信頼関係を築くのも取り調べのうちではないだろうか。気にすることはないと自分に言い聞かせた。

「行動科学課のホームページで見たのですが、事件現場のジオラマを作るというのは本当ですか」

「それについては、答えを控えさせてください」

細川が素早く口をはさんだ。

「行動科学課は独自の捜査方法を用いますが、今のご質問は、どちらかと言えば専門的な、雑談の類ではない話になります。ご理解ください」

丁重に告げる。口を出すタイミングといい、言動といい、上司として申し分のないものだった。

「わかりました。それで」

鈴木は左右の二人を交互に見た。

「銀座で起きた変死事件と仰いましたが、わたしにかけられたのは、どんな容疑なんですか。うちのアパートの住人が好奇心たっぷりの様子で顔を突き出していましたが、慌て気味に顔を引っ込めた人がいたんですよ。もしや、その事件の容疑者に似ているとか密告されたのかなと思いまして」

意外なほど冷静な観察眼の持ち主であることを証明する。まさか店子の動きまで把握していたとは……孝太郎もまた、よりいっそう警戒心と集中力が増していた。

（わざと動揺したふりをしていたのかもしれない）

手帳に書き込むときに後ろから見られる懸念があるので記憶の隅にとめた。

「新橋駅近くの雑居ビルで起きた変死事件です。亡くなられた男性とエレベーターに乗り込んだ人物が、あなたに似ているという通報がありましてね」

坂口は上着の懐から数枚の写真を出して、見せる。鈴木はすぐに苦笑を浮かべた。

「これじゃ、わかりませんよ。サングラスにマスク、おまけに帽子まで被っているじゃないですか。透視能力でもあれば別でしょうがね。残念なことに、わたしは霊能力者じゃありません。はっきりしているのは、これはわたしではないということです」

躊躇うことなく言い切った。

「そうですか。では、事件当夜の、あなたのアリバイを証明する人はいますか」

定石どおりの問いが出る。坂口は変化球を好まないようだが、鷲見は手帳に書き込みながら、やや不満そうな表情をしているように思えた。おれにやらせろ、と、内心、苛立っているのかもしれない。

「いません。二十年ほど前に離婚して以来、ずっとひとり暮らしです。当時は一生懸命、仕事にせいを出していたので自宅を手に入れられたのですが、別れるとき、蓄えと一緒に当時、妻だった女性にやりました」

「別れた奥さんは確か」

　坂口の言葉を、鈴木はすぐに受けた。

「看護師です。おそらく今も看護師をやっていると思うので、暮らしには困らないと思います。二人の子どもが成人するまでは、毎月十万の養育費を払いました。当直を増やして払い続けましたが、けっこうきつかったんですよ。ちょうどいい具合に、なんと言ったら罰があたるかもしれませんが」

　にやりと笑ったその顔が、本当に死神のようだった。ルームミラー越しにでも、いや、だからこそかもしれない。車内の薄暗さが顔に陰影を与えて、落ち窪んだ目や、こけた頬を際立たせている。

（親の遺産でも入ったのか）

　次の言葉を想像して、孝太郎は寒気を覚えた。

「親父の遺産が入りましてね。その金で今、住んでいる中古のアパートを買ったんです。中古と言いましても売れ残った物件だったため、だれも住んだことがないんですよ。ほぼ新築物件でしたが、値引きしてもらえたのもラッキーでした。養育費の心配がなくなったのは嬉しかったですね」

　一般的な話に終始していた。ドクター死神の人物像からは、かけ離れているように思える。見た目よりは話しやすい印象になっていたが、これまた、そう装っているだけかもしれない。孝太郎は気をぬかなかった。

「金の不安がなくなったので、医者をやめたんですか」

　坂口の問いに今度は大きく頭を振る。

「やめたわけじゃありません。知り合いのクリニックを今も週三日ほど手伝っています。混み合うことが多い月・金・土にね。働かないとボケますし、年金をもらえるのは、まだ先ですから」

　優美の調査にはなかった事柄が出た。アルバイト的にクリニックを手伝っているのだろう。これから裏付けを取るが、クリニックの名を借りて麻薬性鎮痛剤を買い求めるような愚は犯すまい。訊きたいことはあったが、車内でのやりとりは記録されるわけではないため、すべて胸に秘めた。

（もし、鈴木治郎がドクター死神（デス）だったとしたら？　なんらかの理由で、有賀由宇を死にいたらしめたのだとしたら？）

　なんとしても真実を、彼の口から語らせなければならなかった。

6

　翌日の午前中。

「鈴木治郎の取り調べをやらせてください」

孝太郎は二人の上司に訴えた。取調室近くの廊下に三人で集まっていた。

「昨夜はあれから徹夜作業で、本間係長や日高警部補と一緒にドクター死神らしき男を精査をしました。十中八九、自分は彼がドクター死神ではないかと思っています。有賀由宇のご両親の無念な思いを少しでも軽くできたらと思います。真実を解き明かすことこそが、亡くなられた方のご供養になるのではないかと」

一夜にして白髪になってしまった有賀の父親。そして、必死に涙をこらえながら目をうるませていた母親。普通の家族に起きた普通ではない我が子の変死事件。自死なのか、他殺なのか。有賀由宇の両親が、自分の両親と重なっていた。

「浦島巡査長がそこまで積極的になるのは、初めてですね」

清香は真剣な面持ちになっていた。

「わたしには異存ありません。やる気が出たのは、とてもいいことだと思います。細川課長はいかがですか」

「あれは手強(てごわ)いですよ。早朝から坂口警視正が、取り調べていますがね。のらりくらりとかわしています。もっとも、質問の仕方というか。警視正の切り口が凡庸(ぼんよう)すぎるのかもしれませんが」

ちくりと皮肉を言い、大きく頷き返した。

「いいでしょう。ただし、わたしが同席します。ドクターの方が鈴木は喜ぶでしょうが、相手のペースになるのは避けなければなりません。狡いかもしれませんが、ご褒美がほしければ真実を話せと焦らすのが得策だと思います」

「わかりました。チラ見せだけにしておきますわ」

「ドクター」

細川は苦言を呈そうとしたのかもしれない。が、清香は視線で取調室から出て来た坂口と部下を指した。ちょうど昼の休憩タイムなのだろう。細川が踵を返して、坂口警視正のもとに行った。

「『フィギュアの少女』は無事でしょうか」

孝太郎の頭には、もうひとつの事案が浮かんでいる。所轄の聞き込みは続いているが、いまだに少女は見つかっていなかった。鹿内家の次女——光里が『フィギュアの少女』ではないのかと孝太郎たちは考えていたが、彼女を預かっているという叔母は、警察官の訪問を徹底的にきらい、光里には会わせないと言っているらしい。

三度目の通報もなく、時間だけが過ぎていた。

「つい今し方、優美ちゃんから電話があったのですが、午前中、オフィスに何度か無言電話があったそうです」

清香の言葉に、すぐさま訊き返した。

「発信元は?」

「公衆電話からだったようですね。浦島巡査長もわかっていると思いますが、もしかしたら、姉の鹿内明里（あかり）かもしれません。両親には止められているのかもしれませんが、不安でたまらなくて電話をかけてみた。でも、やはり、警察が介入すると妹が危ないと思い、急いで電話を切る。狭間（はざま）で苦しんでいるように感じます」

「鹿内家に見張り役は、いるんですよね」

「もちろんです。塾から家に戻る途中で襲われたという『フィギュアの少女』の話も、現在、周辺の防犯カメラを精査中です。該当するデータが見つかれば、より信憑（しんぴょう）性が高まりますから」

清香は細川に目を向けたが、取調役の交代に坂口は難色を示しているのか。話が続いていた。

「可能性としては低いかもしれませんが、真王丸の持ち主も自分は容疑者のひとりに加えています。脇差の月斬ほしさに加担したのではないかと」

「主犯ではないけれど、なにかしら手を貸したかもしれない？」

検屍官の自問まじりの問いに頷き返した。

「はい。報酬は脇差・月斬。流れを見ていると、刀や脇差に違和感を覚えるんですよ。有賀由宇が店長を務めていたのは喫茶店、喫茶店には恐竜のフィギュアと恐竜のウンコ化石・コプロライト、有賀は祖父の車庫を遺体処理場にしていたのかもしれない、硫酸による残虐非道な行い、いったい何人の人間が処分されたのか」

手帳に記した一部を読み上げて、孝太郎は検屍官と目を合わせた。

「どこにも刀や脇差の話が出てきませんが、皆無というわけではありません。恐竜に関しては、母親は普通程度の興味だったというように言っていましたが、鑑定眼を持つ有賀は値打ちがあると思って買ったのかもしれませんから」

「そう、脇差・月斬に対しても売れば金になると思ったのかもしれませんね。どこから刀の知識を得たのかは、ちょっと気になりますが」

清香は考えつつという感じで告げた。

「半グレのボスではないでしょうか。阿佐谷の古美術商オーナーの話では、中国のバイヤーが、国外に流出した中国の骨董品を買い戻すために、日本各地の骨董市に押しかけているとのことでした。半グレは儲け話に敏感です。アンテナを張りめぐらせていますからね。刀や脇差、短刀、鎧(よろい)などを買い集めているのかもしれません」

「では、拉致監禁事案は、脇差・月斬を手に入れるのが目的だったのかもしれないと考えているのですか」

清香に訊き返されて、首をひねる。

「そこまではどうでしょうか。たまたま月斬の話が出たのを小耳にはさみ、どうせならついでにと思ったのかもしれません。狙いはあくまでも『フィギュアの少女』であり、身代金目当ての犯行という疑いもあります。一番、有力なのは、グループを抜けようとした有賀を脅す目的で拉致監禁事案を起こした」

「脇差の月斬は、おまけみたいなものですか」

「はい」

孝太郎の答えと同時に、清香の目がふたたび細川と坂口に向けられた。

「ようやく交渉が終わったようですね。偉そうにもったいぶって、恩着せがましくお許しをくださるつもりなのでしょう」

辛辣（しんらつ）な物言いに、孝太郎はいやでも緊張してくる。折悪（あ）しくと言うべきだろうか。日高利久が姿を見せた。彼が苦手な孝太郎は、渋面になるのを抑えられない。そんな場の緊迫感を察したのか、日高は少し離れた場所で足を止めた。

「検屍官。有賀の実家を調べた結果は、まだ出ていないんですか」

坂口警視正は挨拶代わりの不満をぶつける。文句をつけるのが、もはや日課のようになっていた。

「この後、開かれる合同会議の席で、お知らせいたします。とても興味深いことが、わかりました」

清香の答えに、坂口は冷ややかな目を返した。

「本当でしょうな。行動科学課はちっぽけな騒ぎを大きくして耳目を集めるのが巧（うま）い。

話半分か、まったくのでっちあげということもありうる。心してかからなければならないと思っています」

先程の清香の上をいく辛辣さだった。大型肉食恐竜の睨み合いの図が浮かび、孝太郎は胃がキリキリ痛み始める。二人のやりとりを見ているだけで気力と体力を消耗しそうだった。

「お言葉を返すようで恐縮ですが、わたくし、あなたよりは正直な人間だと自信を持って言い切れますわ。会議を楽しみにしていてください」

負けませんと言わんばかりの反論を聞き、坂口の部下は素早く顔を逸らした。間際に笑いを嚙み殺している様子が見えた。今いるのはひとりだけだが、二人とも上司たちの会話を面白がっているように思えた。

「取り調べの許可を得ました」

細川が割って入る。

「昼食が終わった後、一時間だけですが、行(おこな)ってもいいそうです」

さすがは空気読みすぎ課長というべきか。険悪な雰囲気を感じたとたん、無理やり割って入った。孝太郎は坂口と目を合わせる。

「自分なりのやり方で、ドクター死神(デス)を取り調べたいと思います。ご静観、願えますか、坂口警視正」

声が上ずってしまったが、どうにか確認の問いを投げられた。あとで難癖をつけられてはたまらない。孝太郎なりに予防線を張っていた。

「好きにやればいい」

坂口は素っ気なく言い捨てて、部下とともに離れて行った。中指を立てようとした検屍官を、細川は素早く止めた。

「自信を持ってください。あなたなら、きっとできます。鈴木治郎から自白を引き出せると思います」

清香の励ましを受け、上司たちのやりとりを見ていただけで失ったエネルギーを、エナジードリンクでチャージする。

孝太郎は、戦いの始まりを告げるゴングが鳴ったように感じた。

第6章　死者の声

1

孝太郎が取調室に入って行くと、俯いていた鈴木治郎が目を上げた。

「ようやくご登場ですか」

顔全体ではなく、目だけを上げた点に、暮らしぶりが表れているように感じた。窺うような言動が、身についてしまっているのではないだろうか。

（座り方が、まさにストレートネックの徴候を示しているような感じがする）

鈴木は背もたれに身体を預け、両足を投げ出すようにしていた。猫背であるのは見ただけでもわかるが、百八十センチ近い長身の持ち主であるのに、小柄な印象を受けるほどだった。胴長短足と表現したりするが、鈴木は逆に胴が短く、脚が長いということも考えられた。孝太郎は傍らにフィギュアを入れた箱を置いて座る。

「浦島孝太郎です。午後からは、自分が鈴木さんの聞き取りをさせていただくことになりました。よろしくお願いします」

　挨拶の途中で、細川とともに清香が入って来た。

「うちの課の新人です。若いからといって侮らない方がいいと思いますわ。非常に優秀ですので」

「さっきの台詞は、今、言うべきでしたね。ようやくご登場ですか」

　鈴木は言い、相好を崩した。

「噂以上の美しさだ。柄にもない美辞麗句になりますが、検屍官は光り輝いていますね。スポットライトが常にあたっているような強烈なオーラを感じます」

「ありがとうございます。いつも言われることですが、何度、言われても嬉しいですわ。わたくしは部署でこの様子を拝見しております。それでは失礼いたします」

「なんだ、同席するんじゃないんですか」

「若手にまかせますわ」

　出て行く清香と入れ替わるようにして、日高警部補も入って来た。細川はいやな顔をしたものの、追い出そうとはしなかった。

「今回の捜査に加わってくれた科学捜査研究所の日高利久警部補です」

　課長が儀礼的に紹介する。

「日高です。ご不満かもしれませんが、検屍官の代わりに自分が同席させてもらいます」

「おおいに不満ですが、まあ、いいでしょう。ずいぶん膨大な資料ですね」

鈴木は鷹揚に構えていた。動じたふうもなく、孝太郎が机に置いた資料に興味を示している。任意同行を申し渡したときは狼狽えたようだが、一晩経ったことで落ち着きを取り戻したようだった。気怠げな感じの非常にだらしのない座り方をしている。

「徹夜の成果が出ればいいんですが、徒労に終わるかもしれません。失礼ですが、鈴木さんはストレートネックですか」

孝太郎は訊いた。意表を衝く問いかけだったのかもしれない、

「え？」

怪訝な表情になる。

「ストレートネック、俗に言うところのスマホ首です。猫背気味である点や背もたれに身体をあずける座り方が、気になりまして」

「ああ、スマホ首ね。そうかもしれません。頭痛や吐き気、強い肩凝りといった症状があります。指圧に行くと、そのときはよくなるんですが、すぐにまた元通りですよ。姿勢に気をつけなければ駄目だとわかってはいるんですが」

答えながら背中を真っ直ぐ伸ばしていた。それによって、座高がだいぶ高くなる。特に脚が長いわけではないようだ。

「これをご覧ください」

　孝太郎は、机に有賀由宇の写真を何枚か置いた。エレベーター内でドクター死神と思しき人物と一緒のもの、あとは司法解剖前に写したもの、そして、生前の明るい笑顔の写真だった。

「有賀由宇さんです。彼をご存じですか」

　まずは正攻法で切り出した。

「いや、知りません。さっきの刑事さんにも写真を見せられましたが、会ったことはありません。何度、訊かれましても、知らないものは知らないので」

　坂口警視正の取り調べと同じ繰り返しになっていた。録画していた取調室の様子を、すべて見たわけではないが、坂口はひたすら有賀や弟分の八木克彦の写真を見せて、知り合いなんだろう、嘘をついても駄目だと責めたてていた。もう、うんざりなのかもしれない。そんな表情だった。

　それでは、と、変化球に変える。

「恐竜は好きですか」

　またもや意表を衝かれたに違いない。

「は？」

　眉間にシワを寄せて見つめ返した。とたんに、だらしのない座り方に戻っていた。

「恐竜です。ティラノサウルスとか、プレシオサウルスとかいますよね。最近はよく恐竜関係の催しがありますが、見に行ったりなさいますか」

「そういった催しを見に行ったことはないですね。子どもがいればともかくも、大人の男がひとりで行く場所じゃないでしょう。映画でやったときは、なめらかな動きに魅せられて映画館へ行きましたがね。その程度の興味ですよ」

「場外市場近くの喫茶店〈ドリーム〉はどうですか。鈴木さんに似た男性が、近くを通りかかった映像……これですが」

　孝太郎の話に従い、横に来ていた日高が机に防犯カメラのデータから引き出した写真を載せた。細川は二人にまかせることにしたのか、出入り口のところにさがっている。

「マスクは着けていますが、サングラスや眼鏡は掛けていません。ご自身に似ているとは思いませんか」

　訊き役は孝太郎が担っていた。いつもは清香が担う役目だが、自ら志願した以上、せめてドクター死神に繋がる新たな供述を得たかった。ともすれば力が入りそうになったが、意識して身体から力をぬいた。

「似ていると言われれば、似ているかもしれません」

「ちなみに中央区の場外市場に、足を運んだことはありますか」

　徹夜で摑んだ決定打になるかもしれない情報は、切り札として取ってある。鈴木の反応に集中した。

「ありますよ。美味い飲食店が、軒を連ねているでしょう。刺身はもちろんのこと、肉や総菜も抜群ですしね。男鰥の寂しい食卓を彩ってくれますから、よく行きます」

「〈ドリーム〉に行ったことは？」

「あるかもしれませんね。店名までは憶えていませんが、恐竜の話で思い出しましたよ。なぜ、いきなり恐竜の話が出たのかと考えているうちに『そういえば』と思い至ったんです。喫茶店の出窓だったかな。とても精巧なティラノサウルスが飾られていました。人形なのに今にも動き出しそうで、強く印象に残ったのを憶えています」

　満足そうに頷いている。孝太郎の変化球をちゃんと受け止められたからだろう。父親の恐竜が繫ぐ縁の不思議さを覚えつつ、取り調べを続ける。

「彼は、その店の店長でした」

　もう一度、有賀の写真を目で指した。

「イケメン店長として人気がありましたが、他店で働く社員たちは朝食や午後、あるいは夜の憩いの場所として、〈ドリーム〉を利用していたようです。自分はアットホームな雰囲気があるなと感じました」

「言われてみればという程度しか憶えていませんが、なかなか男前の店員がいたような気はします。店長かどうかまでは、わかりませんでしたがね。わたしはバイセクシャルではないので、イケメン店長に対してもその程度の興味ですよ」

「昨夜、あらためて調べたんです。わずか二カ月の間に、あなたらしき人物は〈ドリーム〉を八回、訪れていました」

孝太郎の説明に従い、ふたたび日高が机に八枚の写真を並べていった。すべて防犯カメラのデータから引き出した写真である。

「顔認証システムで確認しました」

切り札を告げると、鈴木は肩をすくめた。

「そこまで仰るのであれば、わたしでしょう。なるほど、美しすぎる検屍官が同席しないのは、そういうわけですか。彼女も確か特異な能力、ええと、あれは」

「骨格記憶術です」

孝太郎が助け船を出すと、「そうそう」と頷いた。

「おそらく今、部署でこの映像を見ながら、わたしが写真の男と同一人物か精査しているのでしょう。認めますよ。回数はあやふやですが、〈ドリーム〉に行きました。買い物のついでに寄ったんです。コーヒーが美味しかったので」

「でも、店長の有賀由宇とは話したことがない？」

孝太郎はくいさがった。不審死の事案が起きている場所付近に、幽霊のごとく出現のか。

ている。眼前の男の仕業なのか、彼は連続殺人犯なのか、あるいは自殺幇助の罪人なのか。

していたドクター死神。自死か、他殺か、判明しない事案が二十三区内で現実に起き

「話したことはあるかもしれませんが、二言、三言ですよ。挨拶程度のやりとりだったと思います。なにを話したのかまでは憶えていません」

「それでは、この写真はいかがでしょうか」

またもや徹夜の成果を机に並べた。不審死事案が起きている場所の近くで、防犯カメラに映し出されていた不審人物。確認されたのは五件だが、眼鏡を掛けていないうちの二件で両目が鈴木と一致した。

「こちらの二枚、つまり二カ所の防犯カメラのデータを写真にしたものですが、額から両目にかけては、あなたであることがわかりました。下半分は残念ながらマスクで覆われているため、判明していませんが」

「そこまでわかっているのであれば、わたしかもしれませんね。でも、本当によく憶えていないんですよ。夜、人気がなくなったときの散歩が好きなので、あちこち歩いています。わたしが歩いた場所で不審死の事案が起きていると言われましても」

のらりくらりの戦法になっているように思えた。孝太郎は下になっていた有賀由宇の笑顔の写真をもう一度、上に出した。

「彼には両親がいます。今回の事件が起きたとき、父親は息子が亡くなったと聞いた翌朝、自慢にしていた黒髪が真っ白になってしまったとか。わずか一晩でです」

情に訴えるのはあまり好きではないが、生真面目に坂口警視正の聞き取りに応じていた有賀の父親の姿を思うと、言わずにいられなかった。

「髪が一晩で真っ白に……そうですか」

鈴木は黙り込む。重要な話をしようとしているのか、このまま知らぬ存ぜぬで通すつもりなのか。

「人間では周囲にいませんが、知人の犬にも今のような変化が起きました」

ぽつりと言った。

「黒いゴールデンレトリーバーなんですがね。飼い主だった知人が、膵臓ガンで急死したんです。すると少しずつ色が抜けてしまいまして、最終的に白いゴールデンレトリーバーになりました。よくいる乳白色ではなくて、白なんです。わたしも見ましたが本当に真っ白でしたよ。人間の白髪のような色でした。獣医に診せたところ、主と慕っていた知人の死にショックを受けたのだろうと」

「それでその犬は？　色はどうなったんですか？」

個人的に興味を覚えて訊いた。一晩ではないが、犬でもそういうことが起きるのかと驚きを覚えていた。

「月日が経つごとに、もとの黒に戻っていきました。哀しみを忘れるのは無理でも、折り合うことを憶えたんでしょうか。二年ぐらい、かかったような気がします。不思議なことがあるものだと思いましたよ。犬にもあるんですね、心が」

「あると思います。自宅は狭いので飼う機会はありませんでしたが、犬や猫を含む動物の不思議な話は、かなりあるのではないかと」

間髪入れずに答えた。動植物はきらいではないし、飼っていた金魚が死んだときは、落ち込んで立ち直るのに時間がかかった。フィギュアを作るうえでも地域猫や近所で飼われている犬の生態を参考にしている。飼い主が死んだ後、毛色こそ変わらないものの、寂しそうな表情になった犬や猫を何度か見たことがあった。

「浦島巡査長は、きちんと受け止めてくれるんですね」

不意に鈴木が言った。

「少し時間をください」

「わかりました」

孝太郎は、それ以上、言わずに切り上げた。細川には相談しなかったが、そのまま日高と一緒に廊下へ出た。

「だから先程も言ったじゃありませんか」

清香の大声が聞こえた。

「防犯カメラのデータを精査した件は、うちの調査係が坂口警視正の携帯にメールいたしました。ご確認ください」

孝太郎が取り調べた内容に、坂口が文句をつけたのかもしれない。なぜ、知らせなかったのかと問い質していたように思えた。

「おかしいですね。わたしは知らせを受けていないんですよ」

坂口が答える。大型肉食恐竜の戦いが、ふたたび勃発していた。細川が素早く駆けつけ、割って入る。

「合同捜査会議です。会議室に行きましょう。メールに関しては、なにか行き違いが生じているのかもしれません。坂口警視正。もう一度、確認していただけますか」

なんとか二人を宥めて、促した。

「検屍官と警視正のやりとりは、見ない方がいいんじゃないですか。昨夜、色々話してわかりましたが、浦島巡査長は非常にデリケートな気質です。また、胃が痛くなりますよ」

日高に助言されたが、すでに遅かった。キリキリと胃が痛み出している。今回はエナジードリンクではなく、胃薬を取り出していた。

2

「あ」

　孝太郎は、廊下の先に目を向けつつ、胃薬をポケットに戻した。

　阿佐谷の古美術商〈飛鳥井〉のオーナー・沢木敦史が、警察官の案内を受けながら近づいて来る。清香は坂口とのやりとりを中断し、会釈して出迎えた。

「なにかありましたか」

「真王丸の脇差と言われる月斬ですが、買ってくれないかという打診の電話が携帯にあったんですよ。行動科学課のオフィスに連絡しましたら検屍官はこちらだと伺いまして」

　沢木は携帯を出していた。

「とっさに録音しました。ちょうど銀座に出る用事がありましたので、これは直接、行った方が早いなと思った次第です」

「先程、うちの調査係から連絡がありました。わざわざお越しいただきまして、ありがとうございます。あちらへ行きましょうか」

　清香は自動販売機が置かれた一角を指さした。先に立って歩くその後に、孝太郎と細川、日高、さらに坂口や部下がぞろぞろと続く。全員、立ったまま沢木を取り囲んだ。缶コーヒーを買いに来ていた若手が、慌てて退いた。

「いいですか」

沢木の言葉に、清香は頷いた。

「どうぞ」

携帯を操作した後、

「〈飛鳥井〉さんですか」

女の声が流れた。女だったのが意外だったに違いない。日高が口を開きかけたが、いち早く孝太郎は止めた。

「はい」

沢木が答える。

「あの、刀の真王丸をお持ちですよね。以前、展示会が開かれたときに見たんです。それで電話しました」

「確かに真王丸の持ち主はわたしですが、どちら様ですか」

当然の質問だったが、

「真王丸と対の脇差・月斬が、わたしの手元にあるんです。買い取っていただけないでしょうか」

女は答えではなく、問いを返した。

「脇差の月斬。本当に脇差の月斬を、お持ちなんですか」

沢木は驚きを抑えて、念のための問いかけを投げたように思えた。はじめの言葉が、ややトーンが高くなっていた点に、驚きが浮かび上がっているように感じられた。

「そう言ったじゃないですか。いくらで引き取ってもらえますか」

女は、あきらかに苛立っていた。声が高くなったあたりに、気持ちが浮かび上がっているのではないだろうか。尖った声になった印象を受けた。

（そういえば、『フィギュアの少女』が、食事を運んで来たうちのひとりは、女のようだったと言っていたな）

拉致監禁事案との繋がりを感じたが、メモするにとどめた。

「電話で即決はできませんよ。偽物かもしれませんからね。この目で見ないことには、決められません。もし、本当に本物の月斬であるならば店に持って来てください。そのうえで話を……」

いきなり電話は切れた。ツー、ツー、ツーという音が、不安を掻き立てる。沢木は警察官たちを見まわした。

「以上です」

「日高警部補。女であるのはまず間違いないと思いますが、何歳ぐらいだと思いますか」

清香が訊いた。

「二十代から四十代ぐらいとしか、今は言えません。何度か聞けば、もう少し絞り込めると思いますが」

「沢木さん。しばらくの間、携帯を預からせていただけますか」

清香の申し出に、沢木は笑顔で同意する。

「もちろんです。そう思ったので来ました」

差し出した携帯を、坂口は横から奪うようにして、取った。

「日高警部補に年齢を絞り込んでもらいますよ。お得意のモンタージュ・ボイスの能力を発揮してもらいましょうか。そうそう、浦島巡査長にも、ご協力いただきたいですな。フィギュアを製作して、不審人物の特定に一役買っていただきましょう」

「簡単に仰らないでください。製作には信じられないほどの集中力と時間がかかるんです。事件が動き出しそうな気配がしている今、フィギュアを製作している暇はありません。浦島巡査長の身体がもちませんので」

「いちいち突っかかりますね。検屍官はよほど、わたしのことがお気に召さないと見える。まあ、わたしも同じですが」

「沢木さん、ご苦労様でした。携帯は預からせていただきます。また、なにかありましたときには、連絡してください」

細川が沢木を玄関へと案内する。取りなし役が板についていた。一礼した清香に倣い、孝太郎と日高も辞儀を返した。

「さて、会議を始めますか」

気まずい空気の中、坂口が告げた。すでに警察官たちは、会議室へと集まり出している。孝太郎も日高と一緒に移動しようとしたとき、細川がシニアの女性をともなってこちらへ来た。

「近藤さん」

清香が近藤頼子に笑顔を向けた。場外市場近くの喫茶店主の妻だが、いったい、なんの用事で来たのだろうか。

「八木克彦と根岸英夫に、差し入れに来たそうです。お帰りになるところでした。いちおうお話を伺った方がいいのではないかと思いまして」

細川の説明を頼子は遠慮がちに継いだ。

「かっちゃんも英夫君も、親御さんたちが面会に来ないらしいんですよ。二人とも、うちでアルバイトをしたことがありますからね。主人が差し入れしてやれと言うもんですから、下着や洗顔料などを持って来たんです」

「面会？」

清香の表情と声が険しくなった。二人を泳がせているのは知っていたが、逮捕は初耳である。厳しい目は、坂口警視正に向けられていた。

「未明に別件で逮捕しました。静岡の車庫で行われていた事案を、二人とも知っていたはずです。重要参考人として任意同行したのですが、三日ほど前にあの二人は新宿で恐喝未遂事件を起こしましてね。その件を追及したところ、認めたので逮捕したわけです」

唇をゆがめながら答えた。してやったり、検屍官を出し抜いたぞ、という感じで得意そうに見えた。細川が頼子を連れて来なければ、事実を知るのがもっと遅くなっただろう。行動科学課は完全に蚊帳の外に置かれたわけだ。

(急に動きが出てきたな。それにしても、こんなときに恐喝騒ぎを起こすとは……坂口警視正は、他にもなにか隠しているかもしれない)

孝太郎は素早く手帳にメモした。

「なぜ、教えてくださらなかったのですか」

清香は頼子の手前、必死に怒りを抑えている、ように感じられた。

「わたしがその話を知ったのは、午前零時過ぎでした。未明の逮捕は急遽(きゅうきょ)、決まったんですよ。ご連絡が遅れたのは二人の逃走を防ぐためです。どこから情報が洩れるか、わかりませんから」

行動科学課が重要な情報をリークしていると言わんばかりだった。清香は無言で拳を握りしめている。怒りが爆発する寸前であるのは、だれの目にもあきらかだった。

「ご足労いただきまして、ありがとうございます。近藤さんご夫妻の温情にふれることで、かれらの頑な心がゆるむかもしれません。警察としては、素直に話してほしいと思っておりますので」

坂口は、不気味なほど優しい声で告げた。相手によってこうも変わるものだろうか。清香はしらけた様子でそっぽを向いていた。

「知っていることは、正直に話しなさいと言いました。英夫君はぴんときていないようでしたが、かっちゃんは涙を浮かべていました。由宇が死んだだけでも痛手だと思うんですよ。二人とも慕っていましたから」

頼子自身、辛そうな顔をしていた。顔色が悪いように見えるが体調はどうなのか、と思った瞬間、

「頼子さんは大丈夫ですか。少しお顔の色が、すぐれないように思えますが」

清香が訊いた。たった今、浮かんだ孝太郎の懸念を口にしていた。具合が悪そうな人や病人、子どもを前にしたとたん、検屍官は魔女から聖女になる。

「ありがとうございます。眠れないんです、色々考えてしまって。静岡のご実家でなにがあったのかはわかりませんが、有賀さんの奥様から連絡が来ましてね。詳しい話

はなさいませんでしたが、大変なことになっているのだけはわかりました。せめて、由宇が目をかけていた二人の面倒は、わたしたちで見ようと思いまして」

「そうですか。本当にご苦労様です」

「いえ、心配なので来ただけです。あと、これはすでにお聞き及びかもしれませんが、店はしばらくの間、休みます。マスコミや物見高い人が多すぎて商売にならないんですよ。思いきって閉めようかと相談しているところです」

「そうですか。今は市場近くのマンションに、いらっしゃるんですよね」

「はい」

「言われたかもしれませんが、外国への旅行はもちろんのこと、他県に行くのも慎んでください。山梨の家も駄目ですので」

「わかっています。なにかありましたら、おいでください。それでは、わたしはこれで失礼します」

　何度も辞儀をしながら、頼子は玄関に戻って行った。なにか気づいたところがあったのか、清香は細川を目顔で呼び、離れた場所で話し始める。二人だけのやりとりに対して、坂口は露骨に嫌悪感を示した。

「部下も蚊帳の外か」

　と、孝太郎を一瞥《いちべつ》する。

「二人だけの内緒話が、気にならないのか」

「必要ならば課長と検屍官は話してくれます。今はそのときではないと判断したからこそ、二人で話しているのではないかと」

「優等生のお返事に涙が出そうだよ。美しすぎる検屍官は、部下を飼い慣らすのが巧いようだな。いいようにこき使った後は、すべての責任を押しつけて解雇。使い捨てられないように気をつけろ」

気をつけろと口では言っているが、面白がっている印象を受けた。ニヤニヤしていた。悪意を込めた忠告もどきは無視して、孝太郎は訊ねる。

「八木克彦と根岸英夫ですが、なぜ、こんなときに恐喝事件を起こしたのでしょうか。未遂に終わったのは幸いでしたが、二人に対する警察の目が厳しくなっているのはわかっていたはずです。自分はそれが引っかかっているんですが、二人はなんと言っているんですか」

「黙秘権を行使しているよ。相変わらずだ。なにも言わなかった」

戻って来た検屍官に、坂口は愛想笑いを浮かべた。

「さて、会議です、検屍官。嘘偽りなく、隠し事をしないで、正直に説明していただきたいですな」

よけいなひと言を口にしないと、落ち着かない性格なのかもしれない。八木克彦と根岸英夫の逮捕劇の余韻があるのか。勝ち誇ったような表情は変わらなかった。清香は睨みつけたものの、時間の無駄だと判断したのだろう、

「まいりましょうか」

踵を返して、会議室に向かった。第一ラウンドは終わりを告げたが、はたして……。

（やっぱり、飲んでおこう）

孝太郎は、いったんポケットに入れた胃薬を取り出していた。

3

「それでは、会議を始めます」

清香が壇上で切り出した。

「有賀由宇の実家・静岡県の祖父の自宅及び、物置、車庫を精査した結果をご報告いたします。プリントを作成する時間がありませんでしたので書き留めてください。もちろんプリントは後でお渡しいたしますので、ご安心を」

最後の部分は、前席に座した坂口警視正一行に向けられたものに思えた。二人の部下の他、数名が陣取っている。孝太郎は検屍官の近くでホワイトボードに書く役目を引き受け、細川は斜め後ろで見守り、臨時要員の日高はプロジェクターの操作役を引き受けていた。

「物置の段ボール箱には、覚せい剤を始めとする違法薬物が入っておりました。細かい点は精査中です。問題は、車庫に置かれていた三つのドラム缶ですが」

清香の説明に従い、日高がプロジェクターに寒々とした車庫の映像を出した。孝太郎は見ただけで鼻をつく臭いや、殺伐とした空気を思い出していた。清香が言ったように遺体処理場と化していたのかどうか。

「ひとつのドラム缶からは義歯以外にも、こんなものが発見されました」

前に掲げたのは、小さなビニール袋に入った一センチほどの円(まる)い玉だ。色は灰色がかった緑っぽい感じで、お世辞にも美しいとは言えない。細川が携帯で見せてくれた印象化石とは比べものにならないほど地味だった。

「順番にまわしてください」

清香に渡されたビニール袋を、孝太郎は坂口に渡した。鼻にシワを寄せるのが癖なのか、警視正は大仰に「なんだ、これは」というような顔をして、部下にまわした。

「それで」

早くも貧乏揺すりをしている。

「もったいつけていますが、今のあれはなんですか。恐竜のウンコ化石などと言うのではないでしょうね」

よく水と油と表現するが、水と油の方がきっぱり分かれるので、ましなように思えた。融け合わないからである。関わりなく、棲み分けられるのがいいのではないかと、孝太郎は感じた。

(だが、調査結果を聞けば、平静ではいられないはずだ)

検屍官が口を開くのを待っている。坂口を含む本庁ご一行様は八人、鷲見課長率いる所轄は五十人ほどだろう。清香は最後に見た警察官が、ビニール袋を持って来たのを確認して、会議室を見まわした。

「今、ご覧になった円い玉は、胆石です」

戻って来たビニール袋を、ふたたび眼前に掲げた。耳を疑うような事実に、まず坂口が疑いの目を向ける。

「胆石?」

なんの話をしているのかと、理解できないようだった。

「病気の胆石ですか」

あらためて訊き返した。

「そうです。胆石とは、胆汁の成分から形成される胆管または胆嚢内の結石のことを言います。病名は胆石症。上腹部・右肋骨のあたりに疝痛を来し、発熱や黄疸を伴いますが、すぐさま死に至る病ではありません。形成され始めていることに気づかず、しばらく飼っているうちに思いもかけない大きさになったりします」

清香が答えた。

「待ってください。家宅捜索を行った時点では推測でしたが、連中は遺体を処分するために硫酸を使ったんですよね」

坂口は立ち上がっていた。

「はい。検査の結果、やはり硫酸が検出されました。次に出るのは、なぜ、胆石は硫酸に溶けなかったのかという質問だと思いますので、先にお答えいたします。胆汁の固まりである胆石は、脂質で覆われているからです。長時間、浸しておいた場合は溶けるかもしれませんが、今回の事案では残りました」

一度、言葉を切って、続ける。

「まるで『わたしを見つけてください』とでも言うかのように……死者の訴えのように思えてならないのです」

想いを訴えるように間を空けた。日高警部補が時折使う、自分に注目を集める間と違い、うまく被害者の気持ちを伝えられたのではないだろうか。

会議室は静まり返った。

「胆石の持ち主が、男か、女かはわからない？」

坂口の問いに頷いた。

「はい。今も精査中ですが、この円い玉だけから、性別や年齢を含むＤＮＡ型を推測するのはむずかしいと思います」

まだ、小さなビニール袋を眼前に掲げている。

「そのため、今は落ちていた義歯の歯髄を調査しております。歯根は硫酸によって失われていましたが、幸いにも歯髄は無事でした。義歯から少なくとも性別などは判明するのではないかと考えております」

「しかし、個人は特定できないかもしれない、か」

坂口が呟いた。

「犠牲者がいるのは間違いないが、その犠牲者を特定できないというわけですか。胆石の持ち主が犯罪者であれば、ＤＮＡ型が登録されているかもしれないが、そうでなければ調べようがない」

向けられた目には、責めるような感じがあった。

「早くも行き詰まった感がありますね。あとはドクター死神（デス）と思しき鈴木治郎が、自白する気持ちになるのを待つしかない状況か」

「八木克彦の取り調べはどうなっていますか。新たな話は得られていないのですか」

今度は清香が問いかける。ふだんから渋面気味の坂口の顔が、いっそう険しくなっていた。

「有賀由宇の祖父宅で起きた事案は、いっさい知らないと答えました。裏切り者や組織を抜けようとした者が、あの遺体処理場で殺された可能性は非常に高いと思います。特殊詐欺の獲物にされた富裕層もいたかもしれない。突然、姿を消した仲間がいないか八木に訊いたんですが、これまた、わからないとのことでした」

打つ手なしと言うように肩をすくめた。

（八木は組織のボスを恐れて沈黙を守っているんじゃないだろうか。監視役が近くにいるのかもしれないな。考えたくないことだが、所轄に内通者がいることもありうる）

孝太郎は記憶に留める。有賀の弟分だった八木が、静岡の遺体処理場を知らなかったという話は鵜呑みにできなかった。手伝ったことがあるのではないだろうか。それゆえ、しらを切っているのではないか。

「他にはいかがですか、検屍官。じつは奥の手を隠しているんじゃないですか。我々を蚊帳の外に置いて、手柄をたてるおつもりなのでは……」

「先程、申し上げましたように、ドクター死神の写真を精査し直した件は、朝一番でお伝えしました。それを確認しなかったのは、坂口警視正側の落ち度ですが、同じ話の繰り返しになりますので省きます」

清香は言い、続けた。

「ひとつ、気になっている事案があります。坂口警視正に以前、お話ししましたが、相手にされませんでした。念のためにプリントを用意してまいりましたが、説明不要であれば遠慮いたします」

「まさか、拉致監禁事案ではないでしょうな。あの件ならば……」

蹴ろうとした坂口に、鷲見が立ち上がって反論した。

「お話を伺いたいと思います。警視正が仰ったように、早くも行き詰まった感があるわけです。現場はどんな手がかりでもほしいんですよ。プリントを配ってください」

「お願いします」

清香に言われて、孝太郎と日高は細川から渡されたプリントを配り始める。坂口は露骨に唇をゆがめていたが、いちおう受け取った。

「西武新宿線の鷺ノ宮駅近くでクリニックを営む夫婦の娘が、拉致監禁されているかもしれないという事案でしょう。鹿内明里と光里姉妹ですか。二人が『雑居ビル変死事件』に関係あるとは思えませんがね」

「四の五のぬかさねえで聞きやがれ！」

清香が啖呵(たんか)を切った。先刻までは我慢できたが、限界点を超えたのだろう。ざわついていた会議室が一瞬、静まり返る。坂口は口を引き結び、座り込んだ。反論したかったのかもしれないが、すぐには言葉が浮かばなかったように思えた。

「失礼いたしました」

検屍官はにこやかに会釈する。

「時々、亡くなった母方の祖父が憑依(ひょうい)いたしますの。正義感あふれる江戸っ子でしたから、孫が置かれた理不尽な状況にこらえきれなくなるのでしょう。行動科学課を目の仇(かたき)にする方がおりますので」

「二つの事件の繋がりは？」

坂口が訊いた。驚きから立ち直るのが早かった。

「会議の席で発表するからには、きちんとした根拠があるのだろうと思います。まあ、期待はしていませんがね。たいした情報ではないとしても、隠し立てされるよりはましですから。教えていただきましょうか」

皮肉と厭味(いやみ)の応酬になっていた。

「愛です」

清香は、きっぱりと言い切る。

ふたたび会議室に静寂が訪れた。

4

「説明してください」

坂口が促した。

「さすがは恋多き女と言うべきでしょうな。まさか、ここで愛だの恋だのという甘い話が出るとは思いませんでしたよ。拝聴するほどの推測とは思えませんが、わたしは心が寛い男なんでね。続けてください」

「お言葉に甘えて、進めさせていただきます。プリントをお渡ししたのは、鷺ノ宮で起きた事案です。鹿内光里さんと思われる少女が、塾から家に戻る途中に拉致された挙げ句、今も監禁されているのではないかと思われます」

清香の説明に、警視正がふたたび立ち上がる。

「これは正月明けの未明に入った通報ですよね。わけのわからない真王丸だかなんだかと、いかにも意味ありげに言って、切れた。おかしな言動が多い行動科学変人課も、さすがに悪戯電話ではないかと疑ったため、公にはしなかった」

おかしな言動のところで検屍官は眉を上げたが、

「そうです」

おとなしく認めた。変人課にも反論したかったのかもしれないが、これもこらえたように見えた。

「そして、二度目の通報が入る。鹿内明里に辿り着いた理由が記されていないようですが、どうしてですか」

文句を言いつつ、渡されたプリントにしっかり目を通していた。行動科学課の情報ゆえ注目してはいるのだろうが、前面に出すと増長するとでも考えているのか。面倒な性格なのは確かだった。

「モンタージュ・ボイスです」

清香の言葉を受け、日高が一歩、前に出た。

「科学捜査研究所の日高利久です。通報のときに録音された声をもとにして、骨格や顔立ちを割り出し、それを浦島巡査長がフィギュアにしてくれました」

孝太郎は用意しておいた『フィギュアの少女』を、まずは坂口たちの長机に置いた。乱暴にさわられて壊されるのはいやなので、プラスチックケースに入れてある。警察官たちは時折、感嘆の声を上げて次の長机にプラスチックケースを移した。

一番後ろの列に渡したとき、

「そうか、アイドルグループの鹿内明里か」

若い警察官が声を上げた。

「どこかで聞いたことがある名前だと思ったんですよ。フィギュアを見て繋がりました。鹿内明里にそっくりなので」

「素晴らしいご感想をありがとうございます。オフィスにいらした方が、それに気づきまして、鹿内家に行き着いた次第です。妹の光里さんは叔母の家にいるとの説明でしたが、今もお目にかかれていません。わたくしたちは、鹿内光里さんこそが『フィギュアの少女』であり、拉致監禁事案は現実に起きている事件と考えております」

　清香の答えを、鷲見が継いだ。

「二つの事件を繋ぐのは『愛』だと仰いましたが、それ以外の理由はないのですか」

　根拠のない推測なのではないかという、鷲見なりの厳しさが込められているように感じられた。愛の繋がりを全面否定はしないが、公の場で発表するからには、それだけではないだろうと深読みしているような感じもした。

「断定できませんので、あくまでも参考意見としてお聞きください」

　前置きして、清香は告げた。

「有賀由宇は整形をしていました。推測ですが、鹿内明里も整形している疑いがあります。裏付けは取れていませんが、これが有賀由宇と鹿内明里、ここには妹の鹿内光里も関係してくると思いますが、有賀と鹿内姉妹の共通点ではないかと思います」

「つい最近ですが、週刊誌で騒がれました。目と胸だったと思いますが、鹿内明里は整形の疑いがあると」

　件の若手警察官が挙手して、言った。

「はい。疑問点のひとつとしては、有賀由宇は日本美容整形協会に相談していました。この協会は整形をした後になんらかの問題が出たとき、相談したり、訴え出たりするところです。ところが、有賀は整形の失敗をした様子がありません。司法解剖したときによく調べてみたのですが、二重瞼は自然な感じに仕上げられていました」

「それで検屍官は、有賀が他者、おそらくは鹿内明里の件で、日本美容整形協会に訴え出たのではないかと考えたわけですか」

鷲見が自問まじりのような言葉を口にした。

「そうです」

「今の流れで二人の男女を繋ぐのが『愛』という説明に納得しました。あくまでも、わたしの推測ですが、有賀由宇は鹿内明里と愛し合っていたのかもしれませんね」

三人しかいない女性警察官のひとりが、立ち上がって告げた。

「そういった関係で鹿内明里の妹さんが、拉致監禁されたのではないか。犯人は半グレグループのボスで、犯行理由は有賀由宇を脅すため、自分たちの指示に従わせるため、ですよね」

心細いのかもしれない。肩を寄せ合うように三人はかたまっていた。

「そのとおりです。今、仰ったように、脅していたのは半グレグループのボスだと思いますが、有賀はその要求に対して、自らの命で贖ったことも考えられます。なぜかと言えば、五千万円の保険金の受取人が、八木克彦になっているからです。八木は保険金の受け子ではないのかと、行動科学課は推測しています。さらにもうひとつの可能性としては」

と、清香は続ける。

「有賀由宇は、金が取れそうな獲物を捕らえるハンターの役目を担っていた可能性もあるのではないかと思います。昔からいる結婚詐欺の類ですね。女性やその親御さんの資産状況を聞き出したうえで、罠にかける。行動科学課ふうに表現しますと恋詐欺とでも言いますか。これもあり得ることではないかと思います」

「拉致監禁事案の捜査は、進展しているんですか」

鷲見課長が訊いた。かなり率直な問いを投げたように思えた。管轄は違うかもしれないが、ひとりの少女の命がかかっている。真剣な表情になっていた。

「うちの優秀な調査係が、一度目と二度目の通報をもとに、監禁場所をどうにか五カ所まで絞り込みました。所轄には『フィギュアの少女』の写真を送って、聞き込みをしてもらっています。ただ、鹿内姉妹の印象が強いらしく、姉妹のどちらかだろうという連絡が多くなっていますね」

「『名前と住所は言えません。家族や大切な友人に危険が及ぶからです』か」

鷲見はプリントに目を向けたまま、続けた。

「さらに有賀は周辺に『彼女ができたんだ』と嬉しそうに話していた。これは喫茶店のオーナーの妻、近藤頼子の証言です。しかし、同じく妻の話では『二週間ほど前からは暗い顔をするようになっていました』と言っていた」

「有賀由宇については死んだ日も……」

　声を上げた日高を、細川は強引に後ろへ追いやる。

「補足いたします。有賀由宇は一月十一日に亡くなりました。このことから一柳ドクターは、もしや自死ではないのかと考えました。理由はこの日が、塩の日だからです。長くなりますので省きますが、有賀はだれかと『塩の契約』をかわしたのではないかと」

「『塩の契約』とは、なんですか」

　鷲見の問いを、引き続き細川が受けた。

「変わることのない誓いをそう表現したりするようですが、語源は定かではありません。半グレたちの中には、妙に任侠気（おとこぎ）のある者がいます。反社会的勢力から流れた輩もいますので、そういった因習が伝わっているのかもしれませんが」

「なるほど。検屍官の説が正しかった場合、有賀由宇は自死の疑いが濃厚になるわけですね」

　引き続き発せられた鷲見の確認の問いには、清香が頷き返した。

「はい。現段階ではあくまでも推測ですが、他殺ではなく、自死の可能性が高まると思います。鍵を握っているのは、鈴木治郎だと思いますが」

「話を戻します」

坂口が、かなり強引に割って入る。

「胆石ですが、持ち主を突き止めるのは至難の業だと思いますが、いかがですか」

「はい。現在、ＤＮＡ型を調べておりますが、判明したとしても特定できるかどうか、わかりません。坂口警視正も仰いましたが、犯罪者登録されていない一般人だったときは無理ですから」

清香は正直に答えた。坂口のような一癖も二癖もある警察官には、裏技よりも直球勝負が向いている。真実には、どんな皮肉や悪態も通用しないからだ。

「では、どうするんですか」

坂口は意地の悪い笑みを浮かべていた。お手並み拝見といきますか、というような第三者的な冷たさが漂っていた。

「うちは有賀由宇の周囲にいた人物をまず調べています。行方不明になった有賀の仲間はいないか、いきなり姿を消した人物はいないか。鷲見課長に八木克彦と根岸英夫の取り調べと、聞き込みの強化をお願いしました。そこに今回は、胆石で通院していた人物も加えたいと思います」

「やっております。最後の件は、病院関係もあたります」

鷲見の答えに、坂口は苦笑いする。

「無理ですよ。広大な砂丘から一粒の砂を探し出すようなものだ。手がかりはどこのだれのものとも知れない胆石じゃないですか。徒労に終わるだけだと……」

「それでも」

清香は強い口調で遮った。

「この円い玉の持ち主を突き止めなければなりません。それがわたしたち警察官の務めです。死者は訴えています、見つけてほしいと。少なくとも、ここにひとりの手がかりがあるのですよ。あなたがたは、この貴重な訴えを無視するのですか」

小さなビニール袋を突き上げた。坂口はばつが悪そうな顔をしていたが、無駄だと思ったに違いない。反論しなかった。

「八木克彦は、なにかを知っているような気がしてなりません。さらに、わたくしの髪を切ろうとした不届き者、八木の弟分の根岸英夫を尋問してください。消えた仲間を知っているかもしれませんので」

清香の熱弁に、三人の女性警察官は、音を出さないように拍手の仕草で同意していた。携帯がヴァイブレーションしたのだろう、

「ちょっと失礼します」

清香は中断しようとしたが、

「会議中に入るほどの知らせだ。重要案件なんでしょう。コソコソしないで、スピーカーホンにしていただきたいですな」

坂口がすかさず命じた。検屍官は短い会話をかわして、スピーカーホンにした携帯を壇上に置いた。

「警視庁行動科学課の本間と申します」

優美の落ち着いた声が流れた。隙あらばと検屍官の失脚を狙う坂口の、ギスギスした雰囲気がいっとき追いやられて、やわらいだ。一陣の風が吹いたかのようだった。行動科学課のゆったりした空気を、孝太郎は感じている。

「かねてより調査していた拉致監禁の事案ですが、中野区沼袋のマンション住人から壁を叩く音がしているという通報が入りました。『フィギュアの少女』は塾からの帰り道に襲われたと言っていましたが、塾は鷺ノ宮駅の近くです。三十分あれば沼袋に行けると思います。さらに子どもたちの帰宅を促す音楽などから、絞り込んでいた五カ所のうちの一カ所ですので、非常に有力な情報ではないかと」

「『フィギュアの少女』とは、鹿内光里さんを指しています」

清香が補足して、続けた。

「本間係長。塾からの帰り道に襲われた件の裏付け調査はどうですか。付近の防犯カメラのデータは確認できましたか」

優美の話に出ていない情報だったが、調査が終わっていないからこそ、敢えて知らせなかったのかもしれない。冷静な、いささか厳しい問いかけになっていた。

「失礼しました。順番に話していくつもりでしたが、それを付け加えるべきでした。申し訳ありません」

優美はいつもどおりの優秀さを発揮する。清香の指摘をあたりまえのように受け止める点は、さすがだと思った。

「塾から自宅へ向かう道に設置された防犯カメラのデータを精査したところ、つい今し方、鹿内光里さんと思しき少女が、ワゴンタイプの黒い車に押し込まれた映像を発見しました。すぐに送ります」

メールが流れるや、孝太郎は携帯をパソコンに繋ぎ、日高がプロジェクターに映し出した。薄暗い画面なので見にくいが、可能な限り優美が画像処理を施したのだろう。それで少し時間がかかったのかもしれない。

歩いていた少女の傍らに停まった黒いワゴン車から、数人の男が降りて、車に無理やり押し込んだ。

この間、わずか十秒。

走り去る黒いワゴン車を、映像はとらえていた。

「車のナンバーが、はっきりしませんね」

清香が訊いた。スピーカーホンのままにしていたが、会議室にはざわめきが広がっている。同席していた警察官のほとんどが狼狽えているように見えた。

「はい。どうも煤かなにかで、わざと汚しているような感じです。読み取りにくくしているのではないでしょうか」

「これは立派な犯罪行為です」

鷲見が立ち上がって、前に出て来た。

「拉致監禁事案ではなくて、拉致監禁事件です。中野区で起きた事件ですが、『雑居ビル変死事件』と繋がりがあるかもしれないという疑問がある以上、合同捜査をするべきだと思いますが、坂口警視正。いかがですか」

前列に陣取った坂口様ご一行に問いを投げた。

「監禁に関しては断定できないが、誘拐事件であるのは確かなようだ。鷲見課長の進言どおり、合同捜査本部を設置するべきではないかと、わたしは考えている。念のため上に話をしてから正式な発表をするつもりだ」

即答しないのは、責任を負いたくないからだろうか。孝太郎は喉まで出かかった皮肉を呑み込んだ。無意味な言い争いをしている時間はない。

「もう一件、お伝えしたいことがあります。重要人物から連絡が来ました。所轄にいる旨、お話ししましたので、そろそろ着く頃ではないかと思います」

優美の言葉を聞き、坂口は不満げに鼻を鳴らした。

「大袈裟にもったいつけるのは、上司譲りか。教育が行き届いていますな」

「坂口警視正」

たまりかねたように細川が声を上げたとき、

「失礼します」

扉がノックされた。警察官が案内して来たのは……たった今、話に出た鹿内夫妻だった。会議室には入って来なかったが、二人は小さく会釈する。かれらの後ろから、鹿内明里がおずおずと顔を覗かせた。

「お話を伺いましょうか」

清香の言葉で、会議は終わりを告げた。

5

「九日前です。次女の光里が拉致されました」

父親の鹿内智康（ともやす）が言った。

「その夜、犯人から誘拐したという電話があったんです。塾からの帰りが遅いので心配していたときでした」

はじめに光里本人が出て話した後、

〝警察には絶対に連絡するな。連絡したことがわかったら殺す。切断した娘の首を玄関前に飾ってやるからな〟

おぞましい殺害予告をして切れた。

「気が動転してしまい、録音できなかったんですよ。うろ憶えなので言いまわしは違うかもしれませんが、だいたいそんな内容だったと思います」

次は身代金の要求があるに違いない。やはり、警察に相談するべきではないか。いったい、どうすればいいのか。

「困り果てていたとき、光里が憧れていた有賀さんから連絡が入りました」

鹿内が語ったのは、孝太郎と清香が推測したとおりの話だった。

〝光里のことは、自分にまかせてくれませんか。必ず助けます。連中は身代金として一千万円。さらに刀や掛け軸といった骨董品を差し出せと言っています〟

警察から見れば、有賀由宇も誘拐犯の仲間なのではないかと疑うが、鹿内夫妻は一も二もなく信じた。

「有賀さんには、二度、お目にかかりました。光里が恋煩いと言いますか。受験勉強が手につかない有様で、『どうしても交際したい、許してくれなければ彼と駆け落ちする』と脅されまして」

溜息まじりに続けた。

「初めてお目にかかったのは、明里の整形騒ぎが起きたときなんです。どうせならデビュー前にと事務所に言われたんですよ。目の二重瞼と豊胸手術をしたんですが、マスコミに嗅ぎつけられましてね。そのときに光里が『由宇なら、なんとかしてくれるかも』と」

もしかしたら、マスコミにリークしたのは、親切な相談者の有賀由宇だった可能性もある。鹿内夫婦はともに高学歴で医者、クリニックは流行っているとなれば、『恋詐欺』の標的にされたことは充分、考えられた。

「騒ぎはすぐに、おさまりました」

母親は安堵したような表情になっていた。

「頼りになる人だと思ったんです。わたしたちが知らない裏の世界に通じている不気味さはありましたが、本人は明るい好青年で、光里との交際は『そのうち光里さんの方が飽きますよ』と言っていました。それまで憧れの白馬に乗った王子様でいますからと」

いよいよ恋詐欺の可能性が高くなる。場外市場近くの喫茶店は獲物を引っかける場であり、うまく交際に発展したときには、人気店のイケメン店長という看板がものをいっただろう。マスコミが取り上げている店というだけで、両親は信用したのではないだろうか。

「まさか、亡くなるとは」

鹿内は落胆を隠しきれないようだった。

「途方にくれてしまいました。有賀さんは、光里を救うために殺されたんじゃないのかと思い、心底、恐ろしくなりました。どうやって連中と交渉すればいいのか。だいいち光里は無事なのか。有賀さんが死んだ一月十一日以降、連中からの連絡は途絶えてしまったんです。警察に行くしかないと思いながらも決心がつかなくて」

「真王丸と対の脇差・月斬はどうしたんですか。光里さんの通報では、盗まれたとのことでしたが」

清香が訊いた。

「光里が拉致された後すぐに、三振りの刀や脇差を有賀さんに渡しました。現金は渡していません。とにかく誘拐犯に交渉してみると言っていたのですが」

有賀由宇は死んだ。鹿内夫妻が恐怖を覚えて、動けなくなってしまったことは容易に想像できる。孝太郎とて同じ立場になればわからない。光里から連絡が入るのではないかと、一日千秋(いちにちせんしゅう)の思いで待ち侘(わ)びていたのではないだろうか。

「明里が、警察に行こうと言ったんです」

母親の言葉を、明里が受けた。

「何度か行動科学課のオフィスに無言電話をかけてしまいました。公衆電話からです。光里を助けてほしくて」

涙ぐむ姉をだれが責められるだろう。双子と言われても信じてしまいそうなほど似ている姉妹。あるいは姉も有賀由宇に憧れていたのではないだろうか。

「有賀由宇に、美容整形のことで相談しましたか」

清香が質問役を担っている。孝太郎と細川は、所轄が用意した小会議室の聞き取りに同席していた。

「はい」

明里は検屍官の目を見て答えた。

「豊胸手術の後、痛みが続いているんです。傷口が膿んでしまって、なかなか治りませんでした。母の知り合いの美容整形クリニックなので言いにくかったんです。そのときも由宇が、いえ、有賀さんが助けてくれました」

有賀に対する想いが、垣間見えたように感じられた。しかし、孝太郎は質問しない検屍官に倣った。

「日本美容整形協会へ訴え出たんですね」

確認の問いに、明里は同意する。

「はい。一柳先生はお気づきでしょうが、わたしたち、母娘三人とも二重瞼の手術をしているんです。母も同じ美容クリニックだったんですよ。それでよけいに言いにくい空気がありました」

十六歳の光里までもが、すでに整形を行っていたとは……孝太郎には驚きでしかなかったが、よけいなことを言うのは差し控えた。
「あの、豊胸手術なんですが、乳ガンの可能性が高まると聞きました。本当ですか」
明里は泣きそうな顔になっている。話が逸れていたが、清香もまた、よけいなこと
は言わなかった。
「乳ガンの可能性が高まるかどうかは、わかっておりません。不安が消えないようで
あれば定期的に診てもらった方がいいと思います。手術をしたクリニックでもかまい
ませんが、親しいがゆえに話しにくい面もあるでしょうからね。ご希望ならば腕の確
かなクリニックを紹介いたします」
その申し出に、明里は何度も頷き返した。
「お願いします」
「話が逸れましたので、戻します」
細川が清香の隣に立って、調整した。
「確認させてください。光里さんが言っていた『家族や大切な友人』の『大切な友
人』とは、有賀由宇のことですか」
「そうだと思います」
今度は父親が答えた。
「光里さんは、なぜ、月斬が盗まれたと言ったのでしょうか。そもそもご両親と誘拐

犯との間で、そういったやりとりがあったのを知っていたのでしょうか」

　清香が質問役に戻る。

「月斬は一度、盗まれたことがあるんですよ。夏のバカンスでハワイに行ったとき、自宅に置いてあった十万ほどの現金と月斬や骨董品が盗まれました。そのことが強く印象に残っていたのかもしれませんね。後日、月斬はインターネットで競売にかけられていたので、警察に連絡したうえで買い戻しました」

「信じないわけではありませんが、今のお話は裏付けを取らせていただきます」

　清香の確認に、鹿内は「もちろんです」と同意して、続けた。

「盗まれた騒ぎがインターネットで広がったんでしょうか。わたしが月斬を所蔵しているという話を、有賀さんは知っていましたからね」

　不安と疑惑が入り交じったような表情になっていた。もしやという疑いを、父親はここにきて持ったのかもしれない。有賀由宇は誘拐騒ぎに関わっていたのではないか。いや、彼こそが主謀者だったのではないだろうか……。

「申し訳ありません。事件の詳細につきましては、お話しできないんです。でも、光里さんは必ず助けます。極秘裡に進めていた捜査が、動き出しそうな状況なんですよ。救出するべく、ＳＩＴにも出動を要請しました。準備が整い次第、現場に向かいます」

清香の説明に、鹿内は怪訝な目を返した。

「ＳＩＴ？　ＳＡＴではないんですか？」

「ＳＡＴはテロやハイジャックなどのプロに対する部隊として想定されています。刑事部特殊班捜査係――通称ＳＩＴは、立てこもりや誘拐事件などを取り扱う部署です。我々も同道しますので、ご安心ください。必ず光里さんを無事に連れ戻します」

力強く清香は請け合った。ＳＩＴの出動準備ができ次第、中野区沼袋の現場に向かう段取りになっている。扉をノックする音がして、日高警部補が顔を覗かせた。歩み寄った細川に小声でなにか囁いた後、

「ドクター、ちょっと外へ」

課長は清香を呼び出して、一緒に廊下へ出た。何事かと鹿内夫妻が、孝太郎に不安な目を向けていた。

鹿内光里に関する悪い情報だろうか。少女は無事だろうか。

なんとしても『フィギュアの少女』を、無傷のまま、取り戻したかった。

第７章　愛と哀

1

「鹿内光里さんが監禁されていると思しきマンションの部屋を、爆破するという予告メールが流れたそうです」

清香は、鹿内夫妻の聞き取り中に発生した事件を告げた。行動科学課は真新しい初代ＭＥ号を爆破された苦い経験がある。孝太郎は震え上がった。

「それで、どうするんですか」

声まで震わせながら訊いた。

「もちろん、光里さんが中にいるようであれば助けます」

そういったやりとりを経て、孝太郎たちは現場に来ている。賃貸マンションの周辺は当然のことながら騒然としていた。

暗闇の中、投光器があちこちに設置されて、昼間のように明るくなっている。建て替えのために取り壊し間近だったのだが、まだ十世帯ほどは引っ越しが終わらずに残っていた。かれらの退去に丸一日かかってしまい、すでに日付が変わろうとしている。

「北に面した正面玄関にはエスカレーターと階段、東側に非常口と階段、そして、北側の真ん中あたりに外階段が設けられている。今、告げた場所はもちろんだが、屋上にも警察官を配した。ＳＩＴの何人かは、屋上から目的の部屋のベランダへ降りる準備中だ」

坂口警視正が言った。

時刻は午前零時、築年数は軽く五十年を超えているであろう八階建ての古いマンションの駐車場には、パトカーや面パト、白バイ、制服警官のバイクや自転車が勢揃いしている。

(問題の部屋には、だれもいない可能性が高い)

孝太郎は、所轄の調書を確認している。通報から約二十分後に、制服警官が件（くだん）の部屋を訪ね、インターフォンを押したのだが応答なしで終わっていた。そのことから中には人がいないことも考えられたが……最悪の事態もありうる。

(考えたくないが)

鹿内光里の死を遠くへ追いやった。

「あの、わたしも避難したいのですが、よろしいですか」

通報者の男性が、おずおずと申し出た。年は四十五、最上階の八階の住人で、リビングルームの壁を叩くかすかな音に気づき、午前中、連絡して来た。

「いや、捜索が終わるまで我々と一緒にいてもらいます」

細川が答えて、ＭＥ号を停めた方角を目で指した。

「詳細を伺いたいんですよ。犯人は異変を察して、すでに他の場所へ移ってしまったかもしれませんからね。ご足労をおかけいたしますが、もう一度、あちらで話を聞かせてください」

なかば強引にＭＥ号へ案内する。蚊帳の外に置かれていた行動科学課は、彼に近づくことさえ許されず、ようやくという感じになっていた。清香の柔軟な対応力としたたかさが表れている。

孝太郎たちは他の警察官同様、防刃ジャケットをすでに着けていた。

（この通報者は、拉致監禁事件の犯人の一味かもしれない。わざと偽情報を連絡して、警察を攪乱しようとしている可能性もある）

油断なく男の一挙手一投足に目を配っていた。妻と息子の三人家族で、妻子は妻からの聞き取りを終えた後、彼女の実家に行っている。何度も訊かれたのだろう。かなり疲れた様子が窺えた。

「お疲れのところ、申し訳ありません」

清香がME号の後部座席で出迎える。車内で一緒に暖まっていた日高を外へ追い出して、通報者を隣に招き入れた。

簡単な自己紹介の後、

「段取りが悪くて突入が遅くなっているんです。早く救い出したいのは山々なんですが、被害者を無事に保護したいので、慎重に動いているんですよ」

段取りが悪くては坂口に向けられた皮肉であり、慎重に動いているというのは、坂口の代わりの言い訳だろう。もっと隠密裡に動くのが普通ではないか、派手にやりすぎる、素人同然といった検屍官の呟きを、孝太郎と細川はいやというほど聞かされていた。

「そうですか。体調が悪くて今日は会社を休んだんですよ。それなのに何度も同じことを訊かれて、うんざりしていたんです。通報しない方がよかったんじゃないか、なんて後ろ向きなことをつい考えていました。状況がまったく見えなくて……噂の美しすぎる検屍官にお目にかかれて、今までの苦労が吹き飛びましたよ」

男は安堵したような顔になる。暖まった車内と、噂の美しすぎる検屍官と話せて、喜んでいるのが見て取れた。

「優秀な指揮官ならば、こうはならないんですが」

悪態になりかけた検屍官のそれを、運転席の細川が仕草で窘めた。孝太郎は助手席に落ち着くことを許されたが、日高は足踏みしながら外に立っていた。

「同じ質問で恐縮ですが、通報内容を確認させてください。ご自宅は最上階の八〇五号室、トイレに起きたとき、リビングルームの壁を叩くような音に気づいた。隣家側の壁だったのは間違いありませんか」

「はい」

「時刻は本日の」

「すでに日付が変わりましたので、昨日になりますね」

細川が腕時計を見ながら清香の言葉を補足する。

「昨日、チラシに記されていた所轄に電話をした。これも間違いありませんか」

あらためて問いかけた検屍官に小さく頷き返した。

「はい。女房の話では、何日か前にチラシを持った制服警官が巡回していたそうです。写真に似た少女を見かけたときや、不審な物音、叫び声などを聞いたときには、すぐに通報してくださいと言われたとか」

男は細川が差し出したチラシを見て、もう一度、頷いた。

「そうです、そのチラシです。モンタージュ・ボイスという方法で製作したフィギュアの写真を見て驚きました。女房には話していないんですが、ぼくは鹿内明里の隠れファンなんですよ。妻子持ちの四十男なので、あまり大きな声では言えないんですけどね。本当にそっくりだったので吃驚しました」

　声をひそめて、さらに言った。

「鹿内明里かもしれないと思って、チラシをもらった日から、ものすごく気をつけていました。どこかで逢えるかもしれない、もしも逢えたらぼくが助けよう、なんてことまで考えたりして」

　自嘲気味の笑みを浮かべる。おそらく平凡に暮らしてきたであろう男は、鹿内明里に似た『フィギュアの少女』の写真を見て浮き足立った。

　もしかしたら、本物に逢えるかもしれない。彼女を助ければヒーローになれるかもしれない！

「でも、なんということもなく日々は過ぎました。どんな事件かはわからないまでも、鹿内明里だったら無事に戻ってほしいと、漠然と考えていたそのときです。リビングルームの壁越しに、叩くような音が聞こえたのは」

　少し芝居がかっていた。

「パートから帰って来た女房にも、聞いてもらったんです。彼女も聞こえると言いましたんで、これは事件かもしれないぞと思い、通報した次第です」

「八〇六号室から人が出て来るのは見なかった？」

「はい」

妻への聞き取りは終わっている。清香はマンション八階の間取り図を広げた。

「あらためて確認いたします。ご自宅は八〇五号室。音がした方の部屋は、八〇六号室。間取りが違いますね。ご自宅は３ＬＤＫ、八〇六号室は２ＬＤＫです。リビングルームの壁越しに隣接しているのはここ」

白い指が、八〇六号室の納戸を指した。

「はい、そうです。八階の間取り図を見たのは今回が初めてなんですが、納戸とわかったときは、ちょっとぞっとしました。隣の家は先月の末に引っ越していましたし、だれかが住んでいたような気配はありませんでしたからね」

男は「ただ」と続けた。

「女房がリフォーム業者みたいな人たちが、何度か出入りしていたとは言っていました。後で考えてみれば、それもおかしな話だと思いましたよ。建て替えで住人は立ち退いているわけですから、今更リフォームなんか、ねえ」

答えを求めるように、細川と孝太郎を見やる。リフォーム業者とは限らないのではないだろうか。

「解体業者だったことは、考えられませんか」

孝太郎は遠慮がちに問いを投げた。

「ああ、言われてみればですね。とっくに調査済みでしょうが、マンションのオーナーはこのあたりの地主なんです。他にも何棟かの集合住宅や駐車場、貸家なんかを持っているんですよ。管理会社も経営していますので、すでに解体業者を頼んでいたのかもしれませんね」

「マンションの持ち主によると、解体業者に見積もりを頼んだようですが、昨日は来ていません。いるわけがないとのことでした」

細川が口をはさむ。必要な調査を終えた後、メンバーのだれよりも早く現場に到着して、坂口警視正の監視が甘かったマンションの持ち主や通報者の妻に確認していた。もし、八〇六号室にだれかが出入りしていたのであれば、あきらかに不審者ということになる。

「お引っ越しは、いつなんですか」

清香が訊いた。

「今月中には引っ越します。マンション、もしくは一戸建てを買おうかどうしようか、だいぶ迷ったんですよ。それで引っ越すのが遅くなったんですが、もう少し賃貸で我慢しようと決めました。地震がしょっちゅうあるじゃないですか。オーナーさんが、今月いっぱいならいてもいいと言ってくれたものですから、甘えさせていただきました」

「奥様はパート勤めのようですが、朝や夕方、あるいは夜に、不審なリフォーム業者らしき人物たちを見たわけですね」

　清香は供述書を見ながら質問した。

「そうだと思います。三回ぐらい見かけたようですが、一度だけ、黒っぽいパンツスーツを着た女がひとり、まじっていたと言っていました」

「女？」

　孝太郎は引っかかった。

「どんな感じだったですか。奥様から訊きましたか」

　その問いかけに答えたのは、細川だった。

「奥様がご実家へ行く前に、わたしが伺っておきました。会社勤めの女性という印象だったようです。見かけたのは夕方だったらしいですが、年齢は三十前後から三十代なかば、顔はよく憶えていないとのことでした。この女性は素早く踵を返して、非常階段をおりて行ったようなので」

　孝太郎は手帳に書き加える。『フィギュアの少女』が言っていた食事を運んで来た女性と思しき人物ではないのだろうか。他にもいくつか引っかかることがあったため、優美にメールをして新たな調査と、すでに調査している事案の結果はまだかという催促をした。と同時に上司たちへもメールを流している。眼前の男に聞かれたくなかったからだ。

「指揮官は、やっと決心したようですね」

清香の目は、孝太郎の後ろに向いている。日高が助手席の窓を叩いていた。

「申し訳ないのですが、すべてが終わるまで、ここでお待ちください。ボディは装甲車並みですので、下手な場所よりも安全です」

「わかりました」

男の返事を聞きながら、検屍官はいち早く外に出て、日高に自分がいた席を譲った。通報者の見張り役だが、言えるわけもない。孝太郎もＭＥ号の外に出る。

大きく身震いしたのは、寒さのせいばかりではなかった。

2

「インターフォンを鳴らせ」

指揮官役の坂口警視正が無線機越しに命じた。宇宙服のような重装備を着用しているせいで、くぐもった声になっていた。警察官でスシ詰め状態のエレベーターホールから通路を見ているのだが、やはり重装備をした爆発物処理班の二人が八〇六号室の前に行っている。孝太郎と二人の上司は無理やり割り込んで、坂口の後ろについていた。

最前列には機動隊の盾を構えた警察官が並んでいたが、火薬の量や爆発の規模によっては、八階のほとんどが吹き飛ばされるかもしれない。

孝太郎は額に滲み出た冷や汗を、さりげなく手の甲で拭った。

「警視正。その前に確認させてください」

清香が声を上げた。

「爆破予告犯のメールでは、八〇六号室の扉を開けたとたん、室内に仕掛けた爆発物が炸裂（さくれつ）するとのことでした。八〇五号室側から壁を壊して納戸に入る案は、実行されたのですか。鹿内光里は救出されたのですか」

確認の問いを投げる。現場に近づくのを許されなかったことから、突入間際の問いかけになっていた。

「現在、装備を着用した専門業者が八〇五号室の壁に穴を開けている。そろそろ終了の知らせが来るはずだが、扉を開けさえしなければ爆発しないようなので、インターフォンを鳴らすように命じた次第である」

坂口も緊張を隠しきれなかった。宇宙服タイプの重装備は人数分は揃わなかったのか、着用しているのは指揮官を含めた数人のみ。他は私服や制服に防刃ジャケット姿だった。

「被害者は怪我（けが）をしているかもしれません。万が一を考えた場合、医者が必要だと思いますが」

清香の提案に、坂口は焦ったような表情になる。

「そうだ、医者の手配を忘れていた。すぐに……」

「坂口警視正におかれましては、お忘れなのか、忘れたふりをしていらっしゃるのか。ここにおります、日本一の医者が！」

検屍官はいきおいよく立ち上がった。

「細川課長、盾を」

「はい」

細川は前列のひとりから盾を奪い、孝太郎を肩越しに見やる。目顔で巡査長も盾を持って来なさいと言っていた。

（やっぱり、一緒に行くのか）

ともすれば震えそうになる足を叱りつけながら、差し出された盾を受け取って、上司たちに続いた。刑を執行される罪人のような顔をしているのではないだろうか。血の気が引いているのは自分でもわかった。

三人は重装備の爆発物処理班が立つ八〇六号室を通り過ぎ、通報者の男性一家が住んでいた八〇五号室に行った。扉の両側に立っているのもまた、爆発物処理班のメンバーだろう。八階から見おろした駐車場は、投光器が煌々（こうこう）と点けられており、昼間と見まごうばかりの明るさになっていた。

「危険です、検屍官」

　ひとりがくぐもった声で警告した。

「そんな普段着では中に入れません。もし、爆破した場合には粉微塵ですよ。美しすぎる検屍官が飛び散るさまは見たくありません」

　こんなときにも軽口を入れた点は評価できるが、

「ご忠告はありがたく受け止めさせていただきますが、我々は警視庁行動科学課であり、わたくしは医療捜査官です。被害者は長い拘禁状態で衰弱していることが考えられます。現場には医者がいなければなりません」

　あっさり拒否した。

「ですが」

　爆発物処理班の不安を、清香は笑顔で聞き流した。

「まいります」

　八〇五号室に入るやいなや、無線の命令がひびき、八〇六号室の前にいた警察官がインターフォンを押した。

「夜分にすみません。警察の巡回です」

　物音は聞こえないが、インターフォンを鳴らすのが合図だと聞いている。ＳＩＴが忍者のごとく、八〇六号室のベランダに降りているはずだ。何度かインターフォンを鳴らしてみたが、やはり、応答はなかった。中に人はいるのか。鹿内光里は生きているのか、それとも……。

八〇五号室のリビングルームでは、壁の破壊作業が進められていた。現場にいるのは総勢十人ほどだろう。全員が宇宙服タイプの重装備姿であるため、業者なのか、警察官なのかはわからない。古いマンションながらも壁が厚いらしく、思いのほか時間がかかっているようだった。電気ドリルや大きな金槌で派手に壊している。

「まだ時間がかかりますか」

細川が声を張り上げて、訊いた。

「いや、もうすぐです。やっと穴が」

ぶ厚い手袋が指した先には、二十センチほどの穴が開いていた。金槌を持つ二人が、思いきり叩いて穴を広げる。坂口が部下を引き連れて姿を見せた。こちらから突入できると考えたのか、あるいは、指揮官も行かないとまずいと部下に進言されたのか。

「早くぶち壊せ」

苛立った声で急かした。穴はみるまに大きくなり、すぐに人が入れるほどになる。

清香は懐中電灯で照らして納戸を覗き見た。

「鹿内光里さん、いらっしゃいますか。あなたが連絡をくれた警視庁行動科学課の一柳清香です。助けに来ましたよ」

呼びかけに答える声はなかった。ごく自然な形で、清香が一番乗りになる。二畳程度の納戸には、簡易トイレや数枚の毛布、小さな電気ストーブとゴミ袋が散乱していた。閉めきったままだったに違いない。かなり異臭がこもっていた。

「鹿内光里さんはいません」

清香の言葉を、坂口が継いだ。

「爆発物処理班は我々と突入する」

二度目の命令で、重装備をした警察官が動いた。孝太郎は細川とともに、清香を庇いながら八〇五号室のリビングルームにさがる。ほとんど同時にガラスを割る音が聞こえた。ＳＩＴがベランダから中に入ったのだろう。爆発物処理班は、八〇五号室から八〇六号室に移って、慎重に爆発物の捜索を始めたようだった。

「大丈夫ですわ。行ってみましょう」

清香が先頭を切って、三人はふたたび八〇六号室の納戸に移る。開け放たれた引き戸から顔を突き出すと、ベランダに面して二部屋、リビングルームに窓はなく、流し台やガス台が設置された壁とは反対側に、納戸が設けられていた。

念のためという感じで、ＳＩＴがまずベランダに面した二部屋を確認したが、家具もなければ、人影もない。殺風景な風景が広がるだけだった。

「退け。わたしが確かめる」

坂口は言い、孝太郎たちや部下を手で押すように納戸から退かせた。清香はひと言ありそうな顔だったが、揉めるのは得策ではないと判断したのだろう。文句を呑み込んだ感じがした。

「本当に鹿内光里は、ここにいたのか」

坂口は呟いた。怒ったような顔をしていた。納戸には人糞や汗まじりの体臭、食べ物の入り交じったような臭いが満ちている。それこそが、人がいた証ではないのか。

「ガセネタだ。我々を攪乱する策だったのかもしれないな。拉致監禁事件は実際に起きているのかもしれないが、被害者がここに閉じ込められていたかどうかは断定できない。中は空っぽだよ。今回の大騒ぎは、あきらかに行動科学課のミスだ。我々はとんだ無駄骨だったわけだ」

いとも簡単に断言する。重装備をしているくせに臭いが不快だったのか、露骨にいやな顔をして、早くも玄関に足を向けた。孝太郎は清香や細川と確認作業に入る。綺麗に畳まれた二枚の毛布や小さな電気ストーブは、『フィギュアの少女』の話と一致するように思えた。

孝太郎は畳まれた毛布を持ち上げてみた。

「あ」

思わず声が出た。清香が素早く覗き込む。

「月斬」

　検屍官は声に出して二文字を読み上げた。フローリングの床に記したと言うよりは、ボールペンかなにかで刻みつけたような、小さな文字があった。

「ここにいたのは間違いなく、鹿内光里さんですね。名前を書きたかったのでしょうが、犯人に見られたら、咎められるのは必至。なにをされるかわからない。それで月斬と記したのでしょう。かわいそうに」

　愛おしむように文字を指でなぞっている。坂口はガセネタと言い切ったうえ、全責任を行動科学課に押しつけたが、少女はここにいた証を残していった。小さな文字には、助けてほしいという強い願いが込められているように感じられた。

「毛布を鑑識に調べてもらいます。髪の毛や唾液といったものが、付着しているかもしれませんので」

　細川は慎重に毛布をビニール袋へ入れた。二畳程度の納戸は、三人が入るだけで窮屈な感じがする。他の警察官はリビングルームから覗き込んでいたが、

「なにか見つかったのか」

　またもや押しのけて、坂口が再度、現れた。ろくに中を調べもしないで離れたくせに、平然と戻って来る。面の皮が厚かった。

「床に月斬と記されていました。犯人に気づかれないよう、毛布でカムフラージュし

たのだと思います。鹿内光里さんは拉致された後、間違いなくここに監禁されていました。犯人は警察の動きに気づいたのかもしれません。別の隠れ家に移動したのではないかと思います」

清香が指さした月斬の文字を、坂口は屈み込んで見る。ふん、と、さもつまらなさそうに鼻を鳴らした。

「いたのは間違いないようだが、我々の動きに犯人が気づき、どこかへ連れ去られた。だれかがリークしているのもまた、間違いなさそうですな」

立ち上がって検屍官を睨めつけた。

「それとも怪しいのは、今回の通報者ですか。犯人の一味であるのに、一般人のふりをして警察を翻弄する魂胆なのか。昨今は油断できません。ネットに掲載して自慢したいがゆえに、馬鹿騒ぎをする愚かな輩が増えていますからな」

「これは自分の考えですが、拉致犯人が脇差の月斬を手に入れた人物だとすれば、換金しようと焦っているような印象を受けます。阿佐谷の古美術商に売りたい旨、連絡を入れた点を考慮すると、高飛びを視野に入れているのかもしれません」

孝太郎はこらえきれずに推測を口にする。今はつまらない言い争いをしている場合ではなかった。今回の通報者の話が確かだとすれば、昨日まで光里はここにいたことになる。何名かが残って世話をしていたのだろうが、いきなり消えるわけがない。防犯カメラの映像を確認すれば行方を追えるはずだ。

「浦島巡査長の言うとおりです。付近の防犯カメラのデータを、大急ぎで確かめてもらいましょう。大型トランクに押し込めるかなにかして、鹿内光里さんをここから連れ出したのではないでしょうか。いずれにしても車で移動するしかないはずです。Nシステムで追えば、行き先を突き止められるのではないかと思います」

清香は不毛な争いに終止符をうち、次の動きを思い描いていた。電話しながら部屋を後にした検屍官に続き、孝太郎も細川とマンションの通路に出る。清香が話をやめたとたん、三人の携帯がヴァイブレーションした。

「優美ちゃんです」

清香に言われるまでもない、先程、孝太郎が優美に頼んだ調査結果だった。手がかりはある。細い糸かもしれないが、鹿内光里と繋がっている、はずだ。

「恐竜のフィギュアを買い求めたのは、喫茶店〈ドリーム〉のオーナー・近藤保。インターネットでコプロライトのレプリカを買ったのは、有賀由宇か」

調査結果はまだかと催促をした事案だった。独り言のような孝太郎の呟きを、清香が受けた。

「オーナーの近藤保は、嘘をついたのでしょうか。恐竜の趣味は有賀由宇だと言っていましたが、フィギュアの買い主は彼だったんですね」

「あるいは、買ったことを失念していたのか。いや、でも、それはちょっと考えにくいような気がします。オタクの立場から言わせてもらうと、忘れずに手入れをして大事にしますから」

　疑問はそのままにして、手帳に疑問符を加えた。

「そして、恐竜のウンコ化石、コプロライトは、有賀由宇が買い求めていた。当初は本物のコプロライトだと思っていたので、なかなか持ち主に繋がりませんでしたが、優美ちゃんはレプリカかもしれないという仮説をたてて調べてみたのでしょう。この結果は意外でしたか」

　清香の質問に頷いた。ウンコ化石は美しすぎる検屍官には、口にしてほしくなかったが、つまらない話は省いた。

「意外と言えば意外でしたが……しかも最近、買い求めたのが、ちょっと気になります。去年の十一月なかば頃なんですよね。恐竜のフィギュアと同時期に買ったのではないかと思っていたので」

　恐竜のフィギュアを買ったのは喫茶店のオーナー・近藤保、コプロライトのレプリカをネットで買い求めたのは有賀由宇、買い求めた時期は去年の十一月のなかば頃。閃きそうなのだが、結びつかなかった。

「閃きませんか」

清香の問いに同意する。

「はい」

「報告が遅れましたが、昨日、細川課長と一緒に場外市場の喫茶店〈ドリーム〉のオーナー夫妻の病歴を調べました。お二人とも総合病院に通院していたので、優美ちゃんにアポイントを取ってもらい、担当医にお目にかかったんです」

救出劇が大幅に遅れたため、行動科学課はそれぞれの捜査を続けた。細川は思わぬ結果が記された調査書を見せた。

「守秘義務を持ち出されて、カルテまでは見ることがかないませんでしたが、病名は教えてもらえました」

三人が話しているのを横目で見ながら、坂口警視正はエレベーターホールに足を向けた。爆発物は発見されていないようだが、捜索終了まで指揮官はこの階にいるべきではないだろうか。批判は呑み込んだものの、坂口の部下たちも上に倣えで散り始めていた。

「本間係長からは、新宿で起きた八木克彦と根岸英夫の恐喝騒ぎについても返信が来ました。自分はこの事案も引っかかっているんですよ。問題の相手の住所がわかりましたので、いるかどうかわかりませんが朝駆けしてみます」

孝太郎の申し出を、細川がすぐに継いだ。

「同道します」

「いえ、今回は日高警部補と行きます。個人的には色々ありますが、彼に声を聞いてもらいたいんですよ。もしかしたら、点と点が線に繋がるかもしれませんので」

「あとは有賀由宇の静岡の実家の車庫から回収された髪の毛や義歯の調査結果を待つだけです。DNA型が判明すれば、浦島巡査長の言う通り、点と点が線に繋がるでしょう」

清香の言葉で、寒風を受けながらの短い会議を終える。鹿内光里は『月斬』の文字を残して、消えた。

生きていてほしい。

月が、夜空に皓々（こうこう）と輝いていた。

3

孝太郎は、不本意ながら日高利久と、新大久保の四階建ての古いワンルームマンションを訪れた。昼間は客で賑わう異国の雰囲気が漂う商店街も、夜明け近くの時間帯となれば、人影もまばらで静まり返っている。商店街の裏手にあるマンションの二階に、鍵を握っているかもしれない人物が住んでいた。

二人の後ろには、細川が手配してくれた所轄の制服警官が二人、ついている。年嵩（としかさ）

と若手のコンビで、夜討ち朝駆けは警察や税務署の得意技かもしれないが、孝太郎はいやな胸騒ぎを覚えていた。

「部屋に電気が点いていますよ。いるんじゃないですか。本間係長の調べでは、昼間は駅近くの不動産屋に事務員として勤めているそうです。それにしても、起きるのが早いな。不動産屋って、確か午前十時ぐらいからの営業ですよね。朝は割合、のんびりできる職業じゃないかと思っていましたが」

日高の言葉が、胸騒ぎを後押しした。

「行きます」

孝太郎は言い、肩越しに制服警官を振り返る。

「エレベーターはなく、階段は一カ所だけですが、もしかすると二階のベランダから飛び降りるかもしれません。ひとりはベランダの下で待ち受け、もうひとりは一階のエントランスホールに待機してください」

エントランスホールと言うほど上等なマンションではないが、他に表現が浮かばなかった。総戸数は十六世帯のこぢんまりとした古い建物だ。

「了解しました」

年嵩の返事を聞きながら階段に向かった。

「え、夜明けを待つんじゃなかったんですか」

日高が慌て気味に追いかけて来る。事前の打ち合わせでは夜明けに決行だったが、臨機応変に動くのが行動科学課流だ。二段ずつ階段を上がって、二階の通路に出たまさにそのとき、

「あっ」

目的の部屋から女が出て来た。二人を見て、驚いたように大きく目をみひらいていた。足もとにキャリーケースが見える。

「宮本奈津美さんですね」

孝太郎は警察バッジを掲げて近づいた。優美に新宿の恐喝事件の被害者を調べてもらったのである。警察の尾行がある中、逮捕覚悟の行動を取った二人を疑問に思ったからだった。

「警視庁行動科学課の浦島です。後ろにいるのは、警視庁の日高警部補。八木克彦と根岸英夫の恐喝事件について……」

話の途中で、奈津美は扉を閉めようとする。孝太郎より早く日高が動いた。間一髪で足を挟み、扉が閉まるのを止めた。

「なにか都合の悪いことでもあるんですか。あなたが恐喝したわけではありませんよね。恐喝された被害者なのに、なぜ、逃げようとしたんですか」

日高は歯切れよく追及する。

「逃げようとしたわけじゃ」

　奈津美はモゴモゴと口ごもった。年は三十六、朝からしっかりメイクをしているため若く見えるが、肌の荒れ方に生き様が浮かびあがっているように思えた。

（月斬の件で阿佐谷の古美術商〈飛鳥井〉に電話をした女じゃないのか）

　孝太郎は期待を込めて、日高を見やる。意図を察したに違いない。断定はできないというように小さく頭を振った。

「所轄までご同道願います。早朝から、どこに行こうとしていたのか。詳しいお話を聞かせてください」

　孝太郎は告げて、通路に出るよう仕草で促した。やりとりが聞こえたのだろう、下から制服警官が上がって来る。寝惚け眼で顔を出す住人もいたが、制服警官を見るや、急いで扉を閉めた。

「ちょうどいいと言うか、用意がいいと言うか」

　日高は玄関先にあったキャリーケースを持ち上げた。

「持って行きましょう。玄関の鍵を忘れずに閉めてください。さあ、一階のパトカーへどうぞ。所轄まで我々が同道いたしますよ」

　女性の扱いに慣れているようなので、孝太郎は先に立って案内役になる。二人目に奈津美、二人の制服警官、しんがりを日高が務めた。階段を降り出したとたん、孝太郎は首筋にいやな冷たさを感じた。逃げようとしているのではないかと思い、わざとゆっくり降りて行った。

「なにやってんのよ、早くしなさいよ」

後ろから苛立った声が降ってくる。やはり、制服警官は下に待機させておくべきだったと後悔しながらも自分のペースを守った。一階に降り、道路に出て歩き出した刹那、奈津美は孝太郎に体当たりする。

「うわっ」

事前の不吉な予感が功を奏したに違いない。孝太郎は前のめりになったものの、とっさに奈津美の腕を掴んだ。

「逃がしませんよ」

「きゃぁっ」

悲鳴を上げた奈津美ともども道路に倒れ込む。孝太郎は背中から倒れる形になったが、頭を打たないよう無意識のうちに首に力を入れていた。その分、腰や背中に意識がいかなかったのだろう、思いきり打ってしまう。

「うっ」

奈津美の体重をも受け止めることになったに違いない。二人分の負荷がかかって、尾てい骨に想像以上の痛みを覚えた。日高と二人の制服警官が、素早く女の腕を掴み、立ち上がらせる。

「公務執行妨害で逮捕します」

日高が申し渡したが、孝太郎はすぐには起き上がれなかった。若手の制服警官の手を借りて、どうにか立ち上がる。日高はすでに奈津美をパトカーの後部座席に乗せていた。

「大丈夫ですか」

訊いた若手に頷き返して、孝太郎は奈津美を挟む形で後部座席に座った。手錠をかけられた彼女は、前を見据えて悔しそうに唇を嚙みしめている。運転席に若手、助手席に年嵩の制服警官が乗ってパトカーはスタートした。

4

「あなたは、阿佐谷の古美術商〈飛鳥井〉に電話しましたね」

突然、日高が言った。彼は奈津美の左隣に座っている。右隣の孝太郎は、清香に連絡を入れて、車内のやりとりをそのまま流した。

「え」

奈津美は吃驚したように警部補を見る。部屋から出て来たときもそうだったが、素直に感情を表すタイプのようだった。

「真王丸と言えば、わかりますか。対の脇差の月斬を買ってくれないかと連絡したでしょう。声でね、わかったんです。さっき苛立って浦島巡査長に言ったじゃないですか。『なにやってんのよ、早くしなさいよ』。あれで、たぶん同一人物だなと思いました」

かなり大胆な発言に思えた。日高は以前、二つの声が同一人物だと証明するのは、そう簡単なことではないと告げていた。声紋鑑定では同一人物のものではないと証明することの方が簡単だとも言っていた。そのことから判断すると、半分はカマをかけているように感じられた。

「日高警部補は、音の捜査官なんです」

孝太郎は尾てい骨と背中の痛みをこらえつつ、カマを真実にするべく続けた。

「今回は科学捜査研究所から臨時要員として参加してもらったんです。行動科学課に入った通報に関しても、手助けしてもらいました。自分たちは音解捜査官と呼んでいるんですよ。音や声のプロフェッショナルです」

「すごいですね」

と、さらに追い詰め役を買って出たのは、若手の制服警官だった。もっとも本人にそんな自覚はないだろう。ルームミラー越しに一瞬、日高に羨望の目を向けたが、あとは運転に専念した。

「いかがですか。阿佐谷の……」

「由宇が、由宇が悪いのよ！」

　奈津美は絞り出すように言った。

「あんな若い娘に本気で惚れるなんて信じられない。まだ高校生なのよ、十六歳ですって。必死に若作りしているけど、由宇は四十八歳なのにさ。年を隠していたから向こうも本気になっちゃって、おかしいったら」

　引き攣るような笑みを浮かべていたが、その目には涙が滲んでいた。孝太郎はすぐに清香と話をする。奈津美の写真を、マンションの住人であり、通報者でもある男の妻に確認してもらう手筈を整えた。今のところ目撃者は、通報者の妻しかいない。

「鹿内光里さんを知っていますね」

　孝太郎は携帯の画面に光里の写真を出して、奈津美に見せた。女はこくん、と、小さく頷いた。

「有賀由宇は、光里さんと真剣な交際を始めていた？」

　ほとんどが推測でしかない質問になっている。つい今し方、見せたのは嫉妬以外のなにものでもない。奈津美は有賀を取られるのではないかという嫉妬心から、鹿内光里の拉致監禁を手伝ったのではないだろうか。

「それは、わかりません。あたしが勝手にやきもちをやいただけかもしれないので。由宇から直接、鹿内光里が好きだと聞いたことはありませんから」

精一杯、虚勢を張っているように見えた。正面を見据えたその目は、だれかを睨みつけているかのように鋭かった。

「八木克彦と根岸英夫ですが」

孝太郎は、現時点では推測でしかない話を続ける。

「二人はあなたが拉致監禁の手助けをしているのを知っていた。それで、あなたがよく行く居酒屋や美容院などを探し歩いていた。店から出て来たあなたに、おそらくは八木が声をかけ、鹿内光里さんの行方を問い質した。焦ったあなたは、思わず恐喝されていると大声を上げた。通行人が呼んだ警察官に、八木と根岸は逮捕された」

いったん言葉を切って、訊いた。

「それが真相じゃないんですか」

感情を込めない説明になったのは、冷静に判断してほしかったからだ。だが、奈津美は答えない。

「………………」

無言で虚空を睨み据える姿が、応という返事に思えた。

「中野区沼袋のマンションにいましたか」

質問役は孝太郎が務めている。車内は静寂に覆われていた。

「はい」

「光里さんに食事を運んだりしていた？」

「社長に命令されたんです、従わなければ、由宇のようになるって。死にたくなければ言われるまま動けと」

必死にこらえていた涙が、あふれ出して、頬を伝い落ちた。それを拭う両手には、手錠がかけられている。哀れでならなかった。

「社長というのは、だれですか」

「場外市場近くの喫茶店〈ドリーム〉のオーナー・近藤保さんです。半グレグループのボスのくせに、社長と呼べと命じていました。しょせんは、反社会的勢力なのにね。なにが社長よ、ふざけんじゃないっての」

やり場のない怒りを、独り言のような呟きでわずかでも発散しようとしているのか。

「由宇が悪いんだわ。あたしは一生懸命につくしたのに、あんな若い娘に心変わりするから。十年も付き合ってきたのよ、十年よ。気紛れな訪れを、あたしがどれだけ待っていたか、ねえ、わかる？」

涙をあふれさせて訊いた。孝太郎はなにも言えなかった。

「いつも部屋を綺麗にして、清潔なパジャマや部屋着を揃えておいた。好きなお酒は切らさないようにして……それなのに、それなのに、由宇は」

あとは言葉にならなかった。有賀由宇を怒り、憎み、恨むことしか、今の彼女にはできない。鹿内光里の誘拐事件に手を貸してしまったという罪の意識を遠ざけるために……。

「念のために確認します。八木克彦と根岸英夫の二人は、あなたを恐喝したわけではないんですね」

「違います。さっき刑事さんが言ったように、鹿内光里の居所を教えろと迫られたんです。とっさに嘘をついて、恐喝されたと騒ぎました。あたし、八木が許せなかったんです。五千万もの大金を由宇があいつに遺したって」

涙を拳で拭いながら、孝太郎を見据えた。

「本当なんですか」

「事件の詳細は、お話しできません。鹿内光里さんは、今、どこに?」

「はっきりとはわからないけど、他に移っていなければ、たぶん山梨県の社長の家だと思います。沼袋のマンションから山梨の家に連れて行きました。そこまでは知っています。一緒に行ったので」

奈津美の話が終わる前に、携帯にメールが流れた。近藤保・頼子夫妻の身柄を、成田空港で確保したという知らせだった。

「近藤社長と夫人は、どんな感じの人ですか」

孝太郎は夫妻の話に切り替える。

「あまり話はしたことがないので、よくわかりませんが、いつも不機嫌そうでした。特に社長は恐い印象しか、ありません。でも、最初は信じられませんでした、社長が由宇を殺したなんて。仇を討ちたかったんだけど、どうしても、できなくて」

奈津美は手錠を掛けられた両拳を、きつく握りしめている。噛みしめすぎたせいに違いない。下唇には血が滲んでいた。恋人の仇を討ちたかったというのは真実だろう。そこに鹿内光里がからみ、奈津美は複雑な状況に追い込まれた。光里が殺されてしまえばいいと思ったかもしれない。そういった気持ちを抑え込み、世話係を務めた。

「あなたは、不動産屋に勤めていますね」

確信を衝く話を出した。

「はい」

「山梨県の家や築地のマンション、店の権利などを、近藤保と頼子夫妻は売却しようとしているんじゃありませんか」

それで奈津美を利用したことも考えられる。有賀の交際相手だった点も、かれらにとっては好都合だったのではないだろうか。

「そうです。二人はすべてを売却しようとしています。外国に逃げるつもりなんだと、あたしは思いました。それで、これはヤバい、あたしも逃げなければと焦りました」

泣きながら答えた。傍目で見ていても感情の昂ぶりが激しかった。まさか自分が逮捕されるとはと思い、今更ながら犯した罪の重さを感じているようにも思えた。

「あまり事件には関係ない事案なんですが」

孝太郎は思いきって切り出した。

「〈ドリーム〉の一角に飾られていた恐竜のフィギュアとコプロライトのレプリカ。有賀由宇は、恐竜が好きだったんですか」

「ウンコ化石？」

訊き返されて、孝太郎は頷いた。

「はい」

「恐竜が好きだったかどうかはわからないけど、『恐竜の隣にはウンコ化石がないとな』って言っていました。『恐竜だってお尻からウンコをするんだぜ。だから隣に並べておくんだ』って。馬鹿みたいって笑ったの、憶えてる」

「お尻からウンコをする」

一部を繰り返して孝太郎は「あ！」と思った。もしかしたら、そうなのかもしれない。気になっていた事案が、繋がったような気がした。恐竜のフィギュアとコプロライトのレプリカは、警視庁の証拠品保管室にあるはずだ。孝太郎は確認してくださいと優美に素早く連絡を入れた。

「刑事さんもウンコ化石が好きなの？」

　奈津美に訊かれて曖昧な苦笑を返した。

「そんなところかな」

「馬鹿みたい」

　一部を繰り返して、奈津美は唇をゆがめる。

　泣き笑いの表情には――。

　愛と哀が、浮かび上がっていた。

5

　宮本奈津美の供述どおり、鹿内光里は場外市場近くの喫茶店〈ドリーム〉のオーナー・近藤保が住む山梨県の家に監禁されていた。警視庁は静岡県警と連携し、ＳＩＴの活躍によって無事、鹿内光里を救出。一緒にいた三人の若い半グレは、抵抗することなく逮捕されている。

〝月斬の名を出したのは、盗まれたことがあるのを知っていたからです。調べれば、わたしの名前や住所がわかると思いました〟

　これは光里の供述である。月斬が一般には知られていない脇差だったことなどは、知る由もなかったのだろう。少女は軽い脱水症状があるものの大きな怪我はなく、数日の入院で恢復すると思われた。

警視庁は主犯の近藤保と頼子夫妻の身柄を確保し、任意同行して取り調べが始まった。

「外国旅行はもちろんのこと、国内旅行も有賀由宇の事件が解決するまで駄目だと、検屍官が奥様に言ったはずです。なぜ、成田空港にいたんですか」

孝太郎は訊いた。後ろには清香が控えているが、かなり強引に坂口警視正から取り調べ役を奪い取っていた。なにがなんでも、事件を解決しなければならない。いやでも緊張感が高まってくる。

「飛行機が飛ぶところを見たかったんです。好きなんですよ。いいじゃないですか、旅行気分を味わえて」

近藤保は答えた。飄々（ひょうひょう）としているように見えた。裕福な勝ち組のシニア、悠々自適の隠居暮らし、妻と楽しむ山梨の家での自給自足生活といった事柄が浮かぶ。見事な化けっぷりと言うべきか。

「ですが、スーツケースをお持ちでしたよね。数週間、暮らせそうなほどの着替えや雑貨品が詰め込まれていました。飛行機を見るだけなら、あんな大荷物は要らなかったんじゃないですか」

孝太郎は少しずつ追い詰める。切り札はこちらが握っていた。

「女房をおとなしくさせるためです。近頃、少し認知症のような症状が出ていましてね。言い出すと、もう、きかないんですよ。それもあって成田に行きました。飛行機を見ると落ち着いて満足するんです。で、わたしは外国に行き、帰って来たようなふりをする。妻はそれで納得するんです」

うまい言い訳だった。なるほど、と、つい相槌をうちたくなるが、厳しい表情をくずさないようにした。

「〈ドリーム〉の出窓に飾られていた恐竜のフィギュアですが」

孝太郎の話に従い、清香が写真を置いた。最初に買った持ち主はインターネットオークションにかけ、恐竜の持ち主は別の人物に替わり、さらに別の持ち主、つまり、近藤保が三人目の持ち主として手に入れた。

「これが、なにか？」

近藤は怪訝な顔になる。警戒心を働かせたように思えた。

「最初に店へ伺ったときに聞いた話では、近藤さんは恐竜にはまったく興味がないような印象を受けました。有賀由宇が好きだったんでしょうと言っていました。ですが……」

「あぁ、忘れていましたよ」

額を軽く叩き、続けた。

「わたしが買い求めたんです。恐竜のフィギュアとコプロライト、恐竜のウンコ化石ですね。両方とも、わたしが買いました、はい。間違いありません。まずいな、妻ともども認知症ですかかね。年は取りたくないものです」

　語るに落ちるとは、まさにこのことだろう。コプロライトは有賀由宇が買い求めたものなのに、よけいな話を自らしていた。

「そうですか」

　次に孝太郎は、机に置いたファイルから、ドクター死神（デス）こと、鈴木治郎の写真を出した。

「ご存じですか」

「いえ」

　ちらりと見ただけで即答した。

「鈴木治郎です。医者で、自殺幇助（ほうじょ）の罪に問われています。有賀由宇に依頼されて、彼を自死させたことを認めました」

　鈴木は捜査の流れを見ていたらしく、昨夜、自供を始めた。他の変死事案については黙秘しているが、有賀由宇の件は麻薬性鎮痛剤を打ち、自殺を手伝ったと告げた。有賀の父親が一晩で白髪になってしまった件が、自白のきっかけになったらしい。

〝有賀君は、関節リウマチでした。通院していなかったんですよ。それで痛み止めを渡すために、よく〈ドリーム〉へ行きました。麻薬性鎮痛剤です。彼は自分で上手に注射を打ちましたから〟

鈴木の供述である。何度も病院へ行くように勧めたが、聞く耳をもたなかったとも言い添えた後、

〝保険金の受取額が少なくなるので、自死に見られたくないと言っていました。それで、携帯や運転免許証は持って来なかったようです〟

さらにこうつけ加えた。

「自死？　由宇は自殺したんですか？」

近藤は信じられないという顔で問いかける。腰を浮かせかけたが、清香に仕草で止められた。

「そうです」

「まさか、自殺したとは」

近藤は背もたれに寄りかかり、天井を仰ぎ見る。店をまかせていたイケメン店長の死を悼(いた)むオーナーの役割を、じつにうまく演じているように思えた。

「遺書は？」

そこだけ声が大きくなった。

「順を追って話します。有賀由宇が死んだ日は、一月十一日です。この日は塩の日と呼ばれているらしいんですね。検屍官は歴女なので詳しいんですよ」

軽い話題も盛り込み、集中力を途切れさせないようにした。

「ほう、美しいだけではなく、さまざまな事柄に通じているとは。才色兼備とは、まさに検屍官を指す表現ですね」

近藤も巧みに合わせる。気持ち的には相当、追い込まれているはずだが、微塵も感じさせなかった。

「我々は、有賀由宇があなたと『塩の契約』を結んだのではないかと推測しました。おおざっぱな意味は変わることのない契約。他にも色々解釈があるかもしれませんが、有賀由宇が一月十一日を命日に選んだ意味は、おそらく『塩の契約』を結んだ相手に向けたものではないかと考えています」

「おもしろい解釈ですね。でも、契約と言うからには、なにか見返りがあるわけでしょう。例えば保険金の受取人を近藤保にする代わりに何々してほしい、実家の両親の世話を頼むとか、惚れた女の面倒をみてくれというような交換条件があるんじゃないかと、わたしは思うんですが」

近藤は訊き返した。彼の持つ切り札に自信があるのだろう。すでに無罪を勝ち取ったような顔をしていた。

「そうですね。契約には、相互の利益と言いますか。お互いに得るものがあるような気はします。無償の行為の場合もあるかもしれませんが、有賀由宇は契約相手になんらかの利益を与えたのではないかと思います」

「わたしは、なにも、もらっていませんよ」

近藤は両手を広げて、肩をすくめた。

「二社の生命保険会社と、由宇が契約していたのは知っていますがね。受取人はわたしや妻じゃない。実家のお母上と、あろうことか、半グレの八木克彦だ。あれには驚きましたよ。本気なのかと訊いた憶えがあります」

「八木克彦と根岸英夫、そして、宮本奈津美は、あなたこそが半グレグループのボスだと供述しています。三人はご存じですよね」

「ええ、知っています。克彦と英夫には店を手伝ってもらいました。奈津美ちゃんも時々、来てくれましたよ。まめなコでね。店の掃除や食器類を綺麗にしてくれました。てっきり由宇と結婚するんじゃないかと、わたしたちは考えていたんですが」

ふたたび肩をすくめて、言った。

「三人には、がっかりですね。主に由宇が面倒を見ていたんですが、彼に言われて特別ボーナスなどを支給してあげたんですよ。アルバイト料も高くしたのに……よりにもよって、わたしが半グレグループのボスだなどと……裏切られたような気持ちです」

時折、ゼスチャーをまじえて、自分の気持ちを表現する。余裕たっぷりな様子に変化はなかった。

「有賀由宇の実家、静岡県の祖父の家で起きた凄惨な事件についてはいかがですか。新聞やテレビで猟奇的な殺人事件だと、だいぶ騒いでいますよね」

孝太郎は事件の話を振ってみる。とたんに近藤は顔をくもらせた。

「驚きました。あんなことをやるのは、反社会的勢力の連中じゃないですか。由宇はそういった輩とも付き合いがありましたからね。命じられて渋々、場所を提供したのかもしれません」

あくまでも第三者の仕業であり、自分は無関係なのだと告げていた。有賀を庇うような発言は、心証をよくするためではないだろうか。

「我々は実家の車庫で、何人かがドラム缶で溶かされたのではないかと考えています」

孝太郎はわざと言葉を切って、続ける。

「硫酸で」

「…………」

近藤は一瞬、黙り込んだが、

「なんて恐ろしいことを。人間がやることじゃないな。鬼の所業だ」

ひとりごちて頭を振る。妻の頼子は黙秘権をつらぬいていた。似合いの夫婦かもしれなかった。

「硫酸で溶かされた人物たちは、近藤さんにとっては赤の他人であり、まったく知らないというわけですか」

できるだけ感情を表さないように気をつけていた。近藤は切り札を持っているようだが、こちらにも切り札がある。これは対決だった。

「もちろんです、知りませんよ。仮に由宇の遺書があった場合、そこに真犯人の名が記されていたんじゃないですか。違いますか」

訊き返す両目に真剣さが加わった、ように見えた。遺書の件を曖昧にしたのが、引っかかっているのだろう。

「そうですね」

孝太郎は二度目も曖昧に答えた。遺書があるでもなければ、ないとも言わない。相手が勘違いしてくれるのを期待していた。

「思わせぶりですね。そうか、由宇は遺書を残していたのか」

勝手に近藤は決めつける。

「わかりました、正直にお話ししましょう。わたしは近藤保ではありません。妻も近藤頼子ではないんです。近藤夫妻に頼まれましてね。かれらのふりをしていたんです。夫妻になりすましていたんですよ」

驚くべき供述を始めた。

「え？」

唖然とした孝太郎の肩を、後ろに控えていた清香が叩いた。

「交代します」

入れ代わって、今度は検屍官が取り調べ役になる。

6

「驚愕の事実が発覚しました」

清香は言った。

「確認いたします。あなたは近藤保ではないのですか」

「はい。本名は、高野哲人です。妻は高野操で二人とも六十六歳です。裕福な近藤夫妻と違い、悠々自適とはいかない隠居生活でしてね。しばらくの間、自分たちになりすましてくれれば、百万、払うと近藤夫妻に言われまして」

高野は、人気店のひとつに挙げられる喫茶店の自信あふれるオーナーから、不安な老後に悩むシニアに変貌した。

（切り札を出したな）

孝太郎は冷静に受け止めている。唖然としたのは、あくまでも演技であり、うまく高野が騙されてくれたことに安堵していた。

「なさけない話ですが、老後の蓄えは心許ない状況です。わたしはアルバイトをしていますが、いくらも稼げないものですから話に乗った次第です」

うなだれた姿は、ひとまわり身体が小さくなったようにさえ見える。ぎりぎりで正体を明かした点にも狡猾さが滲んでいた。

「先程、話に出た八木克彦と根岸英夫、有賀由宇の恋人だった宮本奈津美の三人は、あなたは高野哲人なのだが、それを口にしたら殺すと脅されたと言っています。それで口裏を合わせたと」

「そんな力、わたしにはありませんよ」

高野は力無く言った。

「警察が調べれば、すぐにわかることじゃないですか。三人がどういう意図で言っているのかはわかりませんが、一連の事件を起こした犯人は、有賀由宇か、近藤夫妻ですよ。かれらの力関係やどの程度の付き合いなのかは知りません。金がほしかったんじゃないですか。それにしても非道いと思いますがね。硫酸で遺体を溶かすとは」

しらを切りとおすつもりに違いない。坂口警視正が取り調べ役を降りた理由がここにある。高野哲人が、すべては近藤夫妻と有賀由宇の仕業と証言した場合、もしかしたら、起訴できないかもしれないと検察官に言われたのだろう。

（まさに死人に口なしだ）

孝太郎は検屍官の後ろに立ち、最後の出番を待っていた。

「これがなにか、おわかりになりますか」

清香は机に置いたままのファイルケースから、小さなビニール袋を出した。切り札のひとつだった例の円い玉が入っている。高野の眼前に掲げたが、「さあ」と首を傾げた。

「わかりませんね。なんですか」

「胆石です。近藤頼子さんは、胆石症でした。通院していた総合病院で手術を勧められていたのですが、決心がつかないうちに今回の事件に巻き込まれたと思われます。現場に残されていた義歯の歯髄からDNA型が判明し、身許が確認されました」

近藤頼子は、山梨の自宅にあったヘアブラシに残された髪の毛の毛根から、DNA型を採取して確認できた。しかし、夫の近藤保はまだ身許を特定できていない。毛根のDNA型の鑑定にかすかな望みはあるが、最悪の場合、証明するのはむずかしいかもしれなかった。

「え、それじゃ、ご夫妻は？」

高野はあくまでも、とぼけていた。

「はい。ご主人の保さんは、まだ確認されていませんが、おそらくお二人とも亡くなっていると思います」

「なにかの間違いじゃないんですか。わたしはご夫妻から外国に行くと聞きましたよ。日本にいるわけが……」

「人間は嘘をつきますが、ＤＮＡは嘘をつきません」

きっぱりと言い切った。ひときわ声が大きくなっていた。無言で高野を真っ直ぐ見据えている。

「そんなに、むきにならなくてもいいじゃないですか。それにしても、近藤さんたちが、あの非道い事件に巻き込まれたとは」

高野は苦笑を浮かべた。

「参考のために伺いたいのですが、高野さんが近藤夫妻と最後にお会いになったのはいつですか」

「ええと、十二月のはじめ、いや、十一月の終わりぐらいだったかな。なかばぐらいかもしれませんが、そのへんはちょっと記憶が曖昧ですね。そう、十一月だったと思います。それは確かです」

貴重な証言が得られた。硫酸で溶かされてしまったため、死亡した日時を推定できなくなっている。自称なりすまし役の高野は、この点に関してはある程度、正しいことを言うだろう。悪事はすべて近藤夫妻がやったことであり、片腕となって動いたのは有賀由宇や八木克彦たち。自分と妻はいっさい関わりのないことである。

死人に口なしを実行するには、近藤夫妻、もしくは夫か妻のどちらかの死を、はっきりさせた方が高野にとっては好都合ではないだろうか。罪の大きさに戦いて近藤夫妻は自殺という説を推せるからだ。

「車庫の惨劇はもちろんのこと、鹿内光里さんの拉致監禁事件にも、あなたは関わっていないのですか」

清香はもうひとつの事件を出した。

「はい。だいたいが、なんの関わりもない娘さんを、拉致監禁した理由がわかりません。由宇の仕業だと思いますが、交際していたはずですよ、姉妹のどちらかとね。まあ、本気ではなかったんでしょう。金があるかどうかを調べるために近づいた。そんな感じじゃないんですか」

もうひとりの死人を口にするのも忘れない。近藤夫妻が半グレグループのボスであるという説が無理だとなったときには、有賀由宇のせいにすればいい流れだ。

「有賀由宇は、本気だったと思います」

清香は告げた。

「はじめは、それまでやってきたように恋を仕掛けて、金を奪い取る詐欺。言うなれば恋詐欺ですね。結婚を口にする場合もあったかもしれませんが、小金を貯めている女性や、鹿内家のように親が資産家で裕福という女性を狙ったんでしょう。ところが、ミイラ取りがミイラになった。有賀由宇は、鹿内光里を本気で愛してしまったんです」

「なるほど。由宇が恋をしたのはわかりましたが、それがわたしになにか関係あるんですか」

「ここからは我々の推測です。有賀由宇はおそらく半グレグループから抜けたいと、あなたに訴えた。ゆくゆくは結婚を考えたのかもしれません。事実上のリーダー、しかも優秀なリーダーの有賀に抜けられては困る。抜けたいのであれば、それ相応の金を払えと、あなたは脅した。有賀は外国にでも逃げようとしたのか、自分がボスになろうとしたのか」

清香の推測を聞き、高野の眉がぴくりと動いた。後者の部分で反応が出たことを考えると、推測が当たっているのかもしれなかった。

（下克上か。有賀が名乗りを上げたら、ほとんどのメンバーは彼についただろうな）

孝太郎は逸る気持ちを抑えて、出番のときを待っている。もうすぐだった。

「あなたは、ボスの座を追われる危険を感じて、有賀由宇の恋人――鹿内光里を拉致監禁すると脅した。はじめはあくまでも脅しのつもりだったのかもしれませんね。でも、あなたが本気なのを察したのでしょう。有賀は保険金のような残る金ではなく、残らない金を支払う約束をした。これは無理やり約束させられたのかもしれませんが」

一度、深呼吸して、恐ろしい事実を告げた。

「残らない金とはなにか。有賀由宇が世話になった近藤夫妻の財産です。夫妻には山梨の家や場外市場近くのマンション、さらに経営していた喫茶店の権利証もありました。今、山梨は人気が高いエリアです。わたくしたちもまいりましたが、コテージふうの洒落た家でした。手入れもよく、温泉もありますからね。高値で売れたでしょう。近藤夫妻の財産をざっと試算したところ、五千万はくだらないだろうという結果が出ました」

人の死には慣れている検屍官も、さすがに辛いのかもしれない。水で喉を潤して、話を再開させた。

「有賀由宇はやむなく近藤夫妻を殺害した。これは八木克彦も手伝ったと自白しております。何人かが近藤夫妻の死に関わり、有賀の実家の車庫で溶かした」

「わたしは関係ないと……」

「代わります」

清香は言い、素早く孝太郎と入れ代わる。あらかじめ用意しておいた二つめの切り札を、上着のポケットから出した。

「これはなんでしょうか」

眼前に小さなものを突き出した。ひとつめの切り札だった胆石は、高野哲人が自らなりすまし役を認めたことから、通用しないものになった。しかし……。

「マイクロチップ、ですか」

高野の声と表情が強張った。なにが入っているのか、察知したのではないだろうか。孝太郎は大きく頷いた。

「はい。プライベートな話になりますが、喫茶店の入り口近くに飾られていた恐竜・ティラノサウルスのフィギュア。あれは、自分の父が作ったものなんです。あれのお尻にこれがありまして」

「気がついたのは、浦島巡査長なんです」

清香が隣に来た。

「フィギュアの隣に置かれていたコプロライト、恐竜のウンコ化石のレプリカですね。あれとフィギュアがずっと引っかかっていたらしいんです。試しにフィギュアの肛門部分を探してみたら」

検屍官の説明に従い、孝太郎はマイクロチップをいっそう高く掲げた。

「有賀由宇の遺書です。彼はこれにすべて自白して、逝きました」

「…………」

高野哲人の顔色が変わった。

それでも、この男は徹底的に争うだろう。ここから自白への長い道のりが始まると思われた。

7

「近藤保さんと頼子さんを殺したのは、自分です」

有賀由宇の遺書には、自白が綴（つづ）られていた。

「他にも仲間だった六人の男と、警察に知らせようとした女をひとり、殺しました。何人かは、グループのボス、自分たちは社長と呼ばされていましたが、高野哲人が殺しました。詳細は以下のとおりです」

名前と年齢、住所に続き、高野哲人が殺した証拠写真も残されていた。密かに携帯か隠しカメラで撮影し、写真にしたのだろう。高野は手下だった若い男を椅子に拘束して、拷問しながら息の根を止めた。

「近藤さんご夫妻には、申し訳ないことをしました。自分は場外市場の鮮魚店に勤めていたのですが、気持ちも生活も荒（すさ）み、喧嘩に明け暮れるような日々でした。そんなとき、近藤さんが声をかけてくれたんです」

足繁く〈ドリーム〉に通っていた有賀に、近藤夫妻はなにくれとなく目をかけていた。子どもがいなかったのが幸いだったのか、不幸だったのか。

〝よかったら、うちに来ないか。店長をやってほしいんだよ〟

有賀にしてみれば、救いの言葉だった。こんな暮らしをしていてはいけないと思いながらも、なかなか改められない。近藤の誘いは、踏ん切りをつけるいいきっかけになった。

「恩人です。おれにとって本当に、二人は神様でした。なんとしても、店を流行らせようと思って、整形したんです。二人はなにもそこまでと反対しましたが」

思惑は当たり、イケメン店長はマスコミにも取り上げられて話題になる。近藤夫妻は彼に経営をまかせて、山梨に引っ込んだ。

「そんな二人を……殺しました。せめて苦しませないようにと、自分が使っていた麻薬性鎮痛剤を使いました。意識がない二人に詫びながら、謝りながら、首を絞めました。八木克彦にも手伝わせましたが、実行犯は自分です」

目的は行動科学課の推測どおり、近藤夫妻の財産を奪い取ることだった。奪い取った金は、高野哲人に渡す予定だった。

「近藤さんご夫妻を殺したとき、もう生きている資格はないと思いました。おれは人間ではありません、鬼です、悪魔だ。それで死ぬことにしました」

自分だった自称が、おれになっていた。鬼以上であり、悪魔以上なのは、高野夫妻だろう。手下にはなにも言わず高飛びしようとした点に、かれらの考え方や生き様が浮かび上がっているように思えた。

「高野哲人は信じられません」

　有賀は淡々と記した。

「それで、おれは自分自身と『塩の契約』をかわしました。言い出したのは、高野ですが、とうてい守るとは思えなくて……光里を拉致監禁しましたしね。おれは契約を実行するため、高野に守らせるためもあって、自死を選びました」

　実行した鈴木治郎に関しては、ずっと世話になっていた医者で、彼は悪くないと何度も書かれていた。

「八木に保険金を遺しましたが、自死の場合は減額されてしまいます。全額、遺したかったのですが、最後の最後まで悪事に手を染めるのはいやでした。八木には、明里と光里を頼むと電話しました。あいつ、泣きながら『いやだ、死なないでください』って」

　高野哲人を殺して下克上を実行する。その事柄にはふれていなかったが、有賀は高野よりも慕われていたに違いない。だが、近藤夫妻を殺した後、有賀は生きる意味を見出せなくなった。

「八木には、必ず更生しろよとも伝えました。口が堅いやつなんです。高野なんかより、よっぽど信頼できる。おれはもうやり直せないけど、八木や根岸は若いですからね。絶対に更生してほしいんです」

それから、と、八木は自供を続けた。

「コプロライトの中に、使っていたスマートホンを入れておきました。このマイクロチップか、スマホのどちらかが、警察の手に渡ってくれればと思いまして」

コプロライトの中に隠されていたスマホは、孝太郎によって発見されていた。もしやと思い、確認した結果だった。

「最後に」

有賀の自供は終わりを迎える。

「この遺書を見つけてくれた人へ。ありがとう。もし、警察官だったら、警察も捨てたもんじゃないいな」

最後の気さくな言葉を読んだとき、孝太郎の脳裏には笑顔の有賀由宇が浮かんだ。抜けよう、抜けたいと思いつつ、結局は悪事の混沌(こんとん)から抜け出せず、命を落とした有賀。鹿内明里と光里への特別な言葉がないそれこそが、特別な遺書のように思えた——。

数日後。

警視庁では、行動科学課へのささやかな表彰式が執り行われた。マスコミは来ないだろうと踏んでいたのだろうが、予想に反して百人近くが集まってしまい、会見場は人いきれで温度が上がっている。

「だれかが、リークしたようですな」

坂口恭介警視正が、壇上で苦笑いを浮かべた。半グレグループの大ボスを逮捕したとたん、清香への風当たりは弱くなっていたが悪態は健在のようである。孝太郎は堅苦しい制服姿で近くに並んでいる。坂口も制服姿であり、隣に立つ本間優美も着慣れない制服が窮屈そうだった。

「一柳検屍官と細川課長は、どうしたんですかね」

孝太郎は、優美にささやいた。壇上では坂口の挨拶が始まっていたが、マスコミの目は落ち着きなく動いている。清香の登場を待ちこがれているのは確かだった。

「お支度に手間取っているのではないでしょうか。一柳先生の制服が、つい今し方、届いたんです。あぁ、あたし、やっぱり、太っちゃったわ。スカートのウエストがきつくて、ホックを外しているんですよ。いやになっちゃう」

係長が気にするのは、体重のことばかり。らしいと言うべきかもしれないが、孝太郎は不安が高まってくる。

「鹿内光里ですが」

ついた事件後の話を口にしていた。

「有賀由宇の死を聞いたとたん、気を失ったと聞きました。それからは泣きっぱなしで、今は精神科の病室に移ったとか。立ち直るのに、時間がかかるかもしれませんね」

「新しい恋人が現れれば、すぐに忘れます。ましてや、相手は半グレのリーダーだった悪党ですよ。ご両親だって内心ではよかったと思っているはずです。時薬(ときぐすり)が、光里さんを癒してくれますよ」

そうですねとは返事できない複雑な気持ちが、孝太郎の胸にはあった。光里には有賀を忘れてほしくないと思いつつも、これから長い人生を歩むためには、忘れた方がいいと考えたりもする。

〝犯人の中にいた女性が、携帯を置いていったりしてくれたんです〞

光里は宮本奈津美への感謝を告げた。口ではあれこれ言っていたが、奈津美は利用されただけなのだろう。追い詰められたとき、人間は本心が出るものだ。

「八木克彦も毎日、泣いてばかりですよ」

涙もろい孝太郎は、話すだけで涙が滲んでくる。八木克彦は有賀由宇が死んだのは、自分のせいだと責めていた。

〝おれ、光里さんが好きだったんです。それで兄貴、有賀さんに言いました。どうせ、兄貴にとっては、獲物のひとりなんでしょう？　それなら、おれに譲ってくださいよ、光里さん。本気なんですから〟

どこまで本気なのやらだが、その後、有賀は自死した。さらに保険金まで八木に遺している。自死で減額されても、充分すぎるほどの大金だった。

〝自分になにかあったら、明里さんと光里さんを、高野哲人から守ってほしいと言われました。そんなこと言わないでくださいよって、おれは頼んだんです。なにがあっても死なないでくださいって〟

有賀由宇と高野哲人の水面下の戦いには、気づいていたとも言い添えた。これまた、行動科学課の推測どおり、有賀は高野の追い落としを企み、社長の手下を味方につけたのだが、いち早くそれに気づいた高野は鹿内光里を拉致監禁。おそらく光里を本気で愛していた男は、自分の命を差し出した。

八木は鹿内光里への愛と、有賀由宇への哀をかかえて、生きていかなければならなくなった。

「有賀は、本当に本気だったんでしょうか。鹿内光里を愛して……」

「愛していたと思いますよ」

いきなり背後で声がひびき、尻を撫でられる。

「やめてください、日高警部補。思いきり打った尾てい骨が、まだ痛いんですよ。さわらないでください」

邪険に言って手を振り払った。制服姿の日高は、破顔していた。

「一柳検屍官に参列するよう言われたんです。久しぶりに制服を着ましたが、それにしても凄い数のマスコミですね。目的は美しすぎる検屍官でしょうが」

隣に並んで清香を探す素振りを見せる。

「登場が遅いように思います。なにかあったんですか」

「坂口警視正の挨拶が、まだ終わっていません」

優美がこれ以上ないほど冷ややかに言った。孝太郎は左隣に優美、右隣に日高にはさまれている。あらかじめ胃薬を飲んできたのだが、あまり功を奏しているようには思えなかった。

(早く終わらせてくれ)

心の祈りが届いたのか、

「では、行動科学課にご登場願います」

坂口が挨拶を終わらせた。要は表彰状を授与するだけなのだが、思いもかけないマスコミ攻勢で会見場の熱気はますます高まっていた。だれかが拍手すると、つられたように拍手が沸き起こる。それを待っていたのかもしれない。

清香が足取りも軽やかに現れた。

「………」

絶句したのは、孝太郎だけではなかっただろう。清香が着ていたのは、真新しい警視総監の制服だったのである。女性用であるのは、スカートを見ればわかるが、豊かな胸元は多くのを勲章に彩られていた。

「お父上が授与された勲章です」

左隣の優美の説明を、右隣の日高が継いだ。

「制服写真集の第3弾で使うんですかね。悔しいですが、美しいことは認めます。ぼくはスカートを穿(は)けませんから」

「………」

孝太郎は思わず日高を見やったが、嬉しそうな笑顔を返されてしまい、慌てて視線を壇上に戻した。表彰状の授与はすでに終わり、清香がマイクの前に立っている。

「今回の難事件を解決できたのは、うちの若手、浦島孝太郎巡査長の3D捜査と、科学捜査研究所からの臨時要員、日高利久警部補によるモンタージュ・ボイスのお陰です」

紹介されたため、仕方なく日高とともに壇上へ上がった。会釈してすぐにもとの場所へ戻ろうとしたが、日高が動かないのでやむなくその場にとどまる。早く終わってほしいと、それればかり考えていた。

「検屍官。本日、着用しているそれは警視総監の制服に見えますが、いかがですか」

女性記者が質問を投げた。

「これはただの私服です。もちろん来るべき未来に、女性の警視総監が誕生してほしいという祈りを込めているのは言うまでもありません。大変な事件でしたが、若手の大活躍によって解決できました。嬉しくて、盛装した次第です」

「お似合いになっていると思います。今回の事件ですが、なにかこう印象に残った言葉はありますか。できれば被疑者を追い詰めた名台詞を、お聞かせ願えればと思います」

もう一度、同じ女性記者が言った。

「人間は嘘をつきますが、ＤＮＡは嘘をつきません」

凛とした声がひびきわたる。

顔を上げた美しすぎる検屍官を、カメラマンがいっせいに撮り出した。坂口警視正はもちろんのこと、細川課長は影が薄くなっている。しかし、課長は気にするふうもなく、清香がよく写るように、水のペットボトルやマイクの位置を動かしたりしていた。清香の言動に、警視庁内で盛り返しつつある行動科学課の現在が表れていた。

（おじさん課長は偉大なのかもしれない）

優美に「笑顔」と仕草で示されて、無理やりカメラに笑顔を向けた。とそのとき、視野に入った細川が、最高の笑みを浮かべていることに気づいた。作られたものではなく、ごく自然に浮かんだ微笑み。

細川雄司の横顔は、愛にあふれているように見えた。

〈参考文献〉

「子どもの脳を傷つける親たち」友田明美　NHK出版
「負動産時代　マイナス価格となる家と土地」朝日新聞取材班　朝日新聞出版
「サカナとヤクザ　暴力団の巨大資金源『密漁ビジネス』を追う」鈴木智彦　小学館
「法医学への招待」石山昱夫　筑摩書房
「日本を亡ぼす岩盤規制　既得権者の正体を暴く」上念司　飛鳥新社
「男の美容武装」KUBOKI　ワニブックス
「なぜ、一流の男は『肌』を整えるのか？　たった3日で、あなたの印象は劇的に変わる!!」小野浩二　あさ出版
「古生物学者　妖怪を掘る　鵺の正体、鬼の真実」荻野慎諧　NHK出版
「法医学の現場から」須藤武雄　中央公論社
「死体処理法」ブライアン・レーン著　立石光子訳　二見書房
「人に棲みつくカビの話」宮治誠　草思社
「音の犯罪捜査官　声紋鑑定の事件簿」鈴木松美　徳間書店
「媚薬　エクスタシーと快楽のドラッグ」C・M・エーベリンク+C・レッチェ著
西田博美訳　第三書館
「有名人殺人事件」タイム・ライフ編　矢沢聖子訳　同朋舎出版

「こちら美容外科１１０番」折登岑夫　草思社
「ヒューマンボディショップ　化学操作と生命操作の裏側」Ａ・キンブレル著　福岡伸一訳　化学同人
「コンビニドリーム　街と人と響き合うオーナー10人の仕事」吉岡秀子　朝日新聞出版
「法医学ノート」古畑種基　中央公論社

あとがき

医療捜査官も三巻目を迎えました。

浦島孝太郎は相変わらず、司法解剖に立ち会うと失神し、翌朝、落ち込むパターンですが、少しずつ行動科学課の課員らしくなってきているように（生み出した親の欲目かもしれませんが）思います。

今回は科学捜査研究所所属の音解捜査官(おんかい)——日高利久が臨時要員として加わりました。彼が提案したモンタージュ・ボイスと、孝太郎の３Ｄ捜査で真犯人を追い詰める流れです。日高は孝太郎になにかとちょっかいを出しますが、はたして、彼の真意やいかに。

行動科学課を攪乱する策なのか、単に孝太郎を気に入っただけなのか。

次は登場するかどうかわかりませんが、雰囲気としては悪くない感じがしました。いつもいると鬱陶(うっとう)しいけれど、たまになら許せるかも、みたいな男ですかね。まあ、孝太郎は迷惑なだけのようですが、案外、名コンビ（迷コンビ？）になるでしょうか。

一柳清香は、いつもどおりにぶれません。今回、制服マニアであることもわかりました。ブランド品や宝石蒐集は言うに及ばず、刀剣女子&歴女、さらにジャンクフードが大好きと、まさに彼女そのままを表したような好み模様とでも言いますか。今回も明るく、元気に大活躍です。

本編にも出てくる恐竜が、私はなぜか大好き。なかなか展示された恐竜までは見に行けないのですが、恐竜のプラモデルには心惹かれました。ゴジラだったと思いますが、組み立てると目などが光ったりする。ゴジラとは同い年であるため（ゴジラにとっては迷惑なだけかもしれませんが）親しみが湧くんですね。ゴジラ対モスラといった怪獣映画は、父親に錦糸町の楽天地に連れて行ってもらい、観ました。その流れで双子の歌手、ザ・ピーナッツさんのファンになったりして……え、ご存じない？

モスラを招ぶ初代の小美人ですよ。歌が上手くて聞き惚れました。もう夢中でしたね。次はいつやるんだろう、ああ、早く次のを上映しないかなと、首を長くして待った憶えがあります。

そんな気持ちを読者のみなさまが、持っていてくださると嬉しいのですが……。

さて、ここで私的なお知らせを。

遅ればせながらインターネットを習っています。会得した後、ブログか、ホームページを立ち上げることになりました。書き下ろしの短編連作（未発表）や、むかーしむかし書いたライトノベルズを無料配信します。

　時期は年明けになってしまいそう。令和二年、新年のご挨拶とともに、開設できればと思っています。興味のある方は是非、覗いてください。


　そして、新シリーズも始まります。

「警視庁特殊詐欺追跡班」は、三月あたりに刊行予定です。無事、ブログをアップできた暁には、そういった細々（こまごま）としたお知らせもしていきます。理想ではブログは毎週、更新していきたいんですが、どうなることやら。

　そういったことも含めて、応援していただけると嬉しいです！

この作品は徳間文庫のために書下されました。
なお本作品はフィクションであり実在の個人・団体などとは一切関係がありません。

徳間文庫

医療捜査官 一柳清香

塩(しお)の契約(けいやく)

2019年11月15日 初刷

著者 六道慧(りくどうけい)

発行者 平野健一

発行所 株式会社徳間書店

東京都品川区上大崎三─一─一
目黒セントラルスクエア 〒141─8202

電話 編集〇三(五四〇三)四三四九
販売〇四九(二九三)五五二一

振替 〇〇一四〇─〇─四四三九二

印刷
製本 大日本印刷株式会社

ISBN978-4-19-894502-2 (乱丁、落丁本はお取りかえいたします)